雷默 著

人民文学出版社

图书在版编目（CIP）数据

水手 / 雷默著. -- 北京：人民文学出版社，2025（2025.9 重印）.
ISBN 978-7-02-019436-0

Ⅰ. I247.5

中国国家版本馆 CIP 数据核字第 2025GF9845 号

责任编辑　高处寒　孙玉虎
封面设计　汪佳诗
内文设计　李苗苗

出版发行　人民文学出版社
社　　址　北京市朝内大街 166 号
邮　　编　100705

印　　刷　安徽新华印刷股份有限公司
经　　销　全国新华书店等

字　　数　173 千字
开　　本　850 毫米 ×1168 毫米　1/32
印　　张　10.375
版　　次　2025 年 6 月北京第 1 版
印　　次　2025 年 9 月第 2 次印刷

书　　号　978-7-02-019436-0
定　　价　69.00 元

如有印装质量问题，请与本社图书销售中心调换。电话：010-65233595

目录

一、幽蓝
1

二、安息日
35

三、纳古灯塔
55

四、海上骑士
90

五、远处飘来悠扬的钟声
115

六、紫血泡
142

七、洋流，洋流
168

八、嘿，秘鲁
205

九、彼岸
236

十、黑影从鼻尖掠过
259

十一、金色的黄昏
274

十二、大陆漂浮
298

后记　来自太平洋深处的迷人气息

一

幽 蓝

夜幕降下来,海浪的声音好像比白天大了。

我坐在码头的灯塔旁,灯塔还没亮起来,往前不远是入海口,漆黑一片,白天的时候,海水是黄的,现在是黑的。

再过几天,我就要出海了,目的地在秘鲁附近,得横跨整个太平洋。船长让我们多备些日用品,说路途遥远得超出你想象。我并没有什么概念。老水手王武抱着二十多条香烟进船舱的时候,我还天真地问他:"这么多香烟是打算开小卖部吗?"

王武一脸不屑地说:"自己还不够抽,开什么小卖部!"

香烟是"三五"牌,宽版的那种,香烟店平日里都偷偷摸摸地卖,据说贩卖这种香烟涉嫌逃税,工商局时不时地派人来查,但还是屡禁不绝。在这一片地方,抽这种烟的人很多,因为够劲道。我也想去买几条,王武一边往床铺上码香烟,一边得意地说:"扫了一天货,整条街都断货了。"

我看着自己床铺上孤零零一箱方便面,觉得实在太寒碜了。船长说,船上带着渔网,吃的不用发愁,我竟然相信什么都不用准备了。

王武轻描淡写地说,新手都这样。他当年第一趟出远海还带了一条狗,几乎所有的人都认为这狗不可能活着回来,王武不以为然。出海后,那条狗天天蹲在甲板上,望着大海发呆,结果半个月后,它纵身一跃,跳入大海自杀了。

我笑了起来,"狗会自杀?我不信!"

"人会,狗为什么不会?"

"那你们没救它吗?"我顿时对那条狗产生了兴趣。

"救了,当时甩了一个救生圈下去,风浪太大,谁也不会为一条狗冒险,虽然我一直很宝贝它。"王武抹了抹嘴巴,谈天的兴致一下子上来了,"这狗东西跳到海里,被浪一打,就慌了,拼命地用爪子扒拉船舷。一到垂死挣扎的时候,不管人还是狗,看着都让人心酸。我们抛给它救生圈,它也知道是在救它,死死地抱住,我们像钓鱼一样把它从大海里捞了上来。"

"后来呢？狗活着回来了吗？"

"没有。这狗东西在船上颤抖了好几天，后来又变回了老样子，真是好了伤疤忘了疼，有一天在甲板上发完呆，又跳海自杀了，没办法，得抑郁症了。"

我以为这条狗最后还是葬身大海了，没想到王武又补充道："这次救上来以后，船长就敲打了我，说船上养一条发疯的狗可不行，万一把谁咬伤了，到哪里打疫苗去？我就狠狠心把它宰了，烧了一大锅狗肉汤，那是出海后吃得最欢的一次。每天都是海鲜，其实跟吃青菜萝卜一个味儿，谁都想换换口味。"

我听了有些不适，但还是故作平静地说："我有个原则，有灵性的动物不吃，除了狗，还包括蛇和龟。"

王武笑了笑，"怎么？怕遭报应？"

我本来想说，有点敬畏之心有什么不好的？突然觉得这话傻兮兮的，有点羞于启齿。我反过来问王武："你难道没有原则吗？生活上，其他方面？"

王武又笑笑说："那要想想，原则这东西怎么说呢，又不是天天挂嘴上的。"他若有所思地整理着东西，突然一抬头跟我说："原则说起来我也是有的，我的原则是不打女人。出海的人都有这毛病，回家喜欢揍老婆，一次比一次厉害。我知道这会上瘾，有时候碰上情绪不好，就摔只碗，或者撕张渔网，撕烂了，让她补去，总比揍她强。"

我说："就是嘛，仔细想想每个人都会有的。这跟吃饭睡觉一样稀松平常，只是很多人都没意识到。"

王武迟疑了一下，轻轻地晃了下脑袋，哑然失笑。

我回味着那条狗，幽幽地说："出海还带动物，倒是蛮新奇的。"

王武轻轻地晃着脑袋，说："现在都不让带了，以前可没这么讲究。听老一辈水手说，大航海时代，还有人在船上养牲畜，猪牛羊什么都有。"

我笑出声来，说："那是做动物贸易的吧？"

王武一本正经地向我解释："不是的，以前航海条件艰苦，没有冰冻冷库，出海的日子久了，食物没法保存，水手们就在船上养一些动物。活物不同于一般食物，不用去操心会不会变质，养大了，就宰了吃。"

我想到了那条可怜的狗，笑得喘不过气来，说："难怪你的狗要跳海自杀，原来是嗅到了杀气，它多敏感！"

王武说："当时没想过要杀它，是被形势逼的。大航海时代也有不杀的动物啊，那些牛羊主要用来产奶，每天挤点新鲜的牛奶、羊奶喝喝，水手们都当宝贝一样供着它们。"

我问王武："你怎么知道这么多稀奇古怪的事？"

王武腼腆地笑了一下，说："海上无聊，别人胡说八道时听来的，谁知道是不是真的。"

我从对话中抽离出来，想上街购物。王武喊住了我，他说："除了吃的，也得考虑考虑精神生活。"他侧过身，向我展示他的床铺。他在床头拉了一块藏青色的帷布，把床铺的内侧遮得严严实实，掀开帷布的一角，我看到后面塞满了东西，方便面、压缩饼干、香烟、拉力器、强光手电筒、色情杂志，一应俱全。

我知道他说的"精神生活"指的是什么，老男人大概都这样，喜欢口无遮拦。

我是所有水手中年龄最小的，高中没念完就辍学了，父母为我操碎了心。回过头想想，这个年龄除了在学校念书，还能去哪里呢？他们很担心我学坏，比如跟着别人去吸毒。我母亲听人说，我们这里的年轻人很容易接触到毒品，用零花钱就能买到。她担心极了，一遍一遍地对我唠叨，不要去碰毒品，碰了毒品，全家都得跟着我走上绝路。其实她并不知道，我对毒品也充满了恐惧，我只是烦她唠叨，她只要一张嘴，我就想堵住耳朵。越是不想听，他们就越紧张，他们四处托人送礼，给我安排了很多工作岗位，我去上几天班，兴致消磨完了就辞职，所以回想起来，我好像一直在换工作。

我喜欢玩，这点我承认，经常跟着一伙人在外面彻夜不归。一般情况下，第二个晚上，我会接到我母亲的电话，电话一接通，她就逼问我晚上回不回家。我说不回去。她说，不回去她就报警。于是好多次，警察来喊我回家。后来，我学乖了，母亲只要一用报警威胁我，我就回到那个"囚禁"我的屋子，一进门，把自己锁在房间里，昏天黑地地睡觉，睡到睡不下去了再出门。二十岁前，我的生活就是在这样一个又一个的循环里轮回。

前不久，一个家里开中介的朋友跟我说起招募水手的事。他说有个船长委托他父亲，想招募一批远洋渔轮的水手，开出的条件很优渥，吃住全包，一年还给好几万工资。我的眼睛顿时放了光，听到"水手"两个字，我就心动了，觉得这是一个牛哄哄的职业，听着就让人激动。我朋友说，以前出海都得有海员证，这两年招工忽然变得艰难了，只要他父亲帮忙说说，这事就能成。我说："那还等什么，赶紧替我报名啊。"他一脸怀疑地看着我："你确定……真的要去？"我说："那还会有假？你不一起去试试吗？"他皱皱眉头说："家里不会同意我去的。"我说："大家不都一样吗？我家里人恨不得在我脖子上拴条铁链，让他们同意干吗？去就是了！"我朋友无奈地说："这次不一样啊，我爸参与这件事，只要我一报名，家里就全知道了。"我觉得他说得也有道理，只好作罢。

其实我心里特别想有个伴，跟我一起去海上当水手，但我们那伙人最终一个都没去。这期间，我也犹豫过，但一听说是去太平洋上钓鱿鱼，我就铁了心去应聘。我觉得这会是一次很有意思的冒险，据说那片海域鱿鱼多得钓不完，灯光一打，渔竿放下去，就不停地起竿，鱿鱼活蹦乱跳地离开海面，往甲板上跳，像一场狂欢的盛宴。

招聘面试的时候，船长说这一趟会出去很远。我说："越远越好。"船长给我打预防针，他说："越远越想家哦！"我说："我就想离家远一点。"他又问我："那你知道有多远吗？"我摇摇头说不知道。他看着我说："说出来怕吓着你，有半个地球那么远。"

我并没有被吓到，其实他不知道，我正是冲着这一点去的。我说："绕地球一圈可能更有意思。"船长笑笑说："你以为是环球旅行吗？别着急，有你留恋的时候。"说着他又看看我，大概对我这张稚气未脱的脸产生了怀疑，他说："你有身份证吗？"我说："有有有，成人好多年了。"他又问："那你护照办过吗？"我说："办过办过，已经去过好多国家，有半本护照盖过戳。"船长说："护照和身份证都得交出来，我们替你保管。"我问他："不会把东西弄丢吧？"船长说："那你放一百个心。"交出护照，像交付了身家性命，虽然略微紧张，但我激动得浑身直打哆嗦，感觉终于给自己做了回主。

我爽快地签了合同，合同上明文写着需要两年后才能返航，我也觉得挺好的，干一趟活儿花两年时间，感觉人生就像块肉，"咔"一刀下去，切去了几分之一。我就需要这种大块头的活法，三下五除二，把眼前的生活对付了。

签完合同后，船公司安排我们几个新人去培训，交了一笔钱，把我身上的零花钱都榨干了。可能也是为了拴住我们摇摆不定的心，垫进去了本钱，再反悔就不容易了，谁能想到这竟是个大窟窿，一环套着一环，最后不得不去了。

参加培训的人什么都有，据说也有进过监狱的，但都不是刑事犯罪，我们交上身份证后，他们能查到过往的犯罪记录，刑事犯是不允许上船的。进去过的人一般都是经济纠纷，要么欠下一屁股债，被列为"老赖"，要么非法民间集资，卷款跑路。感觉这些人都已经走投无路，但提起赚钱这码事，他们还会眼放绿光。

说是培训班，其实也没什么可学的，都是一些海上救援的常识，最后考了一次试，感觉比驾照考试的科目一还简单，几乎人人都能过。这之后，就开始发给我们海员证，说实话，我有种上当受骗，花钱办假证的感觉。

身旁的灯塔"啪"的一声亮了，黑夜被挤开了一条笔直的路，看不到尽头是什么。我一直以为灯塔是有人值守的，也没见人上去过，这灯像是神拧亮的，光束在海面上规律地打转，远处传来轮船的马达声，如同一头铁牛在黑夜中嚎叫着经过。还有一些螃蟹船，亮着灯，趴窝在海面上，像黑暗中一群野兽远远地盯着你，那感觉既陌生又有点刺激。

这个灯塔，我曾经在电视上看到过，白天的时候，能看到白色的墙体上画满了各种涂鸦，都是像我一样闲得无聊的人留下的。奇怪的是，这里的涂鸦很少有脏话，也几乎见不到"某某到此一游"之类的"牛皮癣"，大部分是表白的话，一箭双心的涂鸦随处可见，大家称这里为"爱情角"。据说在这里许下心愿会很灵验，很多人慕名而来，把心愿写得到处都是。我在灯塔旁的石头上看到一行粗黑的字体，上面写着："偷完这一次，我希望做个干净的人。"看到那句话，我有种莫名的心酸和感动，不知道那个小偷后来怎么样了，如果让我遇见他，我觉得我们会成为很好的朋友。我也想写一句类似的话，拿起笔又放下了，我觉得我想说的，他都已经帮我写出来了。

船舱里灯火通明，东北人和西北人无肉不欢，一喝酒，嗓门就像高音喇叭，打个牌都会闹出很大的动静，也许因为快要出海了，大家都有点末世狂欢的感觉。这条船一共有三十多号人，船员来自四面八方。东北一伙，以老轨为首，机舱是他们的老巢，因为修理轮船是个技术活，那里基本都是老轨带出的徒子徒孙，大家众星拱月似的围绕着他。甲板上青海人居多，水手长康扎西来自青海草原，经年累月，他也带来了很多同乡。草原上的人有一个明显的特征，喝点酒就爱唱歌，大多是情意绵绵的藏族情歌，他们用藏语唱，我也听不太懂，但从语调里我能感受到那种令人面红耳赤的浓情蜜意，我一听就想逃离，这大概就是文化的差异，我反而觉得唱歌求偶没有直接表白来得干脆和爽快。只有他们跳起舞的时候，才算是欢快场面，对我来说还好受一些。而船长、大副这些管理层大多是本地人，彼此用方言说话，像防着谁似的。

初来乍到，我对船上的每个角落都充满了好奇。大副带着我们认领自己的床铺，床铺逼仄得很，大概只有六七十厘米宽。我第一次跟王武打了照面，他住在我上铺。

当时我看着脏兮兮的被褥，感到浑身奇痒无比，杵在那里一抬头看到了王武，他正用一种慈祥又带点恶作剧的眼神看着我："怎么？你没出过海？"我点了点头。他笑得不怀好意，有点挑逗的意思，"船上跟陆地上可不一样，淡水是稀缺资源，难得洗一次澡，被子都是黑的。如果睡不惯，买床新的也可以呀。"我没有去买新被褥，除了手头拮据，我觉得迟早有一天自己会沦落为邋遢户，倒不如从头开始适应。

在没上船之前，我一直以为渔轮就是通常大家看到的水上的部分，事实上，装上了有效载荷，水下隐藏的才是它的绝大部分。我第一次在甲板上溜达的时候，被一个突然从钢板下冒出来的脑袋吓了一跳，后来我知道他叫陈浩洋，他看到我，笑嘻嘻地咧开了嘴，"是新来的吧？"我连忙点点头，他掀开了身旁的钢板盖，看到我好奇的模样，冲我招招手说："想看就下来吧。"

我弯下腰，跟着他钻进了逼仄的楼梯，盘旋而下，里面像另一个世界，昏黄的灯光下热气腾腾，到处都是人。陈浩洋把我领到了他的床铺前，我吃惊地发现他们的床铺在吃水线以下，因为舷窗上有海水浸没过的痕迹，能听到海水拍在船体钢板上的声音。

陈浩洋跟我说，甲板和机舱不太来往，毕竟工种不同，但我俩可以做个特例，他也经常去我们船舱串门，自己把自己封闭死了，就不好玩了。

这时候，一个穿着工装、满身油污的老头走了过来，他上上下下地打量了我一番，那眼神看得我很不自在，陈浩洋到他跟前也显得拘谨了很多。

他问陈浩洋："你朋友？"

"刚认识的，他好奇，带他来参观参观。"

老头皱了皱眉头，"甲板新来的吧？跟你说过多少遍了，别啥人都往里带。"老头的话丝毫不留情面，这让我难堪不已，我连忙赔了笑："我……我坐会儿，马上走。"老头一扭头，转身就离开了。

陈浩洋低声跟我解释，这是他的师父老轨，他就这脾气，对谁都这样，没有恶意。我尴尬地笑了笑，起身告辞。

从机舱出来，我似乎感受到了两伙人的不同，有点像丐帮中的污衣派和净衣派。

回到自己的船舱，我跟王武说了自己的遭遇，他笑了起来，"你这叫自讨没趣，一个破烂地方有什么好去的？"

我摸了摸自己滚烫的脸说："那老头太凶，一点面子都不给。"

王武提醒我，让我以后离机舱的人远点。他说这些人里就陈浩洋人还可以，其余没一个让人顺眼的。平时垃圾都乱丢,跟老鼠打洞一样,扔得甲板上跟个垃圾场似的,他们活该住船底。

我笑了起来,"被你这一说,似乎有点像不同的阶层啊。"

"本来就是嘛。"王武大咧咧地抹了抹自己的嘴巴。

"按这理论,船长、大副他们应该住到船舱上方的塔尖里去。"我冲他眨眨眼,坏笑道。

王武用手指点了点我,哑然失笑。

事实上,船上的阶层比陆地上分明,船长和大副都有单间,据说每个房间都装了小马力的空调。王武说现在还感受不到空调有多舒服,过赤道的时候,能羡慕死人。相比我们的船舱,那里条件确实好了很多,我们只在床头安装了一台电风扇。我去开过那电扇,风力强劲,吹得皮肉起皱。王武还说,到了赤道,往往无风,气温高得吓人,吹出来的风也是热的,但没办法,也只能对着肚皮吹,不吹更热。热到什么程度呢?他说睡一觉醒来,枕头就全湿了,从床上爬起来,濡湿的身子印留在席子上。

王武脸上的表情有些木然,过了一会儿,他像闭着眼睛吞了一把药下去,晃晃脑袋说:"不过我就享受这种折磨,天生就是水手的命。"

我说:"我倒是挺期待出海的,跟我说说,出海到底是什么感觉？"

王武牛哄哄地说："这个跟结婚一样的，对男人来说，没出过海跟没碰过女人差不多。"

"这么说，容易上瘾？"我坏笑道。

王武哈哈大笑，"看你是个小鬼，懂得还蛮多的。"

我问他："海水蓝吗？"

"这还用说？比天还蓝，蓝得发黑，蓝得你都不敢盯着它看！"他话锋一转，"只有你这样的小鬼才关心这个，谁会去在乎海水蓝不蓝？每天都在海里泡着，就希望能平平安安，不要碰到台风。海上的风暴不同于陆地上，你躲在船舱里，心里也是揪着的。"

"有这么恐怖吗？"

"哎呀！这用得着骗你吗？"

"说说！有多恐怖？"

王武眯了一会儿眼睛说："你看这船还算大吧？在风暴里，你会觉得它小，小得如同躲在火柴盒里，摇摆厉害的时候，你抓什么都感觉要被掀翻到海里去。浪头有四五层楼那么高，一下一下地扑上来，船夹在两个浪头之间，就像处在两座陡峭山峰之间的峡谷，感觉船会被吸到海底去。"

我故作轻松地问："有那么夸张？"

王武嘴上发出了"啧啧啧"的声音，旁边出过海，有过相似经历的人纷纷附和王武，瞬间，我仿佛成了众矢之的，能感受到周围气势汹汹的嘲讽。王武接着说："这还不是最恐怖的，躲在船舱里吓一吓就过去了。最危险的是船舱进水，那时候每个人都得削尖了脑袋上甲板，站都站不稳，还得跟风浪抢时间，把甲板上的水排出去。那时候，再勇敢的人都会颤抖，你想想，在世界末日一样的场景下，谁不怕死？死无葬身之地就是那个意思。"

我明显地感受到了一种压迫感，这种感觉让我脸上的温度也随之上升，我站在那里，再也没有说话。

王武大概也觉察到了我的窘迫，他没有接着往下说，而是善意地拍了拍我的肩膀说："夸张了些，这样的海况难得一遇，不是每个水手都能碰到的。你跟我儿子很像，这个年纪都喜欢自己拿主意。我要是你家大人，不会让你出海，海里讨生活可不是闹着玩的。"

说实话，我正在犹豫怎么跟父母说这件事。当初报名的时候，我是这么考虑的：如果早早地告诉他们这件事，他们执意阻拦，计划很可能会泡汤；如果临走前说，他们要干涉，我就逃跑，船一出海，他们后悔也白搭。我觉得这一趟玩得有点大，"卖身契"已经签了，硬着头皮也得去。

手机一直没离过身，我知道母亲迟早会打来电话。这两年来，她虽然每天都绷着神经过日子，但似乎对我也放心了一些。电话有点姗姗来迟，她在电话里问我在干什么。我说在做一件靠谱的事。她在电话那头笑了起来，她说，如果真像我说的那样，她就不操这个心了。我听了有些生气，他们似乎从来没有信任过我，好像我生来就是个浑蛋，只有我不靠谱，他们才觉得是正常的。母亲支支吾吾地还想探我的口风，我知道她是关心我回不回家，我直截了当地告诉她明晚回去，随即挂断了电话。

让我意想不到的是，当我跟父母摊牌的时候，他们竟出奇地平静。虽然要出去两年，母亲有些不舍，但她听说我已经签了合同，不去得赔钱时，她也默认了。父亲坐在椅子上说："让他出去吃点苦也好的，就当这两年是去当兵，磨磨回来就像个人样了。"

他们开始为我收拾行李，母亲什么都想让我带上，茶几上皱巴巴的缩水苹果，她也一股脑儿装进了行李箱。我呆呆地看着他们收拾，这几年来，在他们面前，我都习惯这么一副不死不活的样子。我看着父亲点了一支香烟，犹豫了一下，跟他说："家里的香烟都留给我吧。"这是我第一次向他们公开承认自己抽烟，父亲愣了一下，也没发怒，他站起来去屋里拿了香烟，一共三条，有一条细支香烟大概是正月里别人送的，看上去像女士烟，他从来不抽这种香烟。我问他："是薄荷味的吗？"他摇摇头说："不知道，薄荷味那还叫香烟味道吗？"我说："你不懂。"他便不说了，另外还有几包零星的散烟，他也帮我塞进了箱子，只说了一句："少抽点。"

我没有跟他们透露王武给自己准备了二十多条香烟，距离太远，我怕他们反悔。他们问过我去哪里捕鱼需要两年时间。我只说在公海。我猜他们理解的是，这两年从距离上来算能经常回来，只是因为工作的性质，不让回家。

他们给我备了许多干粮，也给了我一些钱，让我去银行兑换成外币，在船靠岸的时候可以采购点日用品。也奇怪，这次他们谁都没有多唠叨，我还一直以为他们会担心我的安全。说实话，真的要走那么远的海路，我自己心里也开始犯嘀咕，但我不能说出来，我希望他们能叮嘱我几句，但他们谁都不说，似乎说出来的会是不吉利的话。

他们一直把我送到了码头，我说别送了，都回去吧。他们在灯塔下站住了，看着我一个人进了船舱。我一点都没有因为逃离了他们的掌控而高兴起来，这样的机会我等了很多年，没想到真的实现了，却是这么复杂的心情。

透过舷窗，我看到他们还站在码头上，我冲他们不耐烦地摆了摆手，父亲却径直朝船上走来了，父亲一动身，母亲也跟来了。他们进了船舱，我有点恼火，我说："不是叫你们回去了嘛！"父亲说，他临时想见见王武这个人。我一下子没控制住嗓门："你们又不认识！"父亲说，他一定得见见，不然心里不踏实。

争执不下的时候，王武进来了，他得知我父母要见他，有点诚惶诚恐，但他知道我父母想见他的目的，他说："你们放心，我会照顾好他的。"我猛然间发现母亲的眼眶里有泪花在打转，这让我有点猝不及防，为了让氛围不至于太尴尬，我连忙说："好了好了，又不是生离死别，都回去吧。"他们才开始拖拖拉拉地往回走。

我看着他们走出船舱，在灯塔下又站了一会儿。母亲似乎才注意到我们的船，仰着头仔细地打量着，渔轮气势恢宏，这好像让她有了些自豪感，我看到她和父亲热情洋溢地谈论着，指手画脚的模样有些夸张。之后，她朝船舱方向看了一眼，似乎知道我在看着他们，两个人像做错了事的孩子，相互催促着离去了。

临近起航的两天，大家都自觉地住进了船舱，除了购物，哪儿都不去。王武说这是水手们的默契，叫"收心"，不然出了海，会有很长一段时间都适应不过来。想想也对，要习惯这方寸之地，到了大海上，吃喝拉撒都在这上面，它就是全部了。

阿君整天趴在床铺上看电视剧，用那种袖珍VCD播放机，音质和画面都有点劣质。唯一的好处是，船上用电不限制，都是用柴油机发电，船长不说，就敞开了用。

阿君有几个厚厚的碟片盒子，里面全是盗版货，不是《还珠格格》，就是《水浒传》，再就是金庸的武侠片，都是老掉牙的电视剧。隔壁床铺的山鸡已经不止一次地嘲讽过阿君的品位，他并不在意，每次都看得津津有味。倒是睡阿君上铺的大熊意见比较大，他有严重的起床气，每回阿君放出那首《好汉歌》，睡梦中的大熊就会从床铺上跳起来，一头鸟窝似的卷发，布满血丝的眼睛瞪得像铜铃，他似乎还没从睡梦中完全醒来，茫然地朝大伙打量，最后他会把头倒挂到阿君脑袋上方："哎，你把音量开那么大，不费电吗？"

"要你管？"阿君看看他，轻描淡写地回他。

"吵死了，你知不知道？"大熊咆哮道。

阿君又抬眼看了看他，作出了微小的让步，把音量关小了一点。大熊拉上被子，重新睡下，可睡意全消，不一会儿骂骂咧咧地下床，晃出了船舱。阿君撇撇嘴，跟上一句："睡个觉，全世界都得让着他。"

我想笑，看着经常马赛克满屏的画面，问阿君："这电视剧有那么好看吗？"

阿君摇头晃脑地说："你不懂，出海了，没事干，就靠这消磨时间，你看我这全部都是五十集以上的电视剧，去碟片店，哪个厚挑哪个。"

"那你也应该准备点新的片子，这些剧我看你都熟得能背了。"我总觉得阿君有点像我家里的两位老人，他们喜欢越剧，但总局限于自己熟悉的曲目，反反复复地听，没有厌烦的时候，那些新的越剧曲目，他们反倒觉得没什么意思。

阿君看了我一眼，有些不屑，"你以为我看剧情吗？错了，你看《射雕英雄传》，郭靖回蒙古的那段，有不少大草原的场景。到了海上，你就知道其中的珍贵了，海上待久了的人都好想有大片的土地可以撒欢。"

"那《还珠格格》呢？"

阿君眨眨眼说："男人成堆，又在海上，长时间见不到一个姑娘，当然得挑点女人多的电视剧看看。里面的公主们哭戏多，哭得稀里哗啦的，我喜欢。"

"你这爱好倒是挺独特的。"我笑了起来。

山鸡在一旁补充道："你不知道，除了这些意淫片，他还有压箱底的货，全是不可描述的，哈哈……"

"你以为这东西那么容易弄到手？"阿君非常受不了人

家看轻他这些宝贝。他说当年他一个人租了个房子，住在入海口附近，小区里有个碟片店，一来二去，他跟老板混熟了，就笑嘻嘻地问有没有那种碟片。彼此都心照不宣，明白这话的意思。老板就从里间拿出了两张盗版碟，没有封面介绍，只有一个塑料封膜。这之后阿君成了这家碟片店的常客。阿君问过老板，那些货是从哪里进来的。老板笑嘻嘻地回答他，吃了鸡蛋，为什么一定要认识母鸡呢？

直到某一天，碟片店忽然关门了，门上还被贴上了封条，门口拉了一条黄黑相间的警戒线，阿君意识到出事了。从旁人的口中得知，老板自己刻录色情片，不光租，还贩卖，被人举报，警察就过来抓人了。警察还在盘查到他店里买色情片的人，吓得阿君连夜退租逃跑了，没想到这阴差阳错救了他一命，在他离开那个破旧小区后不久，他住的那幢楼在一个暴雨天的晚上倒塌了。

那个小区的房子建于上世纪八十年代，墙体风蚀剥落，当时以为是靠近入海口，空气湿度大、盐分含量高的原因，其实不然，那些墙体几乎没什么水泥成分，沙墙一开裂就成了危房。阿君惊魂未定之余，也时常感念那个老板，只是两人再也没见过面。如果在租碟片的时候告诉他，这是他们人生中最后一面，阿君肯定不会相信，但确实人生中很多次最后一面就是在不知不觉间完成的。也因为这个原因，虽然那几张碟片让阿君惴惴不安，但他一直带在身边。

阿君说，虽然在海上看那些碟片出于生理需要，但他和别人不同，每次拿出那些碟片，总会怀念一个人。

看他讲得一本正经，我们都跟着大笑起来。山鸡说："熟得都会背了，其实没什么看头。""没看头，每次还扎堆？"阿君叫了起来。

船舱内闹哄哄一片，这时王武从他的床铺上抽出色情杂志说："他的片子已经磨花了，全是马赛克，不好看，真正的好东西在这里。"他说着，晃了晃手中的杂志问我："要不要开开眼界？"

我没有理会他。这本杂志据王武说是从一艘外国集装箱驳轮上要来的，国外很容易弄到这种杂志，海员出海都带着一大摞，上面全是裸体女人的图片，清晰得能看到人脸上的粉刺。我觉得外国女人长得都挺丑的，尤其是那些大尺度的图片，看了让人恶心。王武一边翻着杂志，一边飞了飞眉毛说："洋妞都不要？"我摇摇头说："不要不要，欣赏水平有限。"王武说："那你不是个合格的水手，水手都爱看这个。"我坏笑起来："留着你自己用吧。"

几天后，这本杂志成了船上的紧俏品，好多人过来跟王武借阅，借阅的时候都挤眉弄眼的，只说想借本书看看，打发打发时间。王武知道他们的心思，有时候故意装糊涂，把海员手册翻出来给他们，有的人憋不住，气急败坏地纠正："不是这个，把老婆借我用用。"在这个全是男人的地方，这本杂志上的女人顺理成章地变成了大家共同的老婆。

汽笛响了，我才知道这声音原来跟大海螺一模一样。船身散架似的抖动了几下，缓缓地离开了码头。我站在顶层的甲板上，拿出手机，往港口方向拍了几张照片。王武走过来，一副欲言又止的样子。我回头看了他一眼说："有话就说呗。"

"没什么没什么，就看看。"王武竟害羞了起来，这让我很不习惯。

"看得出来，你父母很在乎你。"王武没头没脑地来了这么一句。

"越在乎，越想离他们远一点。"

王武眼睛盯着船尾翻腾的泥浆水，"你跟我儿子一样，我静下来的时候也时常想，怎样才能做一个合格的爹。"

"这是一个人生难题。"我轻蔑地笑了。

"确实难，站的角度不一样，看到的东西就不一样。我也年轻过，年纪大起来会慢慢地懂得他们的不容易，我希望你不要跟你父母闹别扭,这样僵持着,大人心里不好受。"

我无话可说,背过身去,看着港口两岸的青山缓缓地掠过船舷,又一次举起手机。王武盯着我看了一会儿,像在看另一个人,他徐徐地冒出一句话:"出海你还带手机?"

"有什么不可以吗?"

"等会儿你就知道了,这东西到了海上就是个废品,打电话得用海事电话,直接连卫星。"

我低头看了看手机,信号还满格,有些不太相信,但嘴上不由自主地开始怪王武:"你怎么不早说?"

"这又讲不到边的,到了海上,即使有信号,你敢用吗?国际长途,贵死你!"王武仿佛有点生气,语气硬邦邦的。他说甲板上风太大,他要回去睡觉了,于是丢下我,顾自回了船舱。

甲板一下子变得冷冷清清,船舱里是另一幅景象,不时地有嬉闹声传出,似乎暖和不少。我裹紧了身上的衣服,又坚持了一阵,才回到船舱。

公海上航行的日子渐渐失去了色彩,大家都处于懒散的状态,变得不愿意多说一句话。船上除了马达声和船头刺破海浪的拍击声,几乎听不到别的声音。刚出海的时候，看着浑浊的海面渐次清澈起来，我还抑制不住内心的兴奋，这会儿，也懒得去甲板上眺望，除了深浅不一的蓝色，没有一抹多余的颜色。船舱里虽然混乱不堪，倒还有些生活的气息，有时候会错以为还在陆地上，一出舱门，那种摇晃的感觉会像影子一样跟过来。

我在所有的新人中还算可以，晕了一些日子就适应了。有几个青海来的新人吐得厉害，起初趴到船舷上往大海里吐，看到起伏不定的幽蓝色海面，狼狈地爬回船舱。后来他们再也不敢出舱门，改为每天抱着一只塑料垃圾桶，风浪一起，就响起此起彼伏的呕吐声，直到吐完胃里所有的东西，嘴角垂下一缕黏稠的液体，那干呕的声音还不绝于耳。

船上的人都在克服这种困难，想找点事做做，排遣一下眼前的无聊。王武有记航海日志的习惯，虽然字写得歪歪扭扭，每天睡觉前都会记一笔。那天，他边记边咕哝："出来一礼拜了，还不开张，这倒有点奇怪的。"我说："不是要去秘鲁钓鱿鱼吗？"王武没有理会我，顾自翻着老皇历，翻了一阵后说："明天是个黄道吉日，肯定能开张。"我说："捕鱼都挑日子吗？"王武看着我，若有所思了一阵，说："这里有大讲究！"

第二天，阳光清澈，一丝风也没有，海面如同镜子，置身这样的环境中，祥和的感觉油然而生。船长一大早就站在了甲板上，他像一头睡醒的猛兽，看着海面伸了个夸张的懒腰，然后高声叫道："好天气，撒一网！"

我发现船长对第一网还是挺在意的，那天还特意开了搜鱼雷达，船长坐镇驾驶舱，通过扩音喇叭指挥甲板，观望了很久，他才同意下一网。拖网从渔船的尾部抛入了大海，跟着渔船跑了好长一段距离，收上来后，发现除了一些不能吃的海泥鳅，什么也没有。船长一脸疑惑，他嘀咕了一声，说二十多年了，头一次碰到这样的怪事。

第二网下去了，这次拖的时间更久一些，拖上来后，除了一些水锈斑斑的塑料袋，竟然还是一窝海泥鳅。船长的脸色变得有些凝重，他恶狠狠地骂了一句："见鬼了！"

每个人都不说话，船长暗自嘀咕道，附近可能有大鱼。他神神道道地说了很多以前的经历，似乎想告诉大家，他的判断没有错。大家都等着他发信号，看看这糟糕的情况会不会有所改观。扩音喇叭静默了很长一段时间，船长仿佛在思考什么，但这时间不宜过长，太久了容易让大家看出他在犹豫。船长似乎下了很大的决心，他说："再来一网，如果还是空的，我就……"所有人都安静了，想听听船长发怎样的毒誓，他却突然合上了嘴巴。渔网又抛入了大海，跟着船拖了好久。

收网前，船长示意康扎西派人去掂掂渔网的分量，大有分量不沉誓不罢休的架势。王武有经验，试了一下，冲船长做了个起网的手势，船尾的机轮慢慢地开始收网，绿色的渔网一圈圈地从海面上浮出来，绷得紧紧的，看上去分量还挺沉，似乎让船的航速也跟着慢了下来。水面上迟迟不见水花，大家都屏住了呼吸，仿佛随时会有大动静发生。船长喊了一声："停！"马达停了下来，他从驾驶舱跑了下来，来到船尾，盯着海面看了一阵，就骂开了。大家都凑上去看，渔网确实网到了东西，黑乎乎的一团，还很大。

我问王武那是什么东西，王武说，大树墩。我很好奇，树墩怎么会跑到大海里去。王武悄悄地说，大海就是个大痰盂，那些江河湖泊，发一次洪水就相当于排泄一次，最后全冲到了大海里，能吃的都被鱼吃了，不能吃的就留下来，随着洋流乱漂，某一天又被送回陆地上。那些胡杨千年不烂，从沙漠的绿洲中被冲刷出来，经过河流的搬送，不远万里地翻山越岭，最后都到了大海里，它不光在干燥的气候中千年不烂，在海水里也是那副鸟样。

树墩粗得要好几个人合抱才围得过来，它把渔网也撑破了，船长骂了好一阵，突然泄了气，再也没有吭声。大副问他："要不要再试一网？"船长坚决地摇摇手说："不试了,今天算了。"

连续三次空网,船上出现了一股怪异的氛围,谁也不愿意多说一句话。我们像丢了魂,横七竖八地躺在甲板上。我瞥了一眼海面,蓝得发黑,让人心悸,恍惚间还看到了若有若无的地球圆弧。太阳从头顶上急匆匆地滑过,像有人在天空中拿着手电筒逗我们。船长说:"照这么下去,我们都得饿死在大海上。"

带着渔网饿死在大海上,这听起来像个笑话,如果有人告诉你,一只老鼠饿死在粮仓里,你信吗?我们都觉得船长在危言耸听,但是没有一个人站出来反驳。船上储备最多的是淡水,用大号的塑料箱装起来,沉得吓人,食物只够维持半个月的航程。如果真的半个月捞不到鱼呢?我想到这里,突然觉得眼前这一切很不真实。

船长提议,晚上喝点酒,冲冲晦气。甲板上这才开始有了点零星的生气。

那天晚上,带去的酒喝了不少,我看到好几个人喝醉了,趴在船舷上,往大海里呕吐。我中途上了趟厕所,在过道里听到船长压低嗓门在呵斥一个人。

"跟你说过多少次了,下次再这样,不用来我船上了。"

"多少人指望着我吃饭,你担得起这个责任吗?"

"用屁股想想都知道犯忌讳,你还这样,让我怎么说你？"

…………

我就听了这几句，不想再偷听下去，万一被撞见了，大家都尴尬。我迷迷糊糊地去了厕所，隐约间觉得船长说的好像跟白天的事有关，会是哪个倒霉蛋惹恼了船长？

我也不知道是喝了酒，还是海上起了风浪的缘故，逼仄的厕所摇晃得厉害，尿撒到一半，喉咙口就有了反应，憋了一下没憋住，厕所被我吐得一地狼藉。王武悄无声息地出现在门口，他捋了捋我的背，还说了我几句，大致意思是不能喝就不要喝那么多，语气像极了我父母。我甩开了他的手，说不要你管。他唉声叹气的样子也像我父亲，我轰他走，他犹犹豫豫地走了又回，折返了几次，还是把摇摇晃晃的我扶回了床铺。他给我去打了盆热水，拧了块热毛巾，往我脸上胡乱地擦了几把。热毛巾擦了以后，迷糊的状态有了缓解。

船舱里到处都是醉汉，笨拙的舌头激烈地议论着白天发生的事。大家都觉得怪异，公海上舀一瓢水都可能捞到鱼，怎么可能连续三网都颗粒无收呢？有人猜测，是出海前忘了祭妈祖。有人反驳道，船长在海上生活了二三十年，不可能犯这样低级的错误。有人说，可能这趟船被人做了手脚。至于是什么手脚，大家都没往下说，我感到气氛一下子变得森然诡异。

我突然想到船长在过道里教训一个人,可能跟这个人有关,但他到底是谁呢?他对船做了什么手脚呢?想着想着,睡意全无。那些大舌头像被突然拔了电源的收音机,前一秒还喋喋不休,后一秒就安静了。安静了之后,呼噜声就起来了,起初是一两个人,一唱一和,渐渐地又有了第三个、第四个,变成了大合唱。

那天晚上,我翻来覆去地睡不着,记忆中好像从来没有睡不着觉过,直到后半夜,我还在心里默默地数着绵羊。王武似乎也没睡着,他一直在发出一些微小的动静。我从床铺上起来,看了他一眼,他好像又睡得挺沉的。

我去了趟厕所,过道里的风挺凉的,一吹就直打哆嗦。

直到天快亮的时候,我才迷迷糊糊地睡了一小会儿,感觉只闭了一下眼睛,王武就把我叫醒了。他说:"赶紧起来,都出活去了。"我发现船舱里只剩下了我们两个人,外面的天气骤然间变了,船身摇晃得很厉害。我问他:"是要出去捕鱼吗?"王武说:"这鬼天气还捕什么鱼!得去固定船上的东西。"透过舷窗,我看到海浪翻滚,已经汹涌地扑上了甲板。我说:"怎么会起这么大的风浪?"王武说:"昨天都喝多了,谁也没注意天气预报,也可能导航出了问题,以前也有这样的情况,船瞎了,到处乱开,挺危险的。我先去了,你赶紧来。"说着,他打开舱门,一闪就不见了。

舱门一开,风就灌进了船舱,小小的船舱像个布袋,"呼呼"直响。我赶紧套上衣服,站起身来那一刻,我看到了惊悚的一幕,王武床头拉着的藏青色帷布被风吹了起来,透过晃动的帷布,我看到后面的角落里竟然摆放着一幅遗像。我确定,那就是一幅遗像!黑白两色,似乎还透着点紫,就那么晃动了一下。我浑身起了鸡皮疙瘩,赶紧移开了目光。虽然没看清楚遗像上那人的模样,但心里狠狠地揪了一下,那种被人盯了一眼的感觉让我久久平复不了。

我狼狈地逃出船舱,关上舱门的那一刻,仿佛里面有人在拉扯那扇笨重的舱门,我喊人,声音被狂风刮得支离破碎。好不容易旋紧舱门,我来到甲板上,恍惚的状态让我在人群里像只无头苍蝇。那时候,我并不知道这样的天气里,摇晃的绳索是能杀人的。手臂一样粗的绳索看似很轻地在空中荡来荡去,其实都吸饱了雨水,沉得像截木头。我听见有人喊我名字,随后被重重地一击,我成了一口笨钟,"咣"一声之后,被撞入了大海。

栽进大海的时候,我想,完了。无边无际的幽蓝一口吞没了我，我拼命地往海面上挣扎，紧跟着上面有救生圈抛下来，风浪太大，小小的救生圈显得飘忽不定，让人绝望，我抓了几下都扑空了。眼看着救生圈漂得越来越远，船舷上跳下了一个身影。据船上的人后来描述，当时王武像发了疯，很多人都拉扯不住他，那架势就像看到亲生儿子掉入了大海。

王武挟着救生圈呼啸而来，他一把揪住我，把救生圈套进了我的脖子，我被一股强大的力量拖离了海面。回到船上，大家都紧紧地趴在船舷上往下张望，仿佛依附在绝壁顶上，望着崖下。我后来才知道他们从甲板上放了软梯下去，王武却迟迟没有上来。

那段时间里，我整个脑袋都是蒙的，我只听到他们趴在船舷上发出一阵阵的惊呼。据说一个巨浪把王武的脑袋拍在了船舷的钢板上，他随后就失去了知觉，靠着救生衣的浮力，在吃水线附近反复漂荡。后来有人腰上绑了粗绳子，下去捞人。王武被拽上来时，人已经不行了，他脑袋左侧豁了条大口子，血汩汩地往外冒。船长摸了摸王武的脑壳，愣了愣神说："碎了。"旁边站满了呆若木鸡的人群，过了一会儿，船长冲大家喊："愣着干什么，快发求救信号！"人群闹哄哄地散去，而此刻的我被一个强烈的愿望包裹了起来，满脑子都是回家的念头。

船长抱着王武，冲我喊："你站在这里干什么，还不去看看？"我这才缓过神来，跑向了驾驶室，"SOS"的信号一遍遍地发出去，没有无线电信号返回过来。透过驾驶室的玻璃窗，我看到苍茫的海面上幽蓝色的海浪在愤怒地翻滚，也很奇怪，这次在摧枯拉朽的气势面前，大家似乎都忘记了害怕，每个人都焦灼地等待着。我无声无息地愣在一旁，有人过来安慰我，声音听起来非常遥远。

有人提议，别都挤在驾驶舱，再去看看王武。我们又回到了甲板上，船长的眼睛布满了血丝，他大喊着问我们："怎么样？有没有信号？"我们面面相觑地摇了摇头，船长搂紧了怀里的王武，我第一次看到这个体重超过两百斤的男人眼睛里有了惊恐的神色，他喃喃道："那怎么办，那怎么办？"

没有人能回答，整条船都处于迷途中，船长率先从抓瞎的状态中醒过来，他冲我招了招手说："你过来！"我赶紧凑上前去，船长说："你的命是王武拿自己的命换来的，跪下，给他磕个头吧！"我激灵了一下，顺从地跪倒在甲板上，郑重地向王武磕了三个头，那一瞬间，所有的愧疚和感激仿佛找到了出口，堵了很久的情绪从身体里倾泻而出。

在我磕头的时候，原本像面条一样耷拉下来的王武开始在船长怀里挣扎,他大概想阻止我这么做。我上前握住了王武的手,哭着说:"磕头不算什么,真的没什么。"王武看着我,他想说话,嘴唇嚅动了一下,发不出任何声音。他伤得太重了,痛苦的表情像电流一样,闪了一下,又消失了。他的眼睛眨巴着,恍如遥远天际的星星。那时候,我依稀记得这眼神仿佛在哪里看到过。我拍了一下脑门,跳起来说:"等一下!"

我跌跌撞撞地冲进了我们的船舱,掀开那块藏青色的帷布,把那幅遗像取了出来。这下我看清楚了相框里的人,他长着和王武一样的眼睛、鼻子和脸庞,唯一的不同是他如此年轻,仿佛刚刚满二十岁,嘴唇上的每一根绒毛都清晰可见。

我跑到了甲板上,很多人看到这幅遗像后都错愕不已。我双手捧着那幅遗像蹲在王武身前,他的目光落到了遗像上,仿佛看见了年轻时的自己,之前那种挣扎痛苦的表情一下子消失了,他的目光变得柔和起来,我看到他的嘴角开始微微地上扬,像若有若无的微笑。所有甲板上的人都在窃窃地议论遗像上的人是谁,为什么跟王武长得这么像。船长突然高着嗓门号了一声:"王武走了!"

二

安息日

王武出事的那天下午,风暴就平息了,海面恢复成镜子的模样,白云很低,如丝帛,感觉吹口气就会飘走。

船长遭受了打击,颓然的神色都挂在脸上,但我估摸着,他不想把这种情绪传染给别人,主心骨一慌,再大的船都经不住一个浪头。前不着村后不着店地漂浮在太平洋深处,人类似乎会迅速地渺小下去,小成一个黑点或者一粒尘埃。我知道,他不想把这个现状说出来,有的话一点破,就会带来接连不断的麻烦。

很多人过来安慰我,怕我有过多的心理负担,说实话,我大脑一片空白,一句都没有听清楚,但我还是卑微地朝他们笑笑。从他们的反应看,我当时看起来确实太可怜了，大概跟一条落水后被捞上来的小狗差不多，缩在角落里瑟瑟发抖。大副走过来拍了拍我的肩膀说："别纠结了，事情既然已经发生了，少回头看，多想想未来。"我感到虚弱万分，喃喃道："如果能换回来，我宁愿替王武去死。"大副愣了一下，说："别犯傻了，王武救你自有他的道理。"

我怎么也没想到，一出海就是这么艰难的开局，这让我接下去长长两年该如何度过？大副说，这就是人生的考验，一遇到大的坎，迈过去就过去了，迈不过去就完蛋了，从此一辈子都过得窝窝囊囊。他问我，是从此一蹶不振呢，还是重新开始？我说，这是一个已经有答案的问题，问题好答，但要做起来太难。

大副站起来，从身旁捞过一把锈迹斑斑的锤子，递给我说："你把它想象成你的思想包袱，扔出去，越远越好！"我接了过来，走到后甲板的边缘，闭上眼睛，我大喊一声，把它甩向了远处的海面。大副带头鼓掌叫好，他说："好了，翻篇了，忘记它吧！"被他这么一说，我好像确实感觉轻松了许多。

走回到甲板中央，船长正盘算着怎么给王武的老婆打电话，这是一个棘手的电话，电话一拨出去，那个可怜的女人就成寡妇了。她们村有很多寡妇，男人多为渔民，出趟海就失踪了，其实船长知道那些失踪的人并不是全死了，有很多人都偷渡到拉丁美洲，在当地娶了老婆继续生活。这样的人一般都有难言之隐，比如好赌，欠了高利贷的债，回去会被追杀；再比如家里有个痴傻的儿子或老婆，生活像座大山，扛了半辈子，感觉再也扛不下去了；还有的是逃犯，以前一直没有查出来，随着侦查技术的革新，在国内待不下去了，只能往国外逃。失踪的人一般都报死讯，反正不管信不信，时间一久，法院会宣布这个人死亡，户籍、身份证都会被注销，名下的田地、家产，该分的分，该过户的过户，一切活过的痕迹都被抹得一干二净。

船长跟我们说，每到清明时节，他看到那些渔民的孤孀去扫墓，心里总是怪异得很。那些埋着衣冠的空墓穴建在一个小山坡上，走过去，看着那些熟悉的名字和镶嵌在石碑上的照片，他时常会惊讶地停顿一下，但他不能说：这人还活得好好的，我前阵子还碰到过他。那是大忌。别看那些女人在坟前哭诉衷肠，她们也不见得愿意让死人活过来。生活如同一场麻将，洗过牌了，就有了新的秩序。那些追债的人通常也不会把死人的账算到活人头上，过往被自动地一笔勾销。谁都怕被打扰，尤其是刚从噩梦中挣脱出来时，更不能对这人旧事重提。只是一个人独自装着一肚子的秘密，有时候还真的挺难受。

大家听得将信将疑。船长说，这种人数量还不少，一排公墓望过去，至少能发现一两个假死骗局。他又说，那些留在拉丁美洲不回来的人，一般都得给自己交赎金，这叫"买死"，实际上是买自由。交足了赎金，宣布自己死亡，这听起来有点匪夷所思。

"那些'死人'都喜欢去码头，在大海边望着故乡的方向发呆，一口气抽一盒烟。别以为他们都思念故乡了（思念当然也会有），很多是感慨。你们想啊，大海另一头是深渊，他这一头是天堂，冤家在对岸，中间隔着无法跨越的鸿沟，这就是牢靠的幸福。"他点了支烟，接着说，"所以我不太喜欢去墓地，那地方倒是不错，有地铁可以直达，地铁不是一直在地下行驶吗？很奇怪，到了那里就来到了地面上，好像怕惊着地下躺着的人似的。"

船长说的地方我知道，叫五乡，地铁一到那段路，就在高架上缓缓而行，车窗外亮得有点晃眼，需要眯一会儿眼睛，才能适应窗外的光线。车窗外风景挺好，死人都挺会给自己挑选地方的，北面的小山坡地势平缓，公墓都建在那里，像一群拱着双手，眯着眼睛晒太阳的老汉。从那里望出去，远处的山峰呈现奇怪的线条，像被刀削过，我也不确定是不是被开采过的矿山。小山坡前面有大片的村庄，公墓密布的地方竟然还有那么多人居住，这显得很奇怪，听说那地方风水好，除了公墓和村庄，还有一个很有名气的寺庙，据说有舍利子供奉在里面，经常有人去朝拜。这地方真是绝了，三界都齐了。

船长看着甲板上王武的尸体，兴致了无，"不说了，不说了，聊来聊去都是死人的事。"大副总在这个时候最快领会船长的意思，出来驱散大家。

船长一个人去了驾驶舱，甲板上的人一哄而散。等船长一走远，几个新人又围住了大副，让他继续讲讲拉丁美洲的生活。大副说："这些事你们听过拉倒，不然被迷了心智，以后都想留在拉丁美洲了。其实，去了那里的人大多洗白了，张三变成了李四，王五变成了赵六。就算你们原来是熟人，喊他以前的名字，他也不会理你，任何一点过去的痕迹被人提起，都可能惹来一堆麻烦。那些鸟人长得像垃圾，娶的老婆个个金发碧眼，胸以下全是大腿，有大半个人这么高，看得让人眼红……"

船长突然从驾驶舱探出了脑袋冲大副喊："都什么时候了，还在讲故事！"大副赶紧掐了烟头，一溜小跑地去了驾驶舱，半途又停下来，招呼我一起过去。我愣了一下，从恍惚中挣扎出来，跟着一路小跑起来。

驾驶舱里，船长似乎想好了要说的话，让大副把卫星电话取出来。卫星电话平时由大副保管，他把它锁在驾驶舱的保险箱里。船长翻开了电话本，一个黑色硬皮的笔记本，上面记满了电话号码，那些数字因为年久氧化，字迹都模糊了，但还能看个大概。船长手上握着一支暗红色的细长圆珠笔，沿着那一排数字找下去，在王武的电话号码旁边打了个钩。我心里一凛，那动作像阎王判官勾生死簿。他从大副手里接过了卫星电话，打开了天线，整个过程在我眼里变得有些漫长。

船长一边拨电话号码，一边说："这女人我见过，干瘦得很，脑袋小小，脖子细长，从侧面看上去像根吸管插在可乐罐上，也是个可怜的人……"船长不带感情色彩，似乎什么都说，说起来还很轻巧，卫星电话开了免提，随着接通的声音传来，说了一半的话突然就断了，大家都保持了静默，话筒里传来了一个苍老的女人声音："喂——是王斌吗？"

船长愣了一下说："大嫂，是我，我是王武的老板。"

电话那头沉默了片刻说："你们不是出海了吗？"

"是的，在海上给你打电话呢。"

电话那头笑了起来，"昨天我也接到一个陌生电话，声音跟王斌很像，他说是我儿子，王斌不是早就没了吗？我还真有些恍惚，以为老天爷把我儿子还回来了。那个声音太像了,我就一直听他讲,他说他在外面做了件丢人的事,被警察抓起来了,让我给他卡里汇钱,交罚款。我知道是个诈骗电话,也舍不得打断他,让他说了好久,最后才告诉他实情。之后他就不说话了,但也没挂断电话。我说,你的声音和我儿子太像了,能不能再跟我说说话?他停顿了一下说,那好吧,妈妈,保重身体!然后挂断了电话。我一回想起来,就想哭,好希望他再打个电话来。"

船长的眼眶变得红通通,他朝我颇有意味地看了一眼,不知道怎么回事,我浑身上下打了个战。船长说:"我给你找个儿子,放心,这事我会给你办好的。"

"那怎么行?我们是穷苦人家,谁会认个拖累?"电话里热情地推托起来,不过她很快从客套中缓过神来,问船长,"还没到中秋节,你打电话来有什么事吗?"

船长握卫星电话的手微微地抖动了一下,他说:"大嫂,我对不起你,这趟不该带王武出来。"

"他怎么了?"

船长沉默了一阵说:"我们现在在太平洋上,船遇到点麻烦,王武跳下海捞个东西,就再也……没找到他。"我一激灵,意识到自己就是那个东西,为了我这个东西,王武把自己的命搭进去了。唉,我真不是个东西!

"他疯了吗?什么东西比命还重要?"

"也是我不对，当时没拦住他。不过你不要着急，附近有岛，说不定王武上岛了，我们再去找找。"

王武的老婆沉默了很久，说："那也行，有消息了再告诉我。"

船长想再安慰她几句，没想到她又说："我估计王武回来的可能性不大了，也怪我生病，之前在床上躺了几天。你们出发前，王武就有点反常，他把家里的很多活都干完了，水缸灌得满满的，还骑着三轮车去菜场驮回了好几百斤大米，好像他走了，我就会饿死似的。我们家有三块地，走之前，他也都早早地种上了土豆。他大概是早有预感了，怕出去后再也回不来了。走的时候，他还把挂在腰间的钥匙取下来给我，我说你又不是不回来了，他说要出去两年，怕钥匙丢了。"

"还有这怪事？他没跟我提过这些。"船长说。

"还有更怪的呢，出发那天，临出门了，他就犹犹豫豫的，我问他怎么了，他说天都快亮了，他做了个非常清晰的梦，梦见一条狗拖住了他的裤腿，不让他出门。醒来后，他一直在琢磨这个梦，想着究竟是吉还是凶。"

"哦，这么神奇？"船长很惊讶，"他也没跟我说，如果说了，我可能会让他回去。"

"当时我也没多想，后来越想越不安，王斌不是属狗吗？这是托梦来了，不让他走。他每次出海，我都装作没事一样，从来不说不吉利的话，他最忌讳那个。"

船长紧紧地握着话筒，真诚地说："大嫂，你放宽心，现在说王武没了还为时尚早，他只是失踪了，我们一定努力把他找回来。"

"这汪洋大海的，失踪了基本上是没了，有几个能死而复生的？如果……他不愿意回来，你告诉他，我当他死了。"

"那不会，那不会。王武不是这样的人，他跟我多少年了，我了解他。"船长说着说着，撩起粗粝的大手抹了一把脸，眼泪流了下来，我和大副也跟着红了眼眶，却不敢发出声音来，我感觉身体内躲了一个人，在那里号啕不已。

王武的老婆一直没哭，她反而异常冷静，"王武如果真的回不来了，我会把他的鹦哥照顾好。这畜生别的本事没有，学舌的本领一流，把王武教它的几句话学得一模一样，连声音和语调也是一样的。以前王武养鸟，我还嫌弃他，把家里弄得臭气熏天的，现在不会了。尤其在他出海的日子里，偶尔冒出来他的声音，也是一种安慰……"

王武的老婆一直说个不停，我听得出来，她是借着说话在掩盖自己的情绪，因为她也觉察到了，船长长时间不说话，是出大事了。卫星电话不是用来拉家常的，船长平时只在传统节日给水手们这个福利，允许他们听一听家里人的声音，但都是规定了时间的，每个人不超过三分钟。这个被取消了时限的电话最终在王武老婆的醒悟下戛然而止。挂完电话后，我们三个男人终于平复下来，但我想，放下电话后，那个女人该怎么办？

船长看上去有点蒙，他抹了一把脸说："也不知道怎么了，说着说着就心软了。"

大副应和道："换我也这么说，总比告诉她死讯好。问题是接下去怎么办呢？"

"遗体肯定是送不回去了，我做个主，把王武海葬了，以后的事以后再说，人死了，是不可能活过来了，只能用别的补偿一下。"船长又交代了大副一番，等这趟活干完，回国了，多考虑一点她以后的生活。船长说着还意味深长地看了我一眼，我说："我懂了，以后我多了一个妈妈。"

我们从驾驶舱走了出去，看到康扎西蹲在甲板上，他正用一把老虎钳在拔自己钢丝一样的胡须。船长朝他招了招手，他就过来了。船长说："你去准备准备，把王武收拾得整洁点，安排海葬。"康扎西问："要把甲板的人都叫起来吗？"船长说："不光是甲板，整条船的人都得出来，跟王武好好道个别。"

我跟随康扎西去了船舱，他一进船舱就招呼大家过来，吩咐谁去准备木板，谁去寻找大石块，同时又叫了一伙人准备给王武换衣服。熟练的流程让我感觉海上经常会遇到这样的事。

我问康扎西，这是他送走的第几个人了。康扎西摸了摸头皮，黑红的脸庞笑了起来，他说："有几个了。"

"水手死了都海葬吗？"

"那怎么办？难道放冰库冻两年再运回去？"

我有些恍惚，愣了一会儿，仿佛嘴巴已不受脑袋的控制，喃喃道："这倒也是个办法。"

康扎西笑了起来，"别傻了，冰库是冻鱿鱼的呀，过包时让别人看到，谁还敢收我们的货？再说，出了人命，碰到海警就麻烦了，说不清楚，全船的人都得遭殃。"

我有些难过，在海上仿佛只有活着才有价值，王武都比不了一条鱿鱼。

康扎西拍拍我的肩膀说："小兄弟，好好干，海上和战场上差不多，只有活着才有价值。你见过战场上死人，还有人抱着尸体不松手的吗？"

康扎西动作麻利，很快给王武换好了衣服，用棉被把王武的遗体裹了起来。他找来了细细的麻绳，在王武脚踝处、腰上和胸前捆扎了三道，那过程，我觉得像在捆扎货物。

来到了后甲板，甲板和机舱的人都出来了，大家自动地列好了队，一看就知道是给人送行。那里已经放好了一块木板，我和康扎西几个人一起把王武的遗体抬到了上面。康扎西让我捧头，同时给了我一块毛巾，让我把王武的嘴巴捂上，我不知道这里面有什么讲究，他让我怎么做我就怎么做。

一接触到王武的头，那触觉很怪异，仿佛一颗熟透的大芋艿，既柔软，又带着一丝丝凉意。我看了一眼王武，他仿佛已经睡熟了，在我手中一点反应都没有，但这让我更加小心翼翼，仿佛在触碰一个肥皂泡似的美梦。

水手身上似乎天生有一种喊号子的基因，虽然谁也没喊出声，但能让人感到一种群体的力量，海浪似的，一波一波地往前传递。我完全被裹挟在里面，整个人又回到发蒙的状态。就要和王武道别了，我觉得这一刻来得太突然了，似乎还没有准备好，也没有跟王武好好地说过一回话，他就要走了，而且去的是一个够不着的地方。我想着，什么时候才能跟王武再见面，见面的时候，他还记得我吗？

后甲板上，船长主持了一个简单的仪式，他说王武是他的兄弟，一起在海上出生入死了好多年，他懂王武的心思,他是一个善良正直的人,也是一个好父亲、一个好丈夫。当然,最重要的是他是一个好水手,水手最好的归宿就是死在大海上。从这一点来说,王武圆满了……

我听着听着,就出神了,眼睛一直停留在王武身上,他被裹得像个木乃伊,就露了个头在外面,看起来像睡着了。汽笛声响了起来,我发现大家都低下了头在那里默哀。老轨的徒弟陈浩洋——那个穿着笨重的帆布衣服,口袋里挂满了敲敲打打的工具,浑身布满重油污却经常咧着嘴笑嘻嘻的家伙——用手小心地扯了扯我的裤腿,我从恍惚中缓过神来,也加入了默哀的队伍中。

默哀结束后,大家围绕着王武的遗体走了三圈,船长让大副将日期、时间、经纬度写到航海日志里,这似乎是海葬的惯例。康扎西开始给王武的遗体绑重物,船长把那幅遗像也取了出来,他拿着那幅遗像,看了好一会儿,忽然眉宇之间有了些厌恶,他说道:"提前准备了这玩意儿,能不出事吗?真他妈的邪门。"他把遗像丢给了康扎西,"把这个也给他带走。"康扎西又松了麻绳,重新捆绑了一遍。

我问船长:"就要送走了吗?"船长皱了皱眉头说:"你还有什么事?"我摇摇头说:"没有了。"船长顿时脾气就上来了,"支支吾吾的,你烦不烦?有屁赶紧放。"我咬了咬牙说："我想留下点王武的东西。"大副在一旁说："留点念想嘛，应该的，你赶紧去整理一下。"

我挑了几样，有王武写得歪歪扭扭的航海日记，一套他的贴身衣服，本来我还想留下他的拉力器，却阴差阳错地拿了那本色情杂志，拿到手里了，我也不想再放下了。船长催促道："别没完没了了，意思一下就好了。"瞬间，我的脸烧了起来。

那时候，夕阳已经快被海水浸没了，西边的天空留下了一大片猩红的晚霞。

我走到了王武身边，在心里默默地念叨：我会替你照顾好家里的，你放心走吧。反复念叨了几遍后，我意识到王武要一个人留在海底了，觉得这太孤单了。好在他还有那幅遗像，恍然间，我好像也明白了王武为什么要带着它一起出海。从某种程度上说，也是它在危急关头救了我一命，我盯着遗像上的"王武"看了好久，这会儿那种发怵的感觉都消失了，他也笑眯眯地看着我，仿佛是我的哥哥。

枣红色的甲板上，大家都在东张西望，也有人打量着王武会从多高的地方被推入海底，那高度看起来够惊人的。这时候，不知谁喊了一句："有鲨鱼！"大家的注意力都被吸引了过去，海面上果然出现了鲨鱼的身影，它们似乎闻到了死亡的气息，在船舷附近四处游弋，像高原上阴魂不散的秃鹫。

我抓过一根长长的竹竿,拍打着海面,试图驱散鲨群,可它们转了个身,又回来了。

我在那里大喊大叫,船长走过来说:"你跟动物喊什么,它们又听不懂人话。"我说:"这些畜生围着我们转是什么意思?"船长说:"你管它什么意思。"我盯着这群虎视眈眈的鲨鱼,又回过头看看王武,觉得他忽然成了一块被惦记的食物,看上去可怜兮兮的。

船长看了看鲨群,愤怒地说:"迟不来早不来,抓它个狗日的。"一旁的康扎西来了精神,他立刻像换了个人,开始招呼甲板上的人去拿捕鱼工具。甲板上迅速忙碌成一团,很多人在那里来来回回奔跑,忙着捆扎投枪。我看了一眼海面,那些鲨鱼并没有要离去的意思,它们也许也嗅到了危险的气息,来来回回地游弋着,像暴躁的怒汉在那里徘徊。

甲板上已经放好了一堆带绳索的投枪,投枪很多都已经生锈,看不出锐利的锋刃,我怀疑能否插进鲨鱼厚实的身躯。康扎西兴奋得像个马上要上场的运动员,不停地来回走动,做着扩胸运动。他带着几个青海人把投枪搬到了船舷边,我得承认他们天生就是猎人,他们看到猎物,眼睛会冒光。

我是一个不合格的水手，从我落海开始就被证明了，但我不希望一直这么窝囊下去。这会儿，对着一群打王武主意的鲨鱼，我也开始跃跃欲试。船长却对我说："这不是闹着玩的，不要碍手碍脚。"我说："我要杀了这些畜生。"船长看了看我，没有再阻止，他转头对康扎西说："盯着一条射，别东扎一枪，西扎一枪，这些家伙扎两三枪，相当于擦破点皮，要不了它们的命。"康扎西点点头，应了一声，声音大得吓人。

我看着他们射出了第一支投枪。第一支是康扎西射的。他眼睛瞪得像铜铃，高举着的手臂上鼓着蚯蚓似的血管，他"嘿"地叫了一声，沉闷的声音仿佛都有了重量。我看到那支投枪像一枚拖着长长尾焰的烟花，尾巴上的绳索打着转，在空中甩出了一个很好看的弧形。第一枪射中的是鲨鱼的背，海面上水花四溅，一抹猩红的颜色从底下渗了开来，我仿佛感受到了疼痛。紧接着，第二支、第三支投枪也奋不顾身地扎进了海面。

鲨群变得惊恐，四散而逃，那条被扎中的鲨鱼企图甩开背上的投枪，一个劲地扭动着庞大的身躯，在海面上卷起很大的浪花。射出去的五支投枪都扎中了，深深地没入了鱼背中，能看到五支竖起来的标杆在海面上快速地移动，鲨鱼像一艘隐匿于海面下的潜艇，受到攻击后急速逃窜。五条绳索的另一头都牢牢地拴在船尾的锚墩上。我后来知道，这先射的五支投枪都是有讲究的，它有倒钩，一被它射中就别想逃脱，越挣扎，倒钩就扎得越结实。

鲨鱼见摆脱不开，就往深处游，很快被五条绳索紧紧地勒住了，站在甲板上能感受到它惊人的力量，庞大的船体被它拽得微微摇晃起来。海面上猩红的颜色漫延开来，吞噬了周围的海水，仿佛海底有个血色喷泉，不停翻滚着涌上来。船长喊："赶紧把它拉回来，人要当心，不要被它拖到海里去。"

众人上来，七手八脚地拉住了绳索，像拔河一样，喊着号子往回拉。一边的船舷上又有人举起了投枪，等着鲨鱼浮出海面，再给出致命的一击。

那抹猩红的颜色不断地翻涌，冒出了大量肉红色的气泡，然后我看到了那条鲨鱼的狰狞面目，它张着血盆大口，试图撕咬背上的绳索。鲨鱼的血盆大口极其丑陋，让人看了不寒而栗。我突然明白了，它其实不是因疼痛而恐惧，而是被一股力量从海面底下拉上来后，担心离开大海，去往另一个陌生的地方，这是一种求生的本能。它发狂了，力量惊人，海面被它闹出巨大的动静。这时候，又有几支投枪扎到了它背上，我想到了西班牙的斗牛，鲨鱼大概就是海洋里的斗牛。

船长喊起来："扎它头！"康扎西从旁边的水手手中接过投枪，"嘿"地叫喊了一声，把投枪扎入了海面。那支投枪不偏不倚，正中了鲨鱼的眼睛，这一下看起来很痛，鲨鱼跳起来，跃出了海面。几个拉着绳索的人手中的绳索纷纷脱缰，他们慌乱地颓坐在甲板上。

甲板上的绳索飞快地转着圈，像一条四散逃窜的长蛇，慌不择路地往船下藏匿。鲨鱼又隐没在海面下，猩红的海水开始散发出浓浓的血腥味，在海面上漂浮。船长说："愣着干什么，快拉。"大家又开始手忙脚乱地拉绳索，有人在拉绳索的时候觉察到了异样，发觉手上的绳索在微微地抖动。拉到海面上一看，那条鲨鱼还活着，可肚子已经被同类撕开了，它在那里愤怒地张着嘴巴。

那时候，只有我一个人站在甲板上发愣，这种置身事外的感受让我无所适从，又羞愧不已。船长在那里大喊："快拉上来，不然白忙活了！"那些鲨鱼又回来了，它们开始疯狂地撕咬同类，我看到那条被绳索牵引的鲨鱼痛苦地四处摇晃，它想竭力摆脱鲨群的攻击，但无奈寡不敌众，白花花的肚皮浮出水面，被撕咬得血肉模糊。

这种自相残杀的场面让我惊呆了，康扎西冲我喊："愣着干什么？快上来帮忙呀！"我挤到了人群中，跟着他们一起用力往回拉，鲨鱼霍地离开了海面，我感觉手上顿时轻了很多。它被拉上甲板时已经死了，船长用雨靴踩了踩鲨鱼的头，一点反应都没有。

这时候，夕阳已经完全没入了海平面，西边的天空只剩下一抹淡淡的余晖，而那颜色也开始变灰，暮色彻底降临了。游弋在船舷附近的鲨群已经散去，海面随着夜晚的降临重新归于平静。船上的灯开了起来，很快引来了一群小飞虫，它们冲撞着大灯泡，乐此不疲。甲板上亮成一片，大家身上都沾了鲨鱼的血，很多人坐在甲板上不肯起来，拉绳的水手很多手上起皮了，他们剥着死皮，吹着海风，散发着一身的疲劳。

大家仿佛都忘了王武的事情，纷纷在那里议论鲨鱼有多凶猛。有人说，曾经在太平洋某处捕上来一条大白鲨，剖开肚子，里面赫然出现了人的残肢。船长也加入了他们的闲聊，说起了几年前捕一条蓝鳍金枪鱼的事："捕这种大型鱼类，关键得抢时间，稍微有点血腥味，一迟疑，就被它们抢了先机。"船长说着踢了鲨鱼一脚，大家都笑了起来。船长接着说："那家伙真是一个胖子，圆滚滚的身体往木板上一搁，用刀片下去，手感超级细腻，没有一点阻尼感。"

然后，他们自然而然地聊到了蓝鳍金枪鱼的肉质，生鱼片有多么迷人，带皮下脂肪的鱼肉经过炭火炙烤，变成了多么诱人的美味。我惊讶地发现,王武已经从他们的脑海中提前消失了,而且消失得无影无踪。我从他们七嘴八舌的议论中逃离出来,经过右舷狭窄的通道时,我看了一眼夜晚的海面,这会儿的海面变得异常宁静,鲨鱼已经不见了踪影,仿佛还有一抹淡淡的血腥味在飘荡。

该和王武说再见了,我才体会到那种令人惆怅的依依惜别之情,想到这里,我不禁鼻子一酸。不远处的灯火下,传来水手们兴奋的叫喊声:"晚上鲨鱼宴!"

那感觉,好虚无。

三

纳古灯塔

在海上航行了十七个日夜,我已经习惯了船上的生活。就那么大一块地方,走着走着就到了甲板的尽头,思绪如蜗牛的触角,一碰到茫茫的大海,就缩回壳里。每天傍晚,大家都会从船舱里出来,自觉地排成一长溜,沿着甲板一圈一圈地走,那场景像极了囚犯放风。

又回到了极端寂寞的状态,洋面太大了,站在甲板上,像个扫描仪似的转一圈,全是蓝色的水,没有一个人影,我们这群人仿佛成了被遗弃在这个星球上唯一的活物。偶尔洋面上漂来一段木头,全船的人都会跑出去,围着它看上半天。只要远处出现轮船的影子,那就变成了一个狂欢的节日,大家都挥着衣服在甲板上跳,大喊大叫,口哨声不绝于耳。每逢这个时候，大副的高倍望远镜会被拿出来，在大家手里传递，只要发现远处船上走动的人影，手握望远镜的兄弟动静闹得跟发现新大陆似的。如果碰到运气好，远处船上还有女性活动的身影，那简直是上天的馈赠，甲板上会引起一阵骚乱，那架望远镜前瞬间会挤满密密麻麻的脑袋，像放生池里争先恐后抢食的鲤鱼。

跨越赤道的时候，天气更加变幻莫测，刚刚还是晴空万里，忽然间就聚起滚滚乌云，云层仿佛就在头顶悬着，平稳的洋面忽然陡峭了起来，眨眼间天空中落下豆大的雨滴，很快汇聚成水柱。船舱里有人开始脱衣服，脱得一丝不挂，赤条条地奔进密集的大雨中。我忽然反应过来，这是难得的天然淋浴场呀，很快甲板上站满了赤条条的人。在茫茫大海上，就这点好，根本不用考虑隐私，也没人去关心这点事，除了海洋生物和朝夕相处的同伴，没有一双多余的眼睛会盯着你。大家在甲板上悠然地享受着天然淋浴，嘻嘻哈哈地搓着澡，刚给身体涂满沐浴露，雨点就小下来了。有经验的水手加快了动作，嘴上嚷着不妙，天地间像被施了魔法，暴雨说停就停了。动作稍慢的水手只能带着浑身泡沫，跑回船上的浴室，草草地冲洗了事。

集体淋浴在一片狼狈中结束，夜幕很快降临了，洋面上凉风习习，空旷的甲板如同赛事结束后的球场。白天的喧嚣已经散尽，甲板上此时变得寂静而落寞，太平洋仿佛已经沉睡，只有微弱的涟漪声，这是大海温柔的呼噜。

借着船舱弥漫出来的光，我看到有人在甲板的尽头，面朝大海，背影看上去略微有些伛偻。海面黑漆漆，天边似乎泛着微光，那剪影单薄而刚硬，仿佛在徐徐的海风中发出金属片的振动声。

夜晚，我们的人几乎不来甲板上，这给了机舱的人可乘之机，那些老烟鬼会偷偷摸到甲板上来过一过嘴瘾。机舱里不允许抽烟，只是在楼梯拐角处有一个单独而密闭的吸烟室，那里哪有凉爽的甲板舒适？我并不想打扰那人。机舱的人在甲板上逗留被人撞见，彼此都尴尬。好几次，他们一见有人过来就匆匆地掐了烟头，扭头就走，一眨眼就没了人影，你会怀疑他们会遁术，或者是自己看花了眼。我在甲板上自顾自溜达，保持着合适的距离，尽量不发出声响，以免惊扰到对方。

过了好一会儿，那人并没有要离开的意思，我渐渐地镇定下来，以为是老轨，但看身形又不太像，那人单薄，看上去年轻，到底会是谁呢？我走近了几步，听到那人发出了一连串怪异的声音，沉闷、压抑，随着释放般的一声低吼，那蜷缩的身体慢慢地舒展开来。我马上意识到撞见了尴尬的事情，当作没看见，转身想离开。

背后传来了一阵嬉笑："我都没什么，你倒先不好意思起来了。"我站住了，扭头看到陈浩洋提上裤子在扎皮带。我不知道目光该往哪里放，尴尬至极。陈浩洋带着满足的神情说："怎么，你也来对大海发射炮弹？"我摆摆手说："不不不，我出来溜达一下。"

也只有陈浩洋敢明目张胆地来甲板上，平日里他就喜欢往我们船舱里钻，拉着人玩斗地主，他牌技烂、赌性大，所以很多人喜欢跟他玩，但往往兴致正浓的时候，就传来他师父要命的大嗓门。他余兴未了，悻悻回去，少不了挨一顿狗血淋头的训斥。他在叫骂声中训练出一种绝技，不管对方骂出的是多么不堪的话，他都能面带微笑，耐心地等到对方的怒火自动平息。领受完训斥，他继续没事一样来我们船舱。我们问他，怎么可以做到别人冒犯了你十八代祖宗还可以神色自若？他说师父嘛，只能随他骂，他骂高兴了自然就消停了。有人说，拉倒吧，别人骂你，也没见你回过嘴呀。陈浩洋说，他有特异功能，一遇到难听的话，耳朵就自动屏蔽起来，管他狂风暴雨，对他都无效。

我看着陈浩洋整理好衣物，不无揶揄地说："你的爱好很独特啊。"

陈浩洋一副扬扬得意的表情，"大海不就这个味道吗？那些海洋动物吃喝拉撒都在里面，不然腥气从哪里来？"

我被他说得恶心起来，"别说了，以后看到海鲜要吐了。"

陈浩洋说："你就是太爱干净，水手哪像你这样？感觉你真的来错了地方。"他这么一说，让我有点无地自容。

陈浩洋比我大两岁，但已经是个老水手。他看着茫茫的洋面，突然问我："你看，那里是不是有道光？"我顺着他手指的方向看去，茫茫的海面起雾了，似乎有一道光若隐若现，但又不真切。我说："你眼神真好，这都能看到！"

"再仔细看看，是不是光？绿莹莹的。"

我被他说得有点不好意思起来，洋面上的雾气越来越浓，白茫茫的一片，还真看不到光柱。我摇摇头说："没看到，你的眼神是不是练过？"

陈浩洋笑笑说："有时候是一种感觉，也不一定是眼睛看到的，你觉得那是光，便是光了。"他说得玄乎，我也不清楚他在开玩笑还是说真的，再看洋面，似乎真的有点不太一样，海风控制着雾气，时浓时淡，有那么一瞬间，我确实感觉到有光柱在海雾里打转，绿莹莹的，转瞬即逝。

陈浩洋说："那应该就是纳古灯塔，算算日子，也快到科斯特群岛了，你知道科斯特群岛吗？"我摇摇头。他说："你真该去一趟，那对水手来说，就是天堂，会让你一辈子都刻骨铭心。"

"有那么好吗？"我的好奇心被他吊了起来。

他点上香烟，抽了一大口说："去过了，你就理解我刚才的行为了，不然你永远不会懂。"他继续神秘兮兮地卖着关子。

我翻翻白眼，猜到了大概，不屑地说："岛上有红灯区吧？"

他笑了起来，说："不光有红灯区，而且还是合法的，所以去那里特别放松。我第一次也是我师父带去的，他在那里有相好，是个小姐。船在那里停靠几天，我师父哪儿也不去，吃住全在红灯区。里面的小姐玩中国麻将，刚好他也会，就给她们凑搭子，碰到手气好，能把花在小姐身上的钱又赢回来，但最终他又空着手回到船上。用他的话来说，赚小姐的钱不厚道，即使赢了，也要还回去。"说着，他暗自乐了起来。

"你在那里有相好吗？"我突然心血来潮地来了一句。

他低了低头，竟有些许羞涩，等他再抬起头来，眼神中能看出那里面装着一个人。他说："我刚才就是看到了纳古灯塔的光,才想到了她,站在船头,闭上眼睛,天地之间就是一个大银幕,她会浮现在眼前,除了夜空和海面,天地之间只有你和她,想干吗就干吗,人生圆满了。"他兴致盎然,眼睛里冒着星星点点的光。

我笑了笑说:"哪有真刀真枪有意思。"

陈浩洋被我逗乐了,似笑非笑地问我:"这个你也懂?"

我不想接他的话,转而问他:"哎,我心里一直有个疑问,机舱和甲板的人好像相互都看不顺眼,这是为什么?"

陈浩洋一副看穿了真相的表情,说:"你们不是经常找我们碴儿吗?嫌我们浑身都是毛病,生活垃圾爱乱丢,弄脏了你们的甲板。哎,甲板的水手天生就有优越感。"

我说:"五十步笑百步吧?一头猪,一头牛,非得分出谁的肉好吃吗?"

陈浩洋吃了一惊,看着我,那目光有点刮目相看的意思,他说:"你懂得还不少啊,有时候确实是老大他们不好,船长一般都出身甲板,天生对甲板有好感。船上的人别看傻乎乎的,都看他眼色行事,船长觉得机舱低人一等,那就低人一等了。你看,甲板的人都住在甲板上的船舱里,我们机舱住在底下,从舷窗望出去,在吃水线附近,床铺都铺在海平面以下,相当于地下室。这就是海上的阶层，千百年来默认的规矩。"陈浩洋一脸笑嘻嘻，看上去又有点老三老四。

"跟我想的一样，不过有什么必要呢？"

"这里面文章大了去。"陈浩洋吸了一口烟，压低嗓门说，"做领导的不能有偏袒啊，甲板的优越感都是他们惯出来的。"

我煞有介事地说道："大家都在一条船上，应该团结才对。"

陈浩洋轻蔑地一笑，"这你就幼稚了，我时常在想，他们他妈的可能是故意的，拉偏架是门艺术，有了矛盾，便于管理啊。"

我似懂非懂，觉得这里面的道行原来也蛮深的。

陈浩洋说："你一个毛头小伙，今天我给你上一课，各行各业都存在这种现象，所以最明智的人不卷入纷争。"

我说："我对谁都没意见，大家都是兄弟嘛。"

"你这句话好，大家都是兄弟，我也把你当兄弟，才会跟你讲这么多，这些话你可不能传出去，出卖兄弟，那是王八蛋干的事。"

我尴尬地点点头说："这你放心，我不是那样的人。"

陈浩洋掏出烟盒，给我递过来一支烟，我不好意思地接了。这个话题戛然而止，他似乎忽然之间感到自己有些说多了，变得忧心忡忡，好像在为自己的多嘴而后悔。

为了打破尴尬的气氛，我问他："这次船会在科斯特群岛停留吗？"

他回过头来，看了我一眼，又不太放心地叮嘱了一遍："今天这些话你只能烂在肚子里，对任何人都不能说，这可不是开玩笑的事。"他的神情变得异常严肃。

我愣住了，指着天空说："要不要我对天发誓？"

他笑起来说："那不用，我相信你，我们是兄弟。"他拍拍我的肩膀，力道沉得有些过分。这时候，他突然眼珠子一转，仿佛在盘算什么，突然高着嗓门说："就工作环境来说，你们甲板上的人该知足了，白天的时候，你不知道机舱里有多闷热，就靠那几台排风扇，每个人都赤膊，脚底板还冒汗。"

我愣了一下，"甲板也热，太阳烘烤下，那就是一块铁板。"

"至少有海风吹。"

"那倒是，那倒是。"我低头承认。

"到了渔场，白天也不干活，鱿钓都在晚上，不然挂这些东西干吗？"陈浩洋说着，指了指船舷两侧的灯。那一排排悬挂起来的灯，从船头延伸到船尾，随着轻微的波浪，那些灯泡和绳索发出好听的碰撞声。听人说，到了晚上，那灯一开，鱿鱼就成群结队地游过来，这东西平常在海面十米以下生活，但有趋光性，到了夜晚，只要大功率的灯在海面上一照，比招魂符还管用。钓具上的饵料也是假的，用荧光材料做成北极虾的形状，那些鱿鱼不停地上当咬钩，源源不绝，让人忙一整晚，所以鱿钓更像一场明目张胆的骗局。

陈浩洋继续为机舱的人辩驳："主要是工种不一样，甲板的人总觉得自己是主角，钓鱿鱼的时候，出力的都是他们，可是没有机舱的人，怎么保证这条船的正常运行？隔着一个太平洋，他们走去？冷冻库坏了，他们自己能修吗？别看我们一个个都跟机油、螺丝打交道，浑身上下弄得脏兮兮的，没有我们，你们甲板的人能行吗？"他说着说着，竟然激动起来了。

我理解不了陈浩洋为什么突然和我对立起来，"你说得都对，本来就不该有歧视。你怎么突然之间维护起机舱的人？"

陈浩洋义正词严地说："我本来就是机舱的人，难道维护你们呀？"

"可这不太像……"

陈浩洋突然打断了我的话："瞎说什么呢？不服打一架啊，我还不信收拾不了你。"他咄咄逼人的样子让我猝不及防，就在我诧异不已的时候，楼梯的拐弯处传来了一声响动，像是谁走路绊了一跤，然后是机舱阀门关上的声音。陈浩洋缩着脖子笑，我忽然间醒悟过来，说："你不光眼神好，听力也厉害呀。"

陈浩洋说："这就是海上的江湖，要眼观六路耳听八方，小心点总没错的。"

"犯得着这么小心吗？"我有点不屑。

他纠正我说："有时候，一句玩笑话都会闹得不可收拾，这不同于陆地上，就那么大一点地方，流言传来传去就变成了矛盾，矛盾不化解，就会出问题。我们刚才聊到哪儿了？"他拍了拍自己的脑门，"哦，记起来了，你刚才问我会不会停靠科斯特群岛，我可以明确告诉你，肯定会，但这里面有机关，到时候得看大家的表现。你看着，明天就会有好戏发生，你是我兄弟，我才偷偷告诉你，到时候别像傻子一样往前冲，跟在后面就行了。电视剧里打仗的时候，指挥员都是手枪一挥，喊冲啊，那都是让别人冲，自己留在后面的。"

我听得一头雾水，问他有什么好戏。陈浩洋却铁了心卖起关子，他说只要记住他的叮嘱就行了，那只是场戏。

我后来才知道，每次经过科斯特群岛，船都会休整一下，慢慢变成了一种约定俗成的习惯。但这并不是法定节假日，对船长他们来说，能早一天到达渔场是一天，时间是可以折算成钱的，如果大家对海上航行还不那么厌烦，就会省去休整的时间。所以有了一个特别有意思的现象，每次船经过科斯特群岛，甲板和机舱的人都会趁机闹一下。这像流程规定好了似的，到了什么时候就上演什么节目。对于那场闹剧，两边的人都心照不宣，有着相当的默契，一般先派一个人出去找碴儿，其余人都窝在船舱里等那个人的信号。有点像古代战场，先上一个急先锋，到阵前叫骂，对方也杀出一个先锋，两人瞬间就扭打上了，然后两边的人倾巢而出，甲板上乱成一团。

我起初以为这只是做做样子，但出了舱门才发现是真打，双方都拿工具，机舱的人手持榔头、扳手，我们这边的人拿撬棍，马上就有人见血了。恍惚间，我记起了陈浩洋的叮嘱，缩在后面，不敢上前，我看到陈浩洋笑嘻嘻地朝我跑来，他手里高高地举着扳手，我后退了两步，被他一把掀翻在甲板上，那扳手砸到了我耳朵旁，发出猛烈的撞击声。他喊道："你打我呀，倒是打呀！"我脑袋是蒙的，问他道："真打呀？""难道玩过家家吗？"陈浩洋一副龇牙咧嘴的模样，有点欺负老实人的意思。我冲他的脸挥了一拳，他叫了声："打得好！力道还欠一点。"说着，回敬了我一拳，似乎是在给我做示范，拳头打在我眼窝上，我感到眼前一黑，明晃晃的太阳暗了下去，只剩一半视野，我以为那只眼睛被打瞎了，紧接着，他又一拳砸到了我脑袋上，另一只眼前也冒起了金星。畏畏缩缩的劲头一下子消失了，我感到身体像挣脱了束缚，经受了这两下捶击后，豁然之间就热了，那似乎已经不是我的身体，而是一头猛兽。我翻过身，把陈浩洋压在身下，对着他的头一顿暴击。

后来，我是被人拉开的，那时候周围已经安静下来。这场戏开始得快，结束得更快，当船长骂骂咧咧从驾驶舱冲下来的时候，大家立刻就停止了打斗，只有我还摁住陈浩洋不放。

我被人架住手臂，然后看到医生马军民背着药箱跑过来，察看陈浩洋的伤势，他检查了一下陈浩洋的瞳孔，对船长说："还好，还好。"大副对船长嘀咕了一声："看不出来，这小子还是匹野狼。"

经过一通发泄，也不知道什么时候开始，我的视力已经恢复了正常，但有一股火辣辣的感觉包裹着我的左眼眶。我自己也没想到会对陈浩洋下这么重的手，那时候我似乎已经失控。

船长怒气冲冲地说："有什么要求直接提嘛，每次都来这么一下，烦不烦啊？"大家都不响。"下次再这样，都别停了，直接去渔场。"船长怒气未消地吼道。大副察看了几个流血水手的伤势，心痛之余又觉得我们很愚蠢："计谋只能用一次，第二次还这么用就是傻子，你们接二连三这么干，那就是无可救药的傻子。"虽然大家心里都清楚，这只是演戏，但手上一点都不含糊，带锈的铁器都往肉里招呼。

马军民挨个给受伤的水手打破伤风针——在海上生病是件麻烦的事，虽然大海比陆地干净得多，得益于高盐度的环境，在海上划破点皮、出点血，伤口并不会发炎，但带锈的铁器造成的伤口还是得很小心，稍不注意那可能就会要了水手性命。

马军民穿得松松垮垮，说是医生，可从来没人见他穿过白大褂。听说他以前是个兽医，专门阉公猪，没少吃公猪的睾丸，肉一寸寸地往身上长，都长到了脖子和脸上，让他看起来更像个屠夫，估计他也把水手当牲口医，一针一针扎过去，不带一点含糊。以前听王武说过，他那药箱里全是凶猛的药，破伤风、抗生素、激素药应有尽有，陆地上不太敢用的药，在他这里几乎都能找到，当然，最多的是伤膏——海上生活，关节肌肉损伤之类的"硬"伤占了绝大多数。马军民也是个马大哈，据说很多伤膏过期了两三年，他还在给人用，所以很多水手信不过他，出海前都会去买一些伤膏，以备不时之需。

船上有伤口的人不少，破伤风针不够用，这大概就是这场闹剧的关键点。马军民翻着那个应急药箱，一副焦急的模样，最后他无奈地看着船长。船长说："我知道了，还差多少？"马军民开始清点人数，这些受伤的水手笑嘻嘻的，他们知道计谋又得逞了，迎接大家的就是科斯特群岛，哪怕上去逛一圈也值了。

那天的打斗戏落幕后，我去看望了陈浩洋。机舱的人看到我，还带着怨气，尤其是陈浩洋的师父，操起手边的榔头想收拾我，被旁边的人拦下了。

陈浩洋躺在床上，冲我微微地笑了一下，他说："忘记跟你说了，打架也得有分寸，不影响去岛上为前提。这下好了，玩不成了。"我跟陈浩洋说："不好意思，我真的不是故意的，挨了你两拳后，整个人好像失控了。"陈浩洋的师父在一旁怒吼："他就是个害人精，以后离他远点！"

那一瞬间，我浑身上下如被雷击，原地僵住了。机舱的人都警惕地看着我，他们仿佛在围观一个怪物，既想躲得远远的，又似乎想合力擒住我，就地对我进行报复。

陈浩洋却制止了他们："你们别这样，他也不是故意的。"转过头,他轻轻地朝我笑了笑,那笑容无比苍白,却又如此友善。

我似乎真是个害人精,王武因为我把命搭进去了,一想到他,我整个人都委顿下来。现在陈浩洋躺在床上不能动弹,这也拜我所赐,我不想辩驳。

陈浩洋轻轻地冲我摇摇手,"没事的,我们是兄弟,你回去吧。"我起身走出了机舱,跨出机舱门的时候,我停顿了一下,甩了自己一个耳光。

船驶入群岛中最大岛屿科斯特岛的码头时,我看到了纳古灯塔。那是一座气势恢宏的古老灯塔,足有七八层楼那么高,用巨石砌起来,像根粗壮的烟囱。大副说,守灯塔的是个风烛残年的老头,每次船经过那里,他们都要去找他喝酒。离别的时候,老头都会说,也许你们下次来,我就不在了。所以船靠码头后,大家都要去灯塔看看,说是找老头喝酒,更多的是看看老头还在不在。这么多年来,老头一次也没让大家失望过。

大副说:"我年轻的时候,老头就在了,这么多年过去了,我老了,他还是那副模样。可能人长到一定的岁数,就稳定在那个模样了。真不知道这样的相见还有多少次。"

我被他说得心动起来，问他能否带我一起去。大副看了我一眼说："你不说，也得跟着我，人生地不熟的，走丢了怎么办？再说跟着那帮人，还会有什么好事？"他这么一说，我就明白了那群兴奋得有些夸张的人接下去要干什么了。

船长给每人派发了两百美元，甲板上人头攒动，大家看到陆地，都有点按捺不住，等船停稳，纷纷往岸上扑。

口岸上有个简易的出入境办理窗口，大家拿着护照，办理了入境手续，然后一哄而散。

我成了船长他们的跟屁虫，我们一起去了纳古灯塔。灯塔建在码头的礁石上，有一条羊肠小道延伸到灯塔的底部，走在那条小道上，看着海浪一下一下扑上来，接连拍在礁石上，我感到从未有过的平静和安宁。

灯塔的底部有个圆拱形的门洞，两扇斑驳的小铁门敞开着，进入内部，是螺旋而上的阶梯。爬那个螺旋阶梯，仿佛盘龙沿柱而上，我们的脚步声空旷而带着回声，那感觉既新奇又让人充满期待。

到了灯塔的顶部，还有一道门，半开着，里边是一个圆形的房间，四周圆弧形的墙面上都是洞开的窗户，每扇窗户前都有一盏大功率的射灯。

大副喊了一声："庄老头，我们来看您了。"圆形房间的门开了,一个头发花白的老人在一个中年妇女的搀扶下走了出来,他看着大家,一个一个地看过去。仿佛大家原来的模样在他记忆里复活了,他缓过神来说:"哦,你们又回来了。"

船长说:"这次是刚去,还没干活呢。"老人的听力好像有点问题,他指了指自己的耳朵说:"这几年,我的听力不行了。"他说着,扭头看着那个中年妇女,中年妇女凑近他耳朵,复述了一遍船长的话。很奇怪,她也没有提高嗓门,就是正常的音量,他却听清楚了。

大家客套了一番,进入了那个圆形的房间。房间透光性很好,能一览无余地看到忙碌的海面。房间里收拾得干干净净,墙壁上镶嵌着灯塔的按钮,东西两边各放一张钢丝床,都支起了支架,用窗帘布做了遮挡,看上去像两个大箱子。房间正中央是一张饭桌,可以折叠。那中年妇女拉开了底下的滑轮,拼积木似的,一顿令人眼花缭乱的操作后,桌子大了一圈。折叠成摞的凳子散开来,铺满了房间的角落。

我看到庄老头翻出了一个助听器,一边往耳朵上戴,一边跟我们解释道:"这东西太灵敏,戴上去有回声,用不习惯,我平时不戴,但不戴又影响跟你们说话。"说着,他指着那个中年妇女,向我们介绍:"这是我女儿。"然后他又指着我们跟他女儿说:"他们是中国水手,每次经过这里,都来看我。"

我很诧异,庄老头和他女儿看上去不太像华人,为什么中文说得这么好?大副轻声告诉我,他们是马来西亚人,祖籍在福建。经他这么一提醒,我再细看这对父女,脸形的轮廓非常相似,既有闽南人爽朗的特征,又有南亚人的五官,他们的肤色也是,被海风吹成了小麦色,带着海岛人特有的光泽。

船长客气地说:"每次见到您,就像见到了亲人,所以我们经过这里,都要来看看您。"

庄老头说:"我何尝不是呢?别人过一年是三百六十五天,我过一年就是再见到你们一次。"

船长又说:"每次从您这里离开,我们都感叹,老天对您真优待,每次见到您都是差不多的模样,而我们却在一天天老去。"

这时候,大副在我耳边小声说:"唯独这次,他变化挺大,我第一眼看到就感觉出来了,他走路需要人搀扶了,说明平衡感差了,一般人老了都是率先从腿脚上表现出来的。以前,他是身体多么硬朗的一个人。"我似乎觉察到了什么,轻声问大副:"原来他一个人住吗?"大副点点头说:"对,他女儿我也是第一次见到。"

这时候，庄老头连连摆手道："现在也不行了，回头发现时间对谁都是公平的，生老病死，谁都不可能一直活力四射。到了这个年纪，我自己能感觉出来，最近身体跟半年前比都差了很多。"他说得云淡风轻，似乎死亡也是一件稀松平常的事。

庄老头说着从抽屉里翻出了一个黄布袋，他女儿在旁边怪他："怎么又拿出来了？你怎么不分场合的呀！"他并不理会，打开了那只黄布袋，从里面掏出了一堆琳琅满目的挂饰，一串一串地摆放在桌子上。那些挂饰说不上有多珍贵，很多都是贝壳做的，还有一些铜铃铛，颜色五花八门，仿佛一堆色彩鲜艳的劣质玩具。他说："这些都是我过世后要用的，我跟我女儿交代过，等我没了，不要慌张，先挂哪串，再挂哪串，这都是有讲究的，一定要穿戴好。"

他女儿冲我们不好意思地笑笑说："他不知道跟我叮嘱了多少遍，我都有点烦了，这个黄布袋是他的心头肉，隔三岔五地拿出来看。近些年，这种装饰品他越买越多，都是便宜货，我给他买过真的珍珠链子，他不要，说那东西太贵，带到坟墓里去浪费。"

我们都笑了起来。庄老头仿佛成了一个小孩，而那只黄布袋就是他的百宝箱。他给我们展示完那些挂饰，又翻出一套折叠得很整齐的衣服，大红色，绣着喜庆的图案。他女儿觉得出了洋相，欲上前阻止，庄老头却执意要展示给我们看，他说："不瞒你们，这是我的寿衣，我自己去扯了布匹，找了一个老裁缝做的，都是我自己设计的，一般的裁缝做不出这个款式。"

船长只好尴尬地笑笑说："好看的，喜庆！"

庄老头说："我不喜欢葬礼上哭哭啼啼的，人死了就是油尽灯枯，是自然规律，没什么好伤心的，所以我得把自己打扮得好看一点。"说来也奇怪，庄老头这么从容地展示他的身后事，大家也都慢慢地接受了，仿佛在提前参加他的葬礼。

庄老头说："葬礼其实就是人留在这世上的最后一场社交活动，我跟我女儿交代过，大家都不要哭，应该高高兴兴的。希望生前的亲朋好友，走得出的，到时候都来看看我，能送的送一程，大家道个别。虽然那时候我已经不会站起来了，但我得祝福大家，所以要趁活着的时候，提前做一些事情。"

他女儿在旁边补充道："他让我列过一份亲友名单，名单很长，很多名字我闻所未闻。那段时间，他也不外出，就在房间里慢慢地回忆，我很惊讶他竟然有那么好的记忆力，把他自己从小时候到现在认为重要的人一个不落地列了出来。这件事前后花了几个月时间,名单的先后顺序改了又改,我也誊抄了好多遍。最终敲定后,他拿着那几张纸,一张一张地看过去,虽然他识字不多,但还是把每个名字都认真地打量了一番。他还交代我,等他没了,要按照那份名单,逐个通知,先后顺序千万不能搞错。"

庄老头从柜子中摸出了几张折叠得很整齐的纸,一一展开,我看到了密密麻麻的字,船长、大副他们很快在上面找到了自己的名字。我看到大副有点动容,他说:"虽然我们也不一定能来,但到时候希望能接到这个电话,这对我们都很重要。"大副一说,大家纷纷赞同,这场预演的葬礼似乎让大家有了别样的期待,它不再是令人悲伤或者恐惧的,而是让人感到吉祥,甚至有点欢欣鼓舞。

我还看到了一张菜单,上面写着红烧蹄髈、清蒸沙鳗、卤全鸭,等等,列了一大串,毫无疑问,这是老人给自己的丧宴制订的餐饮标准,那张菜单下面注着一行小字:一只蹄髈不得少于三斤,沙鳗得盘满青花瓷盘,全鸭必须是三年以上的老鸭……

看到那张菜单,船长笑了起来,"需要准备得这么详细吗?"

他女儿说:"他事必躬亲,考虑得非常细致,连厨师都指定好了,说必须让岛上的胖子厨师来,只有他能烧出他认可的味道来。我也都依了他的心愿。他把能想到的都记下来了,仿佛只有写下来,这事才有了保证。"

庄老头说:"我很满足,到了这个年纪,还能让我有充足的时间来慢慢准备以后的事,等这一切都准备好了,我就可以体面地和这个世界告别了。我守了灯塔快五十年,看着海面上来来往往的船只,大家都很忙碌,只有我是静止不动的。有时候想想,就像一口古老的时钟,你们都是走动的针,我是时钟的外壳,我们一起组成了这几十年的时光。"

那一瞬间,我被眼前的老头打动了。恍然间,我发现自己原来是一个什么都不懂的孩子,而这个垂暮之年的老人身形干瘪消瘦,却放松随和,带着一股慈祥和智慧。面对这样一个老者,我心里不觉产生了好感,第一次意识到自己原来很卑微。到了这里,连话痨的船长和大副话也少了,他们变成了聆听的人。这会儿,我才反应过来,为什么每次船停靠在科斯特群岛,他们都要来纳古灯塔看看他。

庄老头说:"你们都很客气,说我没什么变化,其实我是知道的,之前我身体确实还硬朗,但这几年,尤其是找了她这个接班人后,我感觉自己一下子老了。人是不能放松的,一口气彻底松懈下来,精气神也就溜走了。之前没人愿意来这样的地方，我也舍弃不了，好在她终于答应过来了，这让我了了心愿。她一来，我就老了。"

聊了一会儿，暮色来临，我看到海面上的船只亮起了灯，码头上的路灯也渐次亮了起来。纳古灯塔又到了工作时间，庄老头站起来，揿下了灯塔的开关，射灯启动，带着微微的轰鸣，绿色的光柱在洋面上规律地打转。庄老头起身关上了窗户，随后机器的声音小了下去，但光柱在移动，似乎有声音，像熨斗划过布料，又像微风从门缝中漏进来，伴随着海面上微弱的潮汐声和船舶的马达声，好听极了。那些绿油油的光也弥漫到灯塔的墙壁上，我们仿佛置身于郁郁葱葱的森林，生机盎然，让人心生欢喜。

那晚，船长让人送来了当地的朗姆酒，庄老头的女儿在走廊的灶台上忙前忙后，做了好多菜，盛情之下，大家都有点拘束。大副去喊了她好几次，让她一起来吃饭，她都羞涩地谢绝了。看得出来，我们的到来让她暗地里兴奋不已。

庄老头说："她从马来西亚过来，已经两年多了，平时也不太有人来灯塔，偶尔碰到好奇心重的游客摸上灯塔来参观，她都会异常热情。"他喝了一口朗姆酒，"这里太寂寞了，除了我，找不到一个说话的人，她还没到守灯塔的年纪。你们是这两年多来第一批正式造访的客人，看得出来，她非常欢迎你们过来。以后我不在了，你们经过这里，要多来看看她，她也就是另一个我了。"

大家纷纷举杯，说这是应该的事。船长开玩笑说："即使我不想停船，我的船员也有办法让我停下来。"他跟庄老头说了刚刚发生的斗殴事件，庄老头笑了起来，他说："你得定个规矩，航线上经过科斯特群岛给大家放个假，他们自然就不闹了。"船长笑着说："是这个理，但他们也需要闹一下，风平浪静的日子过久了，这些人都憋坏了。"

喝了几杯朗姆酒，大副再次从座位上站起来，想邀请庄老头的女儿一起入席，被庄老头拦下了："我们管自己，她烧完菜，自然会过来。其实不瞒你们说，你们的身份让她格外亲切，以前她有个丈夫，也是水手，跟你们差不多，出一趟远海，几年才回来一次。"

大副说："哦，那她的丈夫呢？"

庄老头摇摇头说："现在……我也不是太清楚。"

船长和大副心照不宣地对视了一眼，大副轻声说："我们也遇到过类似的情况，有的人去了拉丁美洲后，再也没回来。"

庄老头说："她的情况更复杂一些，当年她有一个还不错的家庭。我女婿人很不错，所有的变故是从他们的小孩走丢开始的……"

我们都怔住了，这时候，他女儿端着烤熟的生蚝进来了，她脸上洋溢着喜悦，不知道是炉火的烘烤，还是内心的激动，让她的脸变得异乎寻常地红。大家都不好意思地看着她，谁也没想到她遭遇过这么大的变故，这对一个女人来说，简直算灭顶之灾。

我们看着她把一大盆生蚝放到了桌子中央，这会儿，大家都忘记了邀请她坐下来一起吃，那些生蚝的肉太肥厚了，已经溢到了壳外，还带着炉火的温度，"嗞嗞"地冒着泡，大家盯着那盆生蚝发呆，谁也没有伸手去取。

庄老头沉默了一阵，平静地跟他女儿解释："我们刚才聊到了你和孩子……"

"爸爸，这个不要说了！"她理了理沾在脸上的头发，激动地喊起来。

庄老头静静地说道："其实这是你多年的心结，有时候回避反而解决不了问题，我之所以跟他们讲，也是告诉你，需要有勇气面对它。也许到能面对的时候，这个坎你就算真正过了。"

房间内安静下来，只有绿莹莹的光在房间内旋转，外面已经彻底黑下来了，那晃动的绿光犹如水波，在空气中环绕，恍如到了一个梦幻般的水底世界。她解下围裙，坐了下来，我们自觉地挤了挤，给她腾出了足够的空间。庄老头拿起朗姆酒，给他女儿倒上了一杯，她端起便喝，辛辣的味道咽下肚后，她的纠结、痛苦好像缓解了一些。

庄老头又给她倒上一杯，大家都举起酒杯，敬了他女儿。这么多双手碰到一起，颇有点给她鼓励打气的意味。庄老头看着他女儿，轻声说："如果你还没准备好，那我们不讲了。"他女儿沉默着，看不出态度，大家跟着沉默，零星有人喝一小口酒，动一下筷子，气氛变得有些沉闷。他女儿又喝下了一杯酒，叹了口气，很大声。庄老头拍了拍她的后背说："爸爸何尝不知道你的痛苦？这不是你一个人该承受的，爸爸每次一想到它，也跟你一样难受。这件事过去了那么多年，应该让它过去，爸爸希望你早点从阴影中走出来。"

她耸起了肩膀，垂下头，大颗的眼泪滴到了地上，她不停地说："我知道……我知道……"

庄老头又说："遇到了可信赖的朋友，把过去的经历分享出来，他们能帮助你一起面对它。"

"我知道……"

庄老头看了我们一眼，眼神黯淡，他轻声说："其实我女儿真的不太幸运，我外孙在五岁的时候被人拐走了，当时我女婿也不在家……"

"让我自己来讲吧。"她突然打断了她父亲，仿佛此时成为一个旁听者，会让她更加难堪，"那段经历现在还经常出现在我梦里，我都不知道是怎么走过来的。"她说着，把双手垂到了桌子底下，我发觉她的双手在微微颤抖。

当时，孩子是被一对中年夫妇抱上船的，有人在海边看到过孩子，抱着一个绿色的救生圈，和那对骗子夫妻玩得很开心。目击者以为那是孩子的长辈，因为孩子玩得很欢快，他们也就没当回事。直到她发疯似的去寻找，大家才反应过来，孩子被拐走了。

"当时感觉天塌了，到了码头上，我叫唤着孩子的名字，大家都茫然地看着我，我多么希望那只是个恶作剧，孩子突然从哪个角落里钻出来，出现在我面前，但只有人群杂乱的议论声，那声音在我耳边嗡嗡作响，让我脑袋也快炸了。当时看着茫茫大海，我真想从礁石上跳下去，一了百了算了。"她咬了咬嘴唇，我发现她的嘴唇也在哆嗦，"好多热心的邻居听说我的孩子弄丢了，也帮着我一起寻找，如果没有他们，我可能已经不在了。看着他们那么努力，跟着我一起焦急，我突然觉得很羞愧，那丢人的感觉救了我。我想，好歹要等孩子他爸回来再说。"

大副说："我理解你丈夫的感受，当时我父亲病危，家里人打电话给我,我正在太平洋上,前不着村后不着店,那种绝望真的让人发狂。后来船一到秘鲁,我就订了机票赶回去,还是没能见到我父亲最后一面,我一直都很愧疚。后来我想通了,这一切可能都是命中注定的。我母亲说,在我出生的时候,父亲也没在身边,他在千里之外的林场工作,母亲托人给他拍了电报,等他赶回来,我都满月了。"

她感激地看了大副一眼,说:"当时我丈夫得知孩子丢了,也焦急万分,第一时间赶了回来。我还清楚地记得当时的场景,他胡子拉碴地出现在门口,我像往常那样,赶紧去烧开水,他每次回来的第一件事情就是先喝一大杯滚烫的茶。我多么希望,那天会和他平时回来一模一样:他扔下行李,找一找因为怕生而躲起来的孩子,然后把孩子抱起来,往他脸上亲了又亲,孩子拼命地想挣脱他,躲到我怀里来……可那天,他就站在门口,绝望地看着我,家里安静极了。我在烧开水的时候,他走过来,一把把我抱住了。那时候,我才真切地意识到我们的孩子不见了。"她说着,啜泣起来。

大家都默默地听着,除了她的啜泣声,还有大家零星的叹息声。她清了清嗓子说:"我丈夫是一个非常不错的人,孩子没了,他也没有过多地责备我,他知道我心里已经够难受了。那段时间，除了和我一起去警察局，他一步也没外出过。立案后，寻找也毫无进展，每去一次，接待的警察就宽慰我们几句，说有消息了会第一时间通知我们，除此之外，他们也毫无办法。"

庄老头接过话："因为警察也指望不上，当时他们就寄希望于当地的媒体，媒体一报道，关注的热度就上来了。后来有媒体挖出了那对中年夫妇的资料，说他们可能有邪教背景，带走孩子不是为了拐卖人口，而是另有邪恶的目的。传得神乎其神，把他们夫妻逼到了崩溃的边缘。"

他女儿在旁边默默地流着眼泪说："当时我满脑子想的是孩子会不会被他们弄死了，每次新闻报道哪片海域发现了孩子尸体，我们就坐立不安，特别焦虑。警察也让我们去辨认过尸体，但都不是我们的孩子。那段时间，孩子他爸哪儿也不去，就在家陪着我，他担心我想不开，做出轻生的举动。我们闭门不出，每天都浑浑噩噩地过着，到了饭点，忘记了煮饭。什么也不做，大部分时间，我们都默默地坐着，突然发现家里的一切变得乱糟糟的，脏衣服凌乱成堆，地板有了污渍，水槽里长了霉斑，天黑下来了，屋子里也是黑的，偶尔开灯，客厅里的蟑螂一见光便四散而逃。我丈夫不会干家务，他实在看不下去，就开始收拾乱糟糟的家。对孩子的东西，他一件也没动，都维持着原来的样子。这一点，我们有默契，似乎一碰它们，孩子就回不来了。那时候，我们都在幻想，也许某一天，孩子突然自己就跑回来了，他高高兴兴地出现在门口，不能让他感到陌生了。"

这时，门突然被推开了，大家不约而同地看向门外，没有人，门像被风吹开的。就在大家疑神疑鬼的时候，传来了一声猫叫。庄老头拾掇了一碗桌上的鱼骨头，起身喂猫去了。大家松了口气，他女儿捋了一下额头前垂下来的头发，继续说："这样的日子大概过了一个多月，有一天，我跟孩子他爸说，把孩子的东西都收起来吧。他差点喜极而泣，说我终于想通了。那天他很开心，说我们就要和过去告别了，接下来会是新的开始。他把孩子的衣服、玩具都小心翼翼地用大箱子装了起来，一边收拾，一边喃喃地念叨：我们只是暂时保管起来，因为妈妈看到了会伤心。他低声细语地说着，仿佛在跟儿子商量。箱子装满了，他跪在地上，把它盖了起来，似乎怕自己会心软，那封存的动作突然变得决绝起来。他找来了一卷胶带，不带半点犹豫，'哗啦'一下撕开胶带，一圈一圈地缠绕起来。那跟……入殓是一模一样的，那一刻，我再也忍不住了，我知道那些东西再也不会拿出来了，虽然只是孩子的玩具和衣服，但在我眼里，那就是我的孩子呀……"

她泪流满面，在场的所有人大气也不敢出，个个正襟危坐，眉头紧锁地看着自己的碗筷，没有人敢去多看她一眼，仿佛看到她，就目睹了一个血淋淋的悲剧。

　　"这之后，我不停地暗示自己，一定要重新振作起来。可事实上是我太乐观了，糟糕的事情还在后面。那时候，身体和灵魂是脱节的，心里想的是一回事，做的又是另一回事。我发现很快又回到那种茫然而失神的状态中，我丈夫一直在鼓励我，让我多吃一点，多想些开心的事，可我做不到。我跟他说，我担心失去了孩子后，也会失去他。他摇摇头说，不会的，不会的，我们还会有孩子，等新成员到来了，一切会好起来的。他说这话的时候也没有底气，从他眼神里我看得出来，他也遭遇着同样的困境，对于将来，我们不知所措，也不确定以后究竟会变成什么样子。"

　　"后来你们没要孩子吗？"大副轻声地问，既小心，又充满关切。

　　"没有，是我的问题，我也想有个新的开始，但忽然发现已经没法再和他生活在一起了，不是我们的感情出了问题，我们依然彼此爱着对方，但只要我一看到他，就自然地想到我们的孩子，想到他现在会在世界上哪个角落，会饿肚子吗？天气冷了，会有衣服穿吗？还是真如大家传言的那样,已经不在人世了?想到这些,我就没办法平静下来。我还是没做好要一个新生儿的准备,总感觉这样做就把我那可怜的孩子抛弃了,难道不是吗?即使有了新生命,也只是转移了我们这些大人的注意力,他难道就该被遗忘和放弃吗?他已经够可怜了!"她说着,双手捂着脸,痛哭了起来。

庄老头抚着他女儿的后背,说道:"现在都过去了,最艰难的时刻已经过去了。"他女儿沉浸在痛苦的回忆中,痛彻心扉的哭声随着纳古灯塔的光向周围的海面扩散开去。我第一次感觉到,撕心裂肺的痛原来是有形状和重量的,它浸润到了每一个人的心里,像水墨般弥漫开去。我能体会到她当初是多么绝望,这种绝望像一道道铁幕,把她和她丈夫倒扣在了其中。

她好不容易平静下来,说:"更糟糕的是那段日子里,我丈夫的手经常莫名其妙地受伤。我问他怎么弄伤的,他支支吾吾地不肯说。直到有一天,我发现他在用剪刀戳自己的手掌,直到戳得鲜血淋淋才罢手。我才意识到问题严重了——他在自残。"

我们都愣住了,根本无法想象那是一种怎样的悲痛。她取过纸巾,擦了擦眼泪说:"他其实一直在自责,只是没跟我说而已,他用这种方式来麻痹自己,仿佛只有这样，才能短暂地忘记痛苦。我知道这是一种病态的心理，日子久了会成瘾。那时候，我下定决心，要跟他分开过。我说，你留在家里也没什么用，还是去工作吧。弄点事情做，可以分散一下注意力。他说，那你一个人怎么办？我说，最难熬的日子已经过去了，现在没事了。他还是不放心，那时候我心里一狠，朝他吼，死了又怎么了？活着难道比死好受吗？他愣住了，因为我们从来没红过脸，他不知道该怎么安慰我。我那天做了这辈子最勇敢的决定，就是把他从这个家里赶出去。我说，我没法做到看见你不想起儿子，求求你放过我，再这么耗下去，我们都会疯。我们给彼此一条生路不好吗？他一声不响，当时我满脑子都是把他推出去的念头，似乎只有离开这里，他才能活下去，至于以后会怎么样，我没想过。他沉默了好几天，终于走了。临走的时候，他说一定要把孩子找回来。我知道希望渺茫，他可能也是给我留个念想，活着变成了漫长的等待，就可以耗完一辈子。这么多年过去了，他再也没回来过，也不可能再回来了。"

一屋子人都唏嘘不已，过了好久，大副说："你还有爸爸，要多保重身体。以后，你又多了这么多双眼睛，我们替你寻找你丈夫和孩子，希望他们能早点回家。"庄老头站了起来，端起酒杯，跟大家一个一个地碰过去，仿佛在挨个感谢大家，但我有种错觉，大家一起举着酒杯，仿佛在替他女儿和过去和解与告别！

再看他女儿，仿佛从一场恐怖的灾难中逃了出来，那些艰难的回忆似乎已经与她无关，讲出来之后，像爆炸后的灰尘，飘落到了在场的每一个人肩膀上。回忆让她疲惫万分，快要虚脱的脸上挤出了一抹笑容，继而整个人都松弛下来。她依偎在老父亲的肩膀上，像回到了少女时代，神情如此恬淡、安宁，苍白的脸上开始泛起了红晕。

这之后，饭桌上恢复了勃勃生机，大家觥筹交错，似乎在庆祝庄老头的女儿获得了重生。当我们离开的时候，庄老头把我们送到了门外，他似乎恢复了往日的神采，说："下次来，我可能不在了，但我女儿还在，希望你们再来看看她。"好多人都不约而同地双手合十，这手势做得如此自然，似乎除了道别，还在感恩彼此的相遇。

他女儿脸上带着羞涩，挽着年迈的父亲，站在灯塔门口，目送着我们离开。我一直没敢回头多看他们一眼，同行的人也大多这样，似乎就该迈开大步，一直往前走。这感觉多么珍贵，我知道身后是一座巨大的灯塔，那束绿莹莹的光会一直跟随着我们。

四

海上骑士

我从一场宿醉中醒来,第一次看到了科斯特群岛的清晨。黛色的海面上朝霞满天,海平面的尽头是一道略微呈圆弧形的直线,在橙红色天际的衬托下犹如刀片,锋利得可以划破皮肤。我们的船在港湾里轻轻摇晃,恍若一只庞大的摇篮,狂欢的人群终于耗尽了多余的精力,横七竖八地躺在自己床上,沉浸在绵长的梦乡中。

旭日如一道白日焰火,缓缓地从海面升起,收敛起温柔的霞光,变得透亮耀眼。之后,陆陆续续有人起床,水槽前一眨眼挤满了洗漱的人,他们还眉飞色舞地温习着前一晚的故事。大家也没事可干,有的去采购日用品,有的跟随附近的渔船去岛礁上瞎逛。这里到处都是渔民,只要跟他们打声招呼，递几支香烟，就可以上他们的小船。小船仅能容三四个人，船尾装着马达，一路"突突"地往大海深处驶去。

去一趟岛礁回来，人就会黑一圈，似乎遮阳帽也不顶用，这里的海风轻易就能把一个人吹黑了。这里的渔民要么不防护，赤膊上阵，浑身上下晒得像块包浆的玉石；要么防护得很严实，头上罩一个披挂到脖子的帽子，只露两只眼睛在外面，出海像去捅马蜂窝。康扎西跟我说："你应该去晒晒，脱层皮也好的，不然以后会吃苦头。"我不明白他话里的意思，他又说："到时候我出去，带上你呗。"我说："好的。"

到了那天下午，康扎西出海叫上了我。上了船，我发现这里的渔民捕鱼都不带渔网，以为他们已经在外面布好了网，出海只是收渔网，但去了岛礁也没见到什么网。

岛礁位于大海深处的潟湖，涨潮的时候没于海水之下，退潮后，零星的陆地从海平面露出来，大小不一，大的有足球场那么大，走在上面，浪花扑上来，能没过脚背。潮汐声很大，说话基本靠喊。到了那里，你就会惊叹造物主的神奇，仿佛海面上铺了一块质地粗糙的地毯，踩在上面，感觉脚下在晃动。小的岛礁只有磨盘大小，浮于海面，仿佛从空中向大海深处打入了一枚楔子，人趴在那礁石上，如置身于摇摇欲坠的梅花桩，心里免不了战战兢兢，因为礁石的四周都是悬崖般的深渊，往下瞥一眼，深不见底。

到达潟湖，海水从幽蓝变成了翠绿，水质清澈透明，质地柔软得像块温润的果冻，忍不住捧在手里想咬一口。珊瑚都是活的，色彩明艳而富有弹性，在海水中摇曳生姿。一群艳丽的热带鱼在珊瑚丛中游来游去，但渔民好像对那些鱼并不感兴趣，他们沿着礁石慢慢转悠。我问康扎西他们在干吗，康扎西说，找鳗鱼。

我才注意到他们盯着礁石上的缝隙，来回寻找鳗鱼的藏身之所，那有点类似于钓黄鳝。我在老家时看到过钓黄鳝的人，赤着双脚，披着蓑衣，戴着斗笠，走街串巷地找池塘的石头缝。他身后总少不了一群甩不掉的孩子，当时我也混迹于这群孩子中，我们的好奇心来自他腰间悬挂的竹篓，可那里面的黄鳝从不轻易给人看，于是我们成了跟屁虫，被钓客牵着鼻子到处跑。钓客手上都有一个工具，用竹片固定住一个铁钩，铁钩上串着一条大蚯蚓，遇到石缝，探入钩子，一眨眼就能从里面拉出一条黄鳝。很奇怪，这里的渔民都空着手，也没见到钓具。他们似乎能辨认出哪些石洞中藏着鳗鱼，找到一处，弯下腰打量一番，从口袋中取出一瓶液体，那液体看上去也没什么特别，倒入石洞中，仿佛倒了一点纯净水，瞬间就融入透明的海水中，他们也不急，坐在一旁慢慢等。不一会儿，一条比手臂还粗的鳗鱼从石洞中流淌出来。那条鳗鱼仿佛喝醉了酒，晕晕乎乎地漂上来，整个身体浮出水面，青灰色的背脊上泛着一层五彩的光泽，挣扎几下后，不受控制的身体像一列脱轨的火车，缓缓地倾覆过来，雪白的肚皮亮得晃眼。渔民欢天喜地地跑上前去，把它轻轻地抱起来，仿佛在抱一个婴儿，动作小心轻柔，那条无力挣扎的鳗鱼很快温顺下来，任由他抱着。小船尾部的座位原来是块活动的木板，掀开木板，底下是个鱼舱，把那条鳗鱼丢入鱼舱，响起一阵激烈的水花声，船身也跟着轻轻摇晃。

我在旁边看呆了，康扎西说："别看了，还有更好玩的，跟我走。"我忽然发觉康扎西变戏法似的，手上多了一条钢钎，他说："带你去找个好东西。"我跟着他往前走，渐渐感觉到了海上太阳的毒辣，明晃晃的阳光把我们的目光牢牢地揿在水面下，走了一会儿，汗水浸透了后背，额头上的汗珠止不住往下淌，迷住了眼睛，我撩起衣服擦了一下，火辣辣地疼。康扎西看了我一眼，"傻的，衣服上全是盐哪。"我问："那怎么办？"康扎西笑了一下说："还能怎么办？忍着！"

他突然向我做了个"小声点"的动作，我慢慢地靠上去，海浪的水汽喷了我一鼻子，我却闻到了他身上散发出来的一股汗酸味，浓烈、呛鼻，混杂着礁石上海水蒸腾的气味。康扎西的眼睛死死地盯着水面，我看到他脚下的礁石边有一个比脸盆还大的贝壳，正对着波光粼粼的海面敞开着，晃动的白肉仿佛在呼吸，随着海水的荡漾，一张一翕。康扎西举起手中的钢钎，一把扎了下去，有点像水中叉鱼，钢钎一碰到贝壳，两扇敞开的贝壳瞬间合上了，水面上冒起一个"喷泉"。我赶紧问康扎西，扎到没有。他冲我嘘了一声，向下使了把劲，猛地把那货拎出了水面。好大一个贝壳！波浪纹的边沿像血盆大口，紧紧地咬住了那根钢钎，康扎西一脸得意，他说："这玩意儿没看到过吧？"

我看着康扎西轻轻地晃动着手中的钢钎，钢钎被两扇笨重的贝壳死死夹住，像提溜着一个硕大的榴梿，我说："看到过，珠宝行里有，它产珍珠吧？"

康扎西笑了笑说："算你还有点见识，知道它叫什么吗？"

我摇摇头说："不知道。"

康扎西挠了挠头，"这东西叫砗磲，那两个字很复杂，十个人里有九个不会写，我也不会，但我知道怎么念。"

"哦，原来它就是砗磲啊？"

"是啊,这玩意儿不能用手抓,被它夹住,骨头都可能被夹断,所以抓它只能用钢钎。这还算小的,大的有上百斤重,需要几个人抬。"

"它里面有珍珠吗?"我的好奇心突然上来了。

"有的有,有的没,可能也分雌雄的吧。"康扎西咧嘴一笑。

我说:"海里不是很多动物都雌雄同体吗?听说珍珠最初都是石头,贝壳的分泌物日积月累,和它共同作用,才让它成了珍珠。"

康扎西被我一驳,认真地解释起来:"砗磲珠子和普通的珍珠不太一样,普通的珍珠表面都很光滑,有一道五彩的光晕,它没有。这东西一打开,里面白得过分,跟玉一样光滑,个头大的被加工成珠宝,它这贝壳就是玉,叫砗磲玉。它产的珍珠也是白色的,没有普通珍珠的虹彩,但有一道形状像佛光的火彩。"

"什么叫虹彩,什么叫火彩?"

康扎西自己也不太清楚,开始胡说:"彩虹嘛,五彩缤纷的,所以叫虹彩,那是自身带来的色彩。火彩一般形容宝石,比如钻石。钻石火彩是经过内部切面的反射形成的彩色光泽,砗磲的颜色就是这样的。"

被他这么一说,我心里充满了期待,康扎西提醒我:

"也别抱太大的期望,很多都没有的,我抓它根本就不是为了珍珠。"

"那为了什么?"

康扎西呵呵一笑,没再搭理我。

我们回到船上,渔民看到砗磲,叽里呱啦地说了一堆话,我们也没听明白。看他们的表情,似乎对我们捕捉砗磲挺反感的。康扎西跟我说,这片海域盛产砗磲,个头都大得惊人,任何东西一旦长成了庞然大物,就很少有天敌,连海鸟也不爱碰它,鹬蚌相争,都没好下场。当地的渔民也不抓这玩意儿,导致该物种泛滥,后来,来了一群"吃螃蟹的人",这玩意儿才慢慢变少了——在很多地方,这东西受保护,私自捕捞都要被抓进去;在这里没人管,所以大家都要到这里来过过嘴瘾。

"我们要把它吃了?"我惊愕地叫了起来。

康扎西看了我一眼说:"不然呢,抓回去观赏?"

"不是取珍珠吗?"

"那也得打开它,你来试试?掰得开,我把它生吃了。"康扎西一脸坏笑地看着我。我走上前去,把手指伸进砗磲波浪纹的贝壳缝隙,使出了吃奶的劲,往两边掰,纹丝不动。我顿时泄了气,"难怪你要用钢钎,这要被它夹住,完蛋了。"

康扎西说："其实要打开它也非常容易，等会儿回到船上你就知道了，这玩意儿底下有两块咬合肌，可能所有动物中数它的咬合肌最强健。"

"比鲨鱼和鳄鱼的咬合力还强吗？"

"那不知道，反正看着那肌肉，有钢丝索的纹理。钢丝绳索看着柔软，要拉断它，想都别想。"

我说："确实是个稀罕物，我第一次见到活的。"

那天从岛礁上回来，康扎西一路轻轻地晃着那根钢钎，提着这么大一个东西，走在路上感觉很招摇，引得周边的人纷纷朝我们观望。一回到船上，我俩迅速被大家围住了，大家的目光都落到了那只砗磲上，七嘴八舌地谈论开了。这场面倒是奇怪，捕鲨鱼也没见他们这么兴奋过。

康扎西在甲板上忙碌开了。我有点明白过来，他为什么要用钢钎。这东西韧性好，硬度强，又是细细长长的一条，在贝壳内施展得开。康扎西抓着它，前后左右一顿摇晃，似乎把里面的肉捣烂了。然后他把砗磲立于甲板上，左右两边用板凳固定住，那根钢钎立在贝壳里，像插了一炷香，大家都守在旁边，耐心地等待着，忽然那根被死死夹住的钢钎"咣当"一声掉落在地，康扎西拍了一下手说："成了。"他喊了几个人，轻松地扒开了贝壳，我闻到了一股新鲜的气味，像切开了一个鲜嫩欲滴的柠檬，唯一的不同是略微有点腥味。

我连忙凑上去找珍珠，康扎西麻利地把肉剔了下来，把那两扇空贝壳丢给我。我发现珍珠都附着在壳壁上，细细小小的一堆，好像连根生着，根本抠不下来。康扎西说："别抠了，那玩意儿太小，不值钱。"

我找来了凿子，一顿敲敲打打后，那些小珍珠都成了破碎的粉末，看着那堆碎末，我心里颇为沮丧，但在场的几乎没有人关心那些珍珠，大家都围在甲板上看康扎西收拾那堆砗磲肉。只见他飞快地剔除了肚肠和排泄物，把肉洗干净，放于砧板上，一阵清脆的刀声过后，那坨白肉被切成了一堆小块，橙色的肉边还在微微地卷曲。厨房早已备好了一大锅沸水，把切好的砗磲肉抛入沸水中，很快有一层白沫浮上来，随着沸水向锅中央翻滚，白沫在那里汇聚成团，鼓起了高高的一堆泡沫。康扎西拿起勺子，捞走了白沫，同时关小了火，汤色变得清冽，小块的砗磲肉在汤水里慢悠悠地上下翻腾。康扎西往里面撒了一把海盐，又加了一把葱末，没有多余的作料，他舀了一小勺，试了一下味道。我看到他闭了一下眼睛，随后紧闭的嘴巴张开了，呼出一口长气，就这个动作，让周围的人都不淡定了，厨房里外乱成一团。

康扎西一边护着锅，一边喊："大家都别抢，每个人都有份的。"大副出来维持秩序,把一摞碗一字码开,桌上,地上,铺得到处都是。康扎西拿着勺子,挨个盛过去,那些密密麻麻的碗迅速地被四面八方伸来的手取走了。

端着那碗其貌不扬的海鲜汤,我还在疑惑,这能好吃到哪里去?从小吃惯了鱼虾,我对海鲜已经有足够的心理准备,但喝了一小口,我还是被惊艳到了。这种鲜美的滋味可以让汗毛成排地竖起来,似乎已经不是口腔内的味蕾在感知,而是浑身上下每个细胞都喝到了那口汤,感受到了那极致的鲜美,然后对那味道作出了自己的回应。

我叫了起来:"怎么能这么好吃!"周围的人都笑了起来,康扎西说:"这下长见识了吧?"我说:"我还一直以为珍珠是宝贝,原来它的肉才是极品。"康扎西说:"你不知道的东西还多着呢。"

那个下午,因为这碗海鲜汤,船上的每个人都出来了,连不胜酒力的阿君也挣扎着下了床。空气里弥漫着让人飘飘然的气息,康扎西突然唱起了藏族情歌,他一起头,青海那伙人纷纷也加入进来,打着节拍,嘴里发出欢快的怪叫声。他们似乎回到了自己的草原,在甲板上围成了圈,旋转起来,那中间似乎有一盆冲天的篝火,篝火以外就是无尽的夜幕和空旷的草原。他们的歌舞基因似乎是天生的，一遇到高兴的事，身体的阀门会自动打开，里面的灵魂就会跑出来，跳上一段。

康扎西跳了一阵藏族舞后，率先从人群中抽离出来，他来到我们身边，给我们发了一圈烟，笑嘻嘻地说："好久没这么开心了。"

大副说："开心还是你们会找，一碗海鲜汤就乐成这样。"

康扎西看了一眼他的同伙说："如果随他们高兴，可以一直跳到明天天亮。"

大副笑着摇摇头。康扎西觍着脸说："在草原上，这会儿得杀一头羊，煮一大锅羊肉，要是能来点酒就更好了。"

大副笑着制止："那是火上浇油，还停得下来吗？大家不用休息了？"

康扎西说："草原上的人都这样，娶妻生子喝酒跳舞，长辈过世喝酒跳舞，家里的羊群产了崽，也要喝酒跳舞，感觉一年中有大部分时间在寻开心。"

"你们不用干活的吗？"我很好奇。

"不干活吃什么？不过我们那里的人基本靠天吃饭，牧民们的活就是把牛羊赶来赶去，冬天赶到冬牧场，夏天赶到夏牧场。种青稞的农民撒下种子，基本就不管了，等到成熟的时候，连带着杂草一起收了，打下来的青稞在太阳底下晒着，牛羊在上面拉粪便也不管，它自然会干，干了就捡来当柴火烧。"

"你们是纯天然。"大副说着，哈哈大笑。

康扎西说："你们沿海地区的人都太勤劳，种下庄稼，每天都去料理，一会儿要灌水，一会儿要除草，看到有虫了，要打药水，庄稼被你们烦死了。"

大副说："靠天吃饭风险太大，碰到天灾，就颗粒无收了。"

康扎西说："庄稼这东西也有灵性，娇生惯养，病虫害就多了，我们那里很少有天灾，不去料理，也没见饿死过人。"

"你们那里有喇嘛，有活佛，有菩萨，有灵山，土地都带着神性，种啥啥有。"大副坏笑着，调侃起了康扎西。

"土地肯定没江南的好，都是盐碱地，除了种点草和青稞，什么都长不出来。不过我们那里阳光和空气好，这个季节，草原上的白天特别长，一天二十四小时只有三分之一时间是夜晚，北京时间晚上的七八点钟，太阳还没落到山下去。"

"那多好，同样七八十岁的老人，感觉你们那里的人多活了几年。我喜欢白天，阳光明媚的，多舒服。"我无限羡慕。

康扎西露出不可思议的表情,"我们还羡慕你们江南呢,有山有水,哪像我们那里,一年到头,几乎不下雨。"

大副突然想起了什么,拍了一下脑袋,"你不是早就离开草原了吗?"

康扎西不好意思地笑笑,"当时也是生活所迫,离开草原去了云南。我们那里有好多人去云南,最早去闯荡的是我舅舅,他去了以后,每年都回来带人,起初三三两两地跟着走,后来就成群结队地去。"

"你们去云南干吗?"我问道。

"跑运输啊,"康扎西看了我一眼,"当时我是滇缅公路上的一名长途货运司机,我们从昆明出发,把木材拉到缅甸仰光,又从缅北猛拱拉一车缅甸玉原石运回昆明,来回一趟两千多公里。"

"滇缅公路啊?"我惊叫起来,"那是一条很有名的公路,二战时候,盟军运输战略物资的生命补给线啊。"

康扎西笑起来,"你看到过我的卡车就知道了,那家伙有十多米长,柴油机的轰鸣声几公里外都能听到,像一架重型轰炸机,开上它,感觉不是去运货,而像上前线。"

"那很威风啊!"我羡慕起来。

康扎西舔舔嘴唇,兴致上来了,"其实我挺喜欢开长途的,当时我有个搭档叫朱三,我们两个人换班轮流开,一个人开车,另一个人就睡觉,睡醒了,起来换班,继续上路。那两千多公里路,车是没有休息的,因为日夜兼程,车子也经常抛锚。滇缅公路上不是哪里都有修车行的,坏了怎么办呢?自己摸索着修,慢慢地,把修车的活也都摸熟了。给车子补轮胎,给发动机滤芯换机油,换刹车片,换火花塞,对我来说都是小菜一碟。"康扎西不无得意地说。

"看不出来,你还这么能!"大副笑着调侃起了康扎西。

康扎西眨眨眼,坏笑着说:"不是瞧不上机舱那些人,其实那些活我也能干。"

大副在一旁赶紧灭火:"才刚刚平息了一场闹剧,不要再给我挑起矛盾来。"

康扎西一脸轻松,也不纠结于那点事,继续跟我们说:"滇缅公路上能遇到很多匪夷所思的事,其中有一段山路特别难走,到处都是胳膊肘一样的弯道……"

"是二十四道拐吧?"我眼睛里冒出了光,"我在电视上看到过,那弯道像做糖人的师傅用麦芽糖盘出来的。那个电视剧当时挺火的,二战时候,日本人的飞机往那里扔了很多炸弹,想炸瘫这条补给线。"

"对对对，"康扎西点着头说，"当时那里经常堵车，一堵就一天不能动，在那狭窄的山路上，谁也不敢贸然前行，就两个车道，对面来一辆车，就彻底动不了了。你们猜猜，为什么会堵车？"

"前面的车子抛锚了呗。"我脱口而出。

"再想想？"康扎西眨了眨眼睛。

"难道有羊群过马路？"

康扎西笑了笑，"这在我们草原上常见，但那里不常见。当时车子恢复通行后，我就发觉不太对劲，因为前面也没发生事故，怎么会无缘无故就堵车呢？后来我发现，滇缅公路上的长途司机并不是全像我们那样，有两个人换班轮流开的，有的司机是千里走单骑，开着开着，困得实在不行了，就在路边停下来睡觉，前面的车子一停下来，后面的司机就乖乖地等在原地，等到前面的司机睡足了觉，公路才恢复正常通行。"

"原来是这样啊，这司机够任性的。"

"你们不知道，在那山路上开车特别耗神，旁边都是悬崖，稍有不慎，连人带车就都出窍了，有的司机开怕了，感觉精力不济，就索性停下来眯一会儿，但一睡就睡死过去了。我发现了这个秘密后，在车上备了两个对讲机，一遇到堵车，就下车查看，有时候发现对面车道空着，就拦住对向车道的车，用对讲机指挥我的搭档朱三开对面的车道，超上去摆脱拥堵的纠缠。"

大副听得摇头晃脑，笑嘻嘻地说："这叫头脑活络。"

康扎西说："耽搁不起啊，当时的念头就是不要停下来，挤破脑袋也要往前冲。我们的效率比别的司机高一大截，别人一个月跑两趟缅甸，我们能跑三趟，关键是油耗也差不多。我们的车都是自己凑钱买的，买了以后加入运输大队，车的折旧、损耗都得自己承担，但燃油由运输大队提供。当时我舅舅是运输大队的调度，他觉得神了，还一度怀疑别的司机在偷油卖钱，哪知道我们有多拼。"

康扎西讲得热火朝天，甲板上，他的伙伴们还在跳舞。这会儿，歌声换了节奏，变得舒缓许多，像在跟小情人浅吟低唱。

大副跟康扎西说："你得感谢你这个舅舅，让你发掘了自己的潜能。"

康扎西说："我挺爱跑长途的，可能一辈子做一个长途司机，我也觉得挺美的。从青年开到中年，又从中年变成一个老头，无休无止地在路上，这是一件很酷的事。第一辆车报废的时候，我还难过了很长一段时间，觉得一个重要的伙伴从我生活中消失了。我把车的里程表拆卸了下来，留作纪念。这以后，每报废一辆车，我都要留下那个里程表，我家里有一大堆这样的报废里程表，空闲的时候，我会把它们翻出来，擦拭一下上面积的灰尘，看着那些永久停止转动的数字，心里很安慰，觉得那跟军人的勋章差不多。"

"这倒确实是蛮特别的收藏，干一行爱一行，我也有这样的嗜好，你们知道我收藏什么吗？"大副眯着眼睛问，我们都摇摇头，大副拍了一下身边的船锚说，"就是这个玩意儿，大的有几吨重，小的就一个钥匙扣，家里用来放船锚的，专门有一个仓库。别人不会懂我这个奇怪的嗜好，觉得就是一堆破铜烂铁，但我好这一口，尤其赋闲在家的时候，一看到它们，心就飞到了大海。每去一个地方，看到那些船锚模型，我也常常做'剁手党'，这个康扎西应该懂的。"

康扎西连连点头，"我的搭档对我收集报废里程表一直颇有微词，因为这会影响到车辆回收的价格。我明白那些商贩，里程表改一下，零件换一批，又转手卖给别人，那会害死人的。当时我是出于私心，想留个纪念，后来一想，为了不祸害别人，我更得这么做。这东西一多，我总忍不住去翻出来看看，有时候看着那一堆长长的数字，忽然间觉得活着有了意义。"

"你手上报废过几辆车？"

"那多了，你想啊，我一年四季几乎每天都在滇缅公路上奔跑。车子到了我手上，我觉得真是来对了地方，从簇新开到灰蒙蒙，又从灰蒙蒙开到一路掉零件，那就跟人这一辈子差不多，从孩子到青年、壮年，一直到老态龙钟，开进回收站报废就相当于寿终正寝。对卡车最好的方式就是这样，不能让它闲着，让它一直在路上跑，这才是它的价值。"

"你不觉得长时间重复做一件事情会很枯燥吗？"我忍不住问康扎西。

康扎西一脸执拗地说："不会啊，日子久了，这就成了习惯，生活得四平八稳，我反而受不了。每年过年，我回到草原上，每天跟亲戚朋友喝酒，总感觉不对劲。一个长时间在路上奔跑的人，一旦停下来就浑身不自在。所以我每天都得牵出马，在草原上撒撒欢，出一身汗再回去，不然睡不安稳。"

大副指着康扎西，跟我们说："看看，这样的人天生就适合当水手，有冒险精神，喜欢在路上颠簸，喜欢途中充满危险和不确定性，知道这叫什么吗，骑士精神！"

康扎西笑笑，"我在滇缅公路上开车，有时候也想，我为什么会这么喜欢跑长途？很长一段时间我自己都是困惑的，后来有点想明白了，其实是对距离的迷恋，人这一辈子说白了是跟时间耗上了，而对时间最好的回应方式就是遥远的距离。"康扎西说着，自己先乐了起来。

大副说："好家伙，看不出来你还能说那么玄乎。"

我很疑惑，问康扎西："你那么爱开车，后来怎么来船上了？"

康扎西竟然害羞了，之后他"嘿嘿"一笑说："说出来你们可能都不信，是因为一个女人。"

"哦，这个没听你说起过，说说！"大副一下子来了兴趣，我们也跟着被吊起了胃口。

康扎西说："其实我喜欢开长途，这也是其中一个原因。滇缅公路和青藏线一样，每年都有大量的背包客，他们从昆明出发，沿着滇缅公路去往边境，在边境附近搭上一辆长途大巴，交一点廉价的车费，就可以省去冗长的报关手续，顺利进入缅甸。在滇缅公路上，经常能遇到搭顺风车的背包客，男女都有，捎上一个背包客，他们都会象征性地给一点油钱。碰上男的，油钱收得狠一点，遇上个女的，看心情。长得可以，又健谈，人还有趣，少付点油钱也可以。其实背着背包出门远行的女人大多性格豪放，有的明目张胆地向你暗示，那时候，我和朱三都是精力最旺盛的时候，脱了衣服，身上没有一点多余的肉，浑身的肌肉油光发亮，是个女人看了都喜欢。那些猛女口味都重，她们喜欢邋遢和精壮的男人，我们长途奔波，脸是黑的，衣服也是黑的，她们从来不嫌弃，所以有时候，我在前面开车，朱三就在后座上跟女人肉搏，有时候，换他开车，我在后面快活。这事看缘分，女的看上谁就是谁，这点我们从来不强迫人。"

"还有这样的好事？"大副大叫了一声，我们在旁边暗自发笑。

康扎西笑着说："这种事不是天天有，起初我们也不知道，长途司机是不会告诉新手这个的，不然大家都去了，机会就少了。后来遇上过几个后，我们胆子就大了，也有了经验。搭讪是个技术活，经验成熟的老司机看一眼就知道有没有戏，女人上车后，往那副驾驶的位置上一坐，从坐姿就可以判断出来，缩起来坐的往往没戏，大大咧咧瘫在那里的往往有戏。从着装也可以看出点门道来，豪放女一般布料比较少，上了车就把头巾披肩都卸下来，两条白花花的腿露在外面。有戏了也不可以上来就挑逗人家，一般先问问是哪里人，去哪里，干吗出来徒步旅行，反正都是可有可无的问题，再后来就说到了车费的事，如果对方说能不能不付，那事就成了，这时候，一边开着车，一只手搭在对方的膝盖上，她也不会排斥，再后来，就是交接班了，哈哈哈……"

"那跟你换工作有什么关系！讲下去，讲下去。"大副不耐烦地催促着。

康扎西笑笑说："每个长途司机都有故事，就看愿不愿意说。其实在滇缅公路上，这样的事遇到多了，我们也有免疫力了，觉得这就是旅途中的一个插曲，谁也不会拿它当真的，就跟我们去红灯区逗留一阵，是同一个道理。但还是出了意外，那次，我们遇到了一个女人，当时远远看去，就像一只花蝴蝶，身上裹着一件五彩斑斓的纱织连衣裙，头上包着纱巾，戴着一副硕大的墨镜，老远就挥舞着手上的纱巾，示意搭一段顺风车。当时是朱三开的车，他在驾驶室哇哇大叫，喊我起来看一下。车子在离她四五米的地方一个急刹车，停了下来，升腾起来的沙尘弥漫在卡车的周围，我开了车门，驾驶室的踏板有点高，她捂着鼻子，蹬了一下踏板没跨上来，我伸出手去，搭了一把手，当时感觉她那只手软绵绵的，像没有骨头。她坐到后座上，摘下墨镜，我发现她的眼睛很漂亮，看人的时候会冒光，更绝的是她的皮肤白得晃眼，两条长腿如同剥了外皮的大葱，饱满而水灵，这在强紫外线地区非常罕见。"

大副捂了一下脸说："我的天，这是碰到仙女了。"

康扎西的喉结上下滑动了一下，这个很明显的吞咽口水的动作让我们也跟着觉得那女的长得确实很诱人。他接着说:"那姑娘是成都来的,皮肤那么好我就猜到她不会是当地的,坏就坏在她是只花蝴蝶,竟然跟我们俩都来电。当时她去仰光,一路跟着我们,我们吃什么,她也吃什么,我们睡在车上,她像只猫一样蜷缩在我们怀里。当时我有种感觉,朱三好像吃醋了。说实话,我也有点吃醋,但我们的原则把握得好,觉得这就是一次艳遇,谁也别当真。一路走,一路挥霍,开到仰光,从来没有这么疲惫过,那是我第一次感到身体透支了。"

"讲讲要紧的,为什么因为她,不开长途车了?"大副问。

康扎西说:"到了仰光,我们就分手了,本来以为这事情就这么过去了,但没想到,过了一阵,她把朱三的魂给勾走了。有一天,朱三跟我提出来,说他不想开长途车了。我问他为什么,他说他要去成都了。当时我很惊讶,问他去成都干吗。他说长途车开累了,他想安定下来,去成都生活。我说哪里不能生活,为什么偏偏要去成都?他也不接我话,自顾自地说,实在不行,就开个火锅店。我当时就想到了那个女人,想问朱三,是不是去找她?但最终话到嘴边也没好意思说出来,我也不知道为什么,一脸无所谓的样子,好像刻意让朱三明白我早把这人忘了。"

"那他后来去成都找这个女人了吗?"

"去了，我确定朱三是被她诱惑去的。当时去缅甸的路上，她给我们灌输了一路，说成都满大街都是火锅店，火锅有多么好吃，关键在那里，生活成本不高，你们想想，所谓生活，无非就是有个住的地方，吃的穿的能随心所欲。如果买件衣服，要用喝一个月稀粥来交换，那就不是好生活了。刨去吃喝用度，还能毫无压力地活着，这就够了。不过那里的人确实会生活，据说只要出了太阳，生意人不谈生意了，老师也不上课了，医生匆匆打发完病人就下班了，大家都找一块草地，铺一张地毯，去喝茶晒太阳。当时成都被她说成了天堂，感觉不去会是人生憾事。朱三去了成都后，果然被成都的安逸困住了，他再也没回来过。"

康扎西说着，眼神变得迷茫，一个曾经合作了多年的搭档从他生活中就此消失，可能换成谁都会想念，但从他的神情中，也能看到他对那个成都姑娘的怀念和留恋。

"如果那姑娘联系的是我，可能我也会动摇。她开民宿，位置选得好，川藏线的路边，一边是峡谷，一边靠大山。她的生活方式随性而自然，蔬菜瓜果都自己种，有生意的时候开张，没生意的时候，干脆利落地关了民宿，出门自己玩。石头垒起来的客房也就那么两三间，门口竖起一块牌子，上面写着：'没几件破事儿算什么人生'。想想真对啊,四平八稳、波澜不惊的生活太没意思了。朱三去了之后,那个民宿又多了一间咖啡屋,咖啡屋外还是一块粗糙的木板,上面用毛笔字写着:'老板娘单身,缺一个老板'。她太会了,知道生意的点在哪里。这样的姑娘要过好生活太容易了,也许那上面写的就是她的真实心声,她缺一个掌柜,而这个掌柜是她自己出门寻来的,最后她选中的就是朱三。事后,我发觉我和朱三的确还是不一样,他喜欢安定,一个喜欢安定的男人是不可能再开长途车的,这一点,他离开是对的。"

"然后,你也不开了?来这里了?"

康扎西说:"那没有,朱三走了以后,我发觉有一个好搭档还是很重要,后来我换过好几个搭档,都走马灯似的来了又走,不是嫌弃开车太累,就是觉得没前途,开长途的人要么蠢,要么爱钱,心思太活的人是开不好长途车的。这之后,我歇了好长一段时间,那段时间,我哪儿也不去,经常一个人在湖边钓鱼,说是钓鱼,其实也是发呆。有一天,我对着那个湖突发奇想,我为什么不去大海上试试呢?"

大副说:"其实在大海上远航和你在滇缅公路上开卡车异曲同工,都能满足你对长途距离的期待,而且大海瞬息万变,冒险的经历一点不比你开长途卡车逊色。"

康扎西说:"关键是跟你们都投缘,尤其是船长和你,当初一拍即合,让我觉得那种默契搭档的感觉又回来了。"康扎西顿了顿,转而看了我们一圈,"还有你们这帮兄弟,一看,都是亲的。"

大副拍了拍康扎西的肩膀,颇有兄弟间的情谊,我们在旁边也跟着起哄。此时,甲板上的"锅庄舞"还在延续,海面上布满了晚霞,橙色的光芒铺在每一个人的身上,我们仿佛走进了一幅浓墨重彩的油画里。大副站起身来,跟康扎西说:"走,我们也去寻一下开心。"

五

远处飘来悠扬的钟声

  我已经不止一次地听到了钟声,又怀疑过那从遥远的地方传过来的声音,是否真实存在。没想到大副说,科斯特岛上有一个古老的教堂,有一百多年历史了,它大概是岛上保存最完好的古建筑之一,教堂有个钟楼,顶上那口铜钟几十年走得分秒不差,一到准点就报时。钟声就是从那口铜钟上传过来的。
  他这么一说,让我想起了小时候。那时候,我住在一个小镇上,小镇靠近海湾,往北不远是一大片滩涂,再出去就是海湾,据说海湾的对面是上海。去过上海的人都说那是一个大都市,站在高楼大厦底下抬头看一眼,头上戴的草帽会掉下来;马路有几十丈宽,可以开飞机;上海的晚上很费电，到处都灯火通明，如同白昼；城隍庙的小笼包和馄饨，够我们吃上一年；上海的男人都穿西服和皮鞋，头发往后梳，抹得亮光光；上海的女人都穿旗袍，走路扭腰肢，周围的空气都是香的。

我为此不止一次地跑到滩涂边，隔海遥望。虽然滩涂上除了风中瑟瑟飘荡的芦苇和长年挥之不去的混沌迷雾，什么也没有，但我仿佛能隐约听到对岸人声鼎沸、热闹非凡，隔着宽阔的海湾似乎都能感觉到那里的繁华。

当时去上海有两种交通工具，分别是长途汽车和火车。听我父亲说，在他小时候大部分人选择乘邮轮，从白沙码头上船，沿着甬江进入东海，邮轮在海上开一个晚上，第二天凌晨就到达上海的吴淞口。相比父亲口中的"民主三号"邮轮，我更喜欢火车，但我们的小镇处于交通线路末梢，不可能有火车经过。神奇的是，某个夜晚，我听到了火车的汽笛声，低沉呜咽，还带着滚滚铁轮摩擦钢轨的"咔嚓"声。我问母亲，火车是不是要来了？我母亲说我在讲梦话，提醒我别胡思乱想，睡觉安分点。

之后我却常常听到这样的声音。尤其在下着毛毛雨的夜晚，等周围安静下来后，远处仿佛有一群牛，撒开密密麻麻的蹄子，嚎叫着一路奔过来。那声音长长的一溜儿，逐渐大起来，大到一定程度，像唱高音顶破了嗓门，变形的声音滑到了一边，之后又慢慢地小下去，消失在远处。我不死心，跟母亲提了好多次。她也开始犹疑不定，那声音太飘忽不定，似乎有，又似乎没有。我母亲竖起耳朵听，它就消失了，但不经意间，它又传过来了，等你想证实一下，它又不见了。我听到母亲自言自语地说，见鬼了。

父亲说，最近的火车站离我们家有三十多公里，怎么可能传得那么远。母亲说，那是幻觉吗？父亲一本正经地说，那是神经过敏，你们通通都有毛病。之后，他们两个人你来我往，小声而激烈地争论起来。在夜晚，他们习惯压低了嗓门说话，似乎怕发出点动静，惊扰到别人。

经过争论，母亲被父亲成功地洗脑，她认定是我白天玩得太野了，把魂丢了。趁我睡着的时候，请了隔壁的阿婆来给我收魂。收魂用的是一块纱布和一小碟米，纱布把那盛满米的碟子包起来，在我头上绕来绕去。阿婆一会儿这里拍拍，一会儿那里拍拍，口中念念有词，一顿忙活后，解开纱布。阿婆给我母亲看了那碟米，说瘪进去一个角，果然丢了魂魄。我母亲千恩万谢，把那只挂在梁上半年多的火腿取下来，从上面割了一大片肉，送给阿婆带走。这之后，我的顺风耳特异功能好像被收走了，我再也没有听到过那缥缈的声音。

当我把这事说给大副听时，他哈哈大笑，说汽笛声传得远跟天气有关，气压低，又是下雨天，确实能听到很远的火车声。我说，这点常识我早就知道了，只是听到这钟声，那多年前的感觉又回来了，声音竟然可以像气味，那么捉摸不定。

大副笑笑说："这钟声算得上科斯特岛一绝，教堂建在岛上西北角，站在岛上东南角的香蕉林里，也能听得一清二楚。听岛上的人说，那钟声跟着人跑，不管在岛上的哪个角落，准点一到，那钟声仿佛就在跟前。"

"那么神奇？"我霍地站起身，好奇地往西北方向眺望。西北角地势较高，房子都依山而建，密密麻麻地组成了一个渔村，岛上几乎没有像样的乔木，每家每户的屋子都爬满了爬山虎，长年累月，那些爬山虎变得郁郁葱葱，覆盖了整面墙壁，就留了几眼窗户，从远处看，像一群伪装的碉堡。教堂的主体建筑淹没在渔村中，但高耸的哥特式建筑很显眼，尤其是那几个高耸的尖顶，颇有点鹤立鸡群的意味。

正当我出神眺望的时候，远处传来了缥缈的钟声，这次听真切了，钟声悠扬深邃，在科斯特岛上空飘荡。我看了看表说："果然分秒不差。"

大副往岛上凝望了一阵，"多么好听的声音，它让我想起了一个朋友。"

"是老家的吗？"

大副指了指前方，"这岛上的，我已经很多年没见过这个朋友了。"

"那赶紧去探望一下呀，机会那么难得。我们马上又要离开了，下次见面不知道又是什么时候了，我可以陪你一起去。"我迫不及待地说。

大副打量了我好久，忽然间哑然失笑，"本来我确实有顾虑，不想再去打扰人家的生活，你陪我一起去倒是个好主意。那收拾一下，我们走吧。"

从大副的语气中，我就听出来了，那是一个女人。大副很少会自乱阵脚，但聊到那个人的时候，他的鼻子会不自然地翕动一下。再说只是去看望一个朋友，说走就走了，还需要收拾吗？大副不同，他进了船舱，换了一件明黄色的T恤，这让他看起来年轻了不少。他还戴了一顶棒球帽，遮住了他头发的缺陷。看到他那身打扮，我更加确认了自己的判断。

我们往岛上走，大副走得不紧不慢，他看起来心情不错，好像一件耽搁下来的心事终于了了。他跟我说："这岛上四面环山，中间是个小型的盆地，周围的山丘像道天然的屏障，阻挡住了倒灌的海水，它像不像天地之间支起的一口大锅？"

我看了一眼四周的山丘和不远处的大海，确实有那么点意思，"好一口大锅！别的锅底下是火焰，它底下是海水呀！"

"谁知道它底下是不是火焰，一般海岛都是由火山喷发形成的，可能它也不会例外。"大副接着又跟我介绍，"这岛上除了教堂，布局也挺有意思，只有两条街，一条东西走向，稍长，有两三公里，一条南北走向，稍短，少了三分之一长度，两条街在岛中央交错，如果从空中看，就是个十字架。"

"哦？这里面有什么讲究吗？"我惊讶地问。

大副淡淡地说："可能是巧合，也可能是有意设计的。这东西玄乎，信则有，不信则无，就跟我老家的大佛一样。"

"你老家在哪里？"

"普陀呀。"

我回过神来，"哦，那海边的大佛我看到过，高大庄严。听岛上的人说，以前到了夏季，经常有台风光顾，后来在海边塑了大佛，台风每年都绕着走，说是被观音菩萨竖起来的手掌给挡回去了。"

大副说："这我最有发言权，台风盛行的时候，不是都有预警吗？好几次台风的路径眼看着要横穿普陀岛了，但风圈一接近普陀岛，就改变了原有预报的线路，往别处去了。有些东西，科学是解释不通的。"

我撇了撇嘴，表示不太可信："那可能也有科学依据的，台风嘛就是气团，你挤我一下，我挤你一下，舟山本来就是冷暖气流交汇的地方，跟海水一样，涌来涌去的，谁说得准！"

大副笑笑，没有再跟我争辩。

我们来到了那条主街上，发现一个非常有意思的现象：这里的人们出行大多数靠自行车和电瓶车，无一例外都是女人骑车，男人坐在后座上。男人们要么两脚跨骑，双手紧紧箍住女人的腰；要么像个小媳妇，横着身子坐在后排座位上，用手拽住女人屁股下的坐垫，双脚晃得紧兮兮的。这种性别颠倒的安排让我不禁笑了起来，我问大副："这里都女人当家吗？"大副摇摇头说："不是，你看到的大多是渔民，这些人长年在海上生活，回到陆地上，缺乏基本的生活技能，自行车不会骑的，所以出门都靠女人。"我摇摇头说："看着好别扭。"大副说："其实我们那儿的渔村也这样，渔嫂可能是天底下最贤惠的女人。你看看她们个个喜形于色，出远门的丈夫回来了，她们到哪儿都把男人带在身边，去菜场买菜，送孩子读书，走亲访友……跟带个大儿子似的。"

相比那些神采飞扬的女人，坐在她们后座上的男人表情木讷得多，几乎看不到一个眼神活络的，他们的皮肤都晒成了紫铜色，目光垂落在自己的双脚上，偶有抬起头来的，看不出对外界的好奇和兴趣。大副说，这些人往往都从事水下作业，一潜就是几个小时，水下太孤独了，让他们对外界的感知也迟钝了很多。

大街上的每幢房子都有一种浓烈的色彩。我最喜欢的是海边那排白色的房子，在蓝色海水的衬托下，干净得想上去亲一口。大街上色彩缤纷，围墙上画满了夸张的漫画。在这里，时常能看到墙绘者拎着油漆桶，蹲在一处墙壁前忘情地涂画。先刷上一层白漆，覆盖之前的画作，然后在那块被刷白的墙壁上肆意涂鸦。有时候，你会觉得可惜，之前被覆盖的画大胆、夸张、好看极了，但他们下手一点都不含糊，似乎觉得墙壁就是用来不停地被刷白的。飞快画完那些涂鸦作品，墙绘者就走了。让人有种恍惚感，那墙壁仿佛被揭去了一层皮，刚刚还是大海和帆船，一下子变成了丛林和猛兽。如梦如幻，很不真实。

大副见我看得入迷，说："这里气候宜人，生活很安逸，有好多艺术家慕名前来。他们就喜欢涂涂画画，整个海岛都是他们画的，墙壁上，屋顶上，石头上，山上，到处都是。这里不像国内，城管不会来驱赶。这种涂鸦就是一种即兴创作，他们画得快，跑得也快。"

"可是真的很好看啊。"我激动得几乎要叫喊起来。

"我猜，起初也是有人管的，后来觉得好看，就听之任之了。"他补充道。

我觉得这次跟大副出来真的值了，这是一种全新的感受，既新奇又让人激动，我甚至都忘了此行的目的是陪大副去看望他的朋友。大副突然冲我眨眨眼说："等下再带你去另一条街长长见识。"

大副说的另一条街就是红灯区，在这里能看到很多肤色各异的水兵和水手。那些穿着夸张的小姐或立于玻璃橱窗前，或躺卧在屋里的沙发上，看到我和大副，冲我们使劲招手，操着不太流利的中文喊："喂，过来，不贵！不贵！"见我们没反应，她又用日语喊，见我们还是没反应，她们又改口成了韩语。

我笑着说："没想到她们会的语言还挺多的。"

大副笑笑说："这不算什么，有的还会方言，什么四川话、东北话，有几句方言说得很地道，都是光顾她们生意的客人教的。"我笑得快岔过气去，大副又说："她们可能是一种本能反应，一看到亚洲面孔，就用这三种语言轮番轰炸，好像整个亚洲就只有中日韩三个国家似的。"

我想起以前在东南亚的经历，跟大副说："旅游业发达的国家好像都这样，我去东南亚国家旅游的时候，有些商贩中文说得也很溜。我碰到过一个卖香烟的小男孩，会十几种国家的语言，除了中日韩，还有印度、缅甸、泰国、马来西亚语，等等，当时我都看得呆掉了，就这么高一个小男孩，可能也就十来岁。"

我们说着，往里走，到了一家挂着海马灯箱的屋子前，大副努努嘴说："这家他们常来。"门前的小姐披挂着一头卷曲的长发，她是个混血的黑人，有着红土般的肤色，那夸张的玫红色唇膏和长得离谱的假睫毛，让她看起来像个大号玩偶。她热情地冲我们招招手，看我们无动于衷，又示意我们看一下其他的姑娘。她冲屋子里拍了拍手，我看到屋子里面的门帘被掀起，里面的姑娘鱼贯而出，换了一茬又一茬，一个都不带重样的。

我跟大副嘀咕："这里面得多大呀，怎么可以藏那么多人？好像永远走不完似的。"

大副笑着说："别看外面的门面很小，走进去，里面别有洞天。"

我的心跳骤然间加快了，大副似乎看穿了我的心思，他说："你还小，这种地方以后有的是机会，现在看看就好。"我的脸热了起来，一直热到了耳根边。

从红灯区出来，我们路过了一家水果店，大副停下来，买了一篮水果。这里的水果也奇怪，大部分我都没见过，大副给我介绍，说这是鸡蛋果，那是古布阿苏。在这里，水果可以随便吃，不过口感都有些黏糊糊，我有点倒胃口，大副挺享受，一边吃一边竖大拇指。

水果店的旁边是一家花店，大副又进去买了一小束玫瑰，玫红色，看了让人头晕。我很奇怪，玫瑰竟然会长成这种颜色，似乎是这里特有的气候和水土培植出来的。大副拿着那束玫瑰，往外没走几步，突然又折返回去，换了一束颜色淡的。我看他一直在纠结，在玫瑰和百合之间来回比较，拿不定主意。最后，他请教我，说送给一个三十岁左右的女人，哪个更合适些。我不假思索地回答道："那当然是玫瑰。"他这才定下心来。

从花店出来，我拎着水果篮，大副捧着那束花，他的脚步慢了下来，走着走着，就落到了我身后。他似乎从来没有这么浪漫过，拿着那束玫瑰在大街上走，跟做贼似的，遮遮掩掩，看上去特别别扭，同时他又有一股掩饰不住的欢喜，我猜此刻他心里全是那个女人。

"你跟你朋友是怎么认识的？"我终于忍不住问了大副。

"这个……"大副犹豫了一下，不知道该如何开口，他想了好久说,"其实她以前在红灯区。"

"是我们刚才去过的那个地方吗?"我无比惊讶。

大副点了点头,我简直不敢相信:"天哪,那她勇气够大的。现在已经不做这个行当了吧?"

"早就不做了,她嫁人了,老公就是这里的人。"大副说出这句话时,我怔住了,这也太匪夷所思了。大副看着我惊愕的样子说:"当时我和你一样,都不敢相信这是真的。离开了这个行当,就意味着重新开始,谁还会留在岛上,她难道不怕被人暗地里说吗?更不可思议的是竟然还有人娶她,而且是本地人。岛上就这么点地方,是没有秘密可言的。我得知这个消息后,去找过她一回,当时实在是百思不得其解,与其说想再见她一面,还不如说是为了解开心中的疑团。"

"那你去了吗?见到她了吗?"

"见到了,看到她的时候,我惊讶地发现她的生活很平静,并没有我担心的那些事发生。当时她刚从菜场回来,手里拎满了菜,看到我,她惊讶地大叫了一声,把手上的菜往地上一撂,我们像久别重逢的亲人,给对方来了一个大大的拥抱。"大副说着,像回到了当年的场景,眼睛眯成了一条缝,笑意爬上了他的眼角和眉宇。

"这太神奇了,是当地人不在乎这些吗?这里的风俗也太独特了。"我感到心中的困惑并没有随之解开，继续刨根问底。

大副一脸不耐烦地说："你急什么，听我慢慢讲。后来她老公也从家里出来了，看到他，我好像找到了答案，他是一个有缺陷的男人，天生的唇腭裂，说起话来含混不清，声音很大。当时我挺尴尬的，其实这种场合换谁都不自在。他们很客气，把我迎到家里，像招待贵客一样招待我。"

"她老公知道你和她的关系吗？"我好奇心跟着起来了。

大副笑了一下说："我也不知道，从她老公的表情中看不出来。他的唇腭裂有点严重，说话口齿不清，带着很重的鼻音，嗓门大得离谱，你听不出他是高兴还是愤怒，因为从语气中很难判别出来。他指手画脚，表情夸张，似乎天生的残疾不仅影响到了他说话，也让他的表情控制系统跟着失灵了。"

"那他家里就他一个人吗？有父母和兄弟姐妹吗？"

大副摇摇头说："没看到，看起来好像只有他一个人，当时在他家里，说实话挺尴尬的，她在厨房忙着准备晚饭，我和她老公坐在客厅里，两个人语言不通，也说不上话。我偷偷地打量他一眼，他似乎对家里来了陌生男人漠不关心,在那里正襟危坐,像尊雕塑似的一动不动,偶尔用余光迅速瞟我一眼,和我目光对上了,他咧嘴一笑,那表情古怪极了。"

"那确实挺怪异的,他们还对你那么客气,心真够大的。"

大副颇有些得意,"忘了跟你说,她老家在江苏镇江,早年偷渡到科斯特岛,后来一直在这里生活。当时她可能是岛上仅有的一个华人小姐,她有个奇特的习惯,一见面先问客人的职业,对方做什么行业都没关系,唯独不能是老师。"

"为什么?"我不禁有些诧异。

"我问过她,她说她最痛恨老师,尤其是数学老师。早年她在镇江读书的时候,成绩不算差,到了初一那年,一次数学期中考试彻底改变了她的人生。她说那天考试,她状态不是很好,一直有点心神不宁,考试时间规定为九十分钟,当监考老师突然宣布剩下十分钟的时候,她翻看了一下试卷,还有一页半的题目空在那里,一紧张,她的脸变得通红,呼吸也跟着急促起来,更要命的是两腿间传来了一种怪异的感觉,那种感觉像痉挛,但又不痛,她的神志跟着也恍惚起来。她索性搁下了笔,放弃了答题,坐在那里享受那种奇妙的感觉,直到答题结束铃声的响起。"

"这是什么情况？"我似懂非懂，隐约间觉得这里面藏着女人的秘密。

大副的脸上泛着一层红光，像喝醉了酒。他说："这是她人生的第一次高潮，自从那次考试过后，她发现了身体的秘密。她很敏感，只要紧张过度，那种感觉就会随之而来。每次看到年轻气盛的数学老师，她就会脸红，一直红到耳根。这之后，她的成绩一直往下掉，数学老师是她的班主任，并不了解一个少女的内心，关心过几次后，迟迟未见起色，就放弃她了。这个老师有点不称职，经常无意间就流露出对差生的鄙视，言语刻薄，冷嘲热讽是家常便饭。在日复一日的奚落声里，她慢慢地接受了自己是个差生的现实。"

"原来还有这么一段经历，"我恍然大悟，"那他还真不是个合格的老师，有的学生心里敏感，更不能简单粗暴地打击人家。"

大副说："人生就是这么奇妙，可能一件毫不起眼的事情会轻易地改变一个人的人生轨迹。她厌倦了读书，就开始逃学，混迹于溜冰场、舞厅这类场所。人不顺的时候，样样都不顺，那段时间，她父亲突然遭遇车祸去世了，过了不到一年，她母亲改嫁，嫁给了一个酒鬼。那个酒鬼继父好几次趁着她母亲不在家，想玷污她，她这样才从老家逃出来。你想想，一个花季少女，抹口红，喷香水，穿得又暴露，经常在外面鬼混，也容易给她那个酒鬼继父造成错觉。"

"我就是不明白，她为什么会留在岛上，过去的一切，她老公真的不在乎吗？"我的疑惑再次冒了出来。

大副笑了笑说："人都是差不多的，怎么可能有例外？当时我也有这样的困惑，但我不好意思见面就问这个呀。那天晚上在她家吃饭，我们都喝了酒。酒是个神奇的东西，几杯下肚后，之前的尴尬和别扭就都烟消云散了。我盯着那个男人的嘴形看，虽然我也知道这么看人家有点不礼貌，但还是忍不住会把视线的焦点落到他的嘴巴上去。他咀嚼起食物来有三瓣嘴唇，互不相干，能四面八方灵活地蠕动，当时看得我浑身起鸡皮疙瘩。"

"你觉得他像一只兔子？是替她感到难以接受吗？"我好奇地问。

大副连连点头，"你太聪明了，当时我就是这个感觉，因为两人生活在一起，无法不让人想到那个。我悄悄地跟她说：你嫁给他委屈了。她满不在乎地回复我：没觉得啊，跟谁过不是过？我说难道就因为他天生有缺陷？她一脸无所谓，说谁没缺陷，看着看着就习惯了。当时我能感觉出来，我说的那些话她挺抵触的，但我不这么想，我觉得她嫁给那个男人，确实太将就了。她完全可以离开这里，找个健全的人一起过日子。"

"我很奇怪，她是怎么跟她老公好上的？"

"这是关键，那天喝酒喝到后来，她终于吐露了心声，她说她和她老公也是在红灯区认识的。"

我瞪大了眼睛，"这怎么可能？"

大副点点头，"其实这个我早就猜到了，她在岛上也没有什么朋友，社交圈子很小，每天就是吃饭、睡觉、上班，偶尔逛逛街。做这个行业，认识的人越少越好，她们也会保护自己。"

我说："那倒是，我突然间觉得你和康扎西他们不一样，他们纯粹是找乐子，你好像跟她有感情。"

大副被我说得有点难为情，他说："这其实是一个职业，跟我们捕鱼一样，我也从来没有看不起她，工作体不体面，这都没关系。她老公不计较，就这点，我还挺欣赏他的。她跟我说，她老公初次见面就想娶她，她当时当作一个笑话。做这个行业是没有感情的，但谈论的都是跟感情有关的事，这听起来很讽刺。她经常遇到客人，说喜欢她，爱她。她听了毫无感觉，大家都是逢场作戏。当她男人一本正经地说想娶她的时候，她是不相信的，她以为他在玩一个游戏。没想到后来他一直来，一直说。一句假话说上千百遍的时候，她就开始怀疑，是不是自己领会错意思了？"

我说："洗脑不就是那样吗？"

大副并不认同我的观点，神情严肃地说："转折点出现在某一天，当这个男人又一次单膝跪地，向她求婚时，远处传来了教堂的钟声，一瞬间，她就认真了。"

我愣了一下，"有那么神奇？"

大副说："我也不相信，她说她也没那么单纯，尤其是见识了那么多感情的背叛后，她怎么可能轻易去相信一个男人？她说当时感动归感动，事后只是答应他，两个人试着过过看。所以我猜她只是冰冻的心暂时融化了，但那颗心还是冷的。也许是厌倦了这样的生活，想换个方式尝试一下。当时她是留着后路的，觉得这已经是最糟糕的了，再坏也坏不到哪里去了，实在不行，大不了再干回老本行。这可能也是她没离开科斯特群岛的原因，故乡又回不去，与其换个陌生的地方，还不如留在这里，至少在这里，她是有后路的。"

"这没错，给自己一个机会，也给对方一个机会。后来他们怎么样了？"

大副说："她说做这一行结束得这么突然，她自己是没想到的。那个男人帮她一起收拾了行李，仿佛只是搬个家，挪个窝这么稀松平常。她平时要好的姐妹都围绕着她，流露出依依不舍的神情，有的还很羡慕她，她却很麻木。她在那里前后待了五年多，曾经不止一次想过，什么时候会离开这里，会以何种方式离开。她也想过离开这里，会是怎样一种感受。没想到那一刻真的来临了，她什么感觉也没有，一如既往地麻木。对于以后的日子，她依然迷茫，但还是暗暗祈祷再也不要回到这里。她跟着那个男人回了家，一进家门，发现单身汉的日子过得确实太不像话了，那个石头垒起来的房子四处破败，家里没有一处落脚的地方。她进门第一件事就是大扫除，把那些发霉的破烂都清理了出去。在她忙活的时候，那个男人站在一旁跟她说，从此以后，他再也不去红灯区了。她觉得这是句废话，他要敢去，她立马就走人。两个人说是搭伙过日子，其实也没多大的信任感，相互提防着对方，说是组成了家庭，其实也摇摇欲坠，稍不留心就散伙了。"

我头一回听到这么荒诞离奇的婚姻，心里不免也为那个女人担忧。我问大副："他们没举办婚礼吗？"

大副发自心底地叹了口气说："其实她真是个不错的女人，当时可能考虑到影响不好，她把婚礼也省了，就这样两个人什么仪式也没有，凑合着过上了。但生活中的改变，她老公是能感觉出来的，每次干完活回来，饭菜都备好了等着他，房子漏风的地方都修缮了，积满灰尘的窗户也都亮堂了。有一天，她老公突然把银行卡交给了她，那时候，她知道对方开始认真了。"

我松了口气，大副说："我当时去看她的时候，两个人已经结婚快一年了。说实话，我也担心，虽然两个人结了婚，但就在岛上生活，难道不会遇到熟人吗？她说她男人都不在意，还怕别人干吗？再说这也是考验，如果她男人真没那么坚定，这日子也别过了。其实没那么难，起初确实有不怀好意的人冲她挤眉弄眼的，但自讨没趣后，他们自然也就躲远了。因为这种事谁也不敢声张，那些人也大多有家室，有孩子，比她更要这张脸面。至于其他的男人，来了又走，几年也见不到一次，就像我一样，各过各的吧。"

通过大副的描述，我也对这个女人充满了好奇。她远涉重洋，只身来到这个太平洋深处的小岛上生活，这本身就是一个奇迹。

大副指了指远处的石头房屋说："那就是她家了，让我先缓口气。"我看到大副停了下来，也许是之前走得太着急，他的额头开始冒汗了，他脱下帽子，用手抹了一把额头，甩干了汗水，小心翼翼地把头发捋整齐，再把帽子戴了回去。我问他："紧张吗？"大副笑了一下，没有回答我，他的目光注视着远处的石头屋，眼神是那么温柔。房子前的空地上有两个孩子在追逐嬉戏，大副看了很久说："几年不见了，那可能是她的孩子。"说着，他迈开脚步，大步往前走去。

我看到了那个女人，她端着洗衣盆从屋子里出来了，绾着发髻，穿着一身蓝色碎花的居家服，看到有人过来，她远远地朝我们打量了一阵，大概没认出来，她继续晾着衣服。我看到大副突然冲她兴奋地挥手，口中喊着她的名字。我从来没见到大副这么兴高采烈过，他"噔噔噔"地跑了上去，我看到那个女人认出了大副，她呆若木鸡地立在原地。

大副走到她跟前，我看到了两个成年人的慌乱，他们看起来有点滑稽，都激动得满脸通红，却又不知道该如何应对，最终两个人只是礼节性地握了握手。大副把手中的玫瑰送给了她，我敢断定这是她这辈子少有的礼物，在收下玫瑰的同时，她竟一时间有点手足无措，似乎想扭头逃跑。

两个孩子停止了嬉闹，好奇地看着我们。在他们的身上几乎看不到中国血统，头发天然卷，皮肤是棕色的，那两汪清澈的眼眸格外引人注目，像泥土中冒出来的泉眼。

除了好奇，他们都有点怯生生的。她把两个孩子搂到了自己怀里，这才从慌乱中稍微平静下来。

之后，我见到了她老公，一个浑身散发着海岛气息的中年人，穿着明蓝色衬衣和土黄色短裤，脚上的拖鞋是玫红色的，像穿错了鞋。他一出现，那两个孩子的出处便一目了然，因为他的头发也是天然卷的，肤色也相近，像棵棕榈树。跟大副的讲述不同的是，他现在蓄了浓浓的八字胡，遮住了天生的缺陷。他看到大副，认了出来，兴奋地大叫一声，然后两个男人热情地拥抱，相互用力地拍了拍对方的肩膀。

我们俨然成了他们家里的贵客，她忙前忙后，脸上一直挂着兴奋过头的红晕。不知道是因为我在场，还是别的原因，大副一点都不生分，他似乎有说不完的话，中途还帮他们磨了咖啡豆，冲了咖啡。他仿佛在自己家里，一切看上去都那么自然。有一瞬间，我有点恍惚，好像大副本来就属于这个家，他们是一大家子，而我才是唯一的客人。

这个白天变得异常明亮，这种异于寻常的明亮，来自房屋内外飘荡的棕色，从咖啡到孩子的肤色，从摇曳的棕榈树到猎猎的海风，还有他们身上散发出来的热情，似乎也是棕色的。我第一次确认了一种色彩的气味，像巧克力,又像咖啡豆,在空气中四处游荡,但给人异常明艳的感觉。

大副问她:"这几年回去过吗?"她愣了一下,继而点点头。

大副说:"现在成家了,有空就多回去看看,给孩子们开开眼界也好的。"

她又愣了一下,良久才从恍惚中回过神来,她说:"前两年,我回去过一趟。我妈生了不好的病。"

大副立刻关心起来:"哦,没事吧?"

她理了理耳边垂下来的头发,轻声说:"病得挺重的,回去的时候我以为还能和她说说话,没想到见到她时,她已经很虚弱了,整个人面容蜡黄,都瘦脱形了,躺在病床上一句话都说不出来。看到她那副样子,我觉得很陌生。多年不见,我以为自己会哭,但一点都伤心不起来,看着她,仿佛那是一个跟自己没有关系的人,我甚至有种想逃出病房的冲动。"

大副惊讶地问:"怎么会有这么奇怪的感觉?"

她低着头说:"说不清楚,离开这么多年,一切都生疏了,故乡在我心里早已成为一个空壳了。我跟我妈原本就不亲,当初她嫁给那个酒鬼,我就有点恨她。"

大副的眼睛亮了一下,问:"你指的是那个混账继父吗?"

她咬了咬自己的嘴唇说:"是他,多年不见,他也迅速地衰老了,我都快认不出他来了。当初多么横的一个人,忽然之间变成了一个可怜虫,我挺意外的。那段时间,他几乎寸步不离地陪在我妈身边。年轻的时候也没见他们有多恩爱,老了却开始需要对方了。"

大副看了看她男人和孩子,问:"你带着他们一起回去了吗?"

"这种时候了,当然是一起回去的,说实话,也有点示威的味道,没想到计划都落空了。看着那个老家伙眼泪汪汪的,我突然可怜起他来,不过也有种快意围绕着我,觉得他活该当个孤老头。当初要不是拜他所赐,我也不至于离乡背井地逃这么远。"她说着,看了我一眼,感到有点不好意思。

大副说:"过去的就让它过去,放过别人也是放过自己。"

她幽幽地说:"事后我挺失落的,就跟一个侠客躲进深山老林练绝世武功一样,等功成出关,仇家已经奄奄一息了。"

大副一边磨着咖啡豆,一边耐心地倾听着她的讲述。这种褐色的豆子据说是她男人自己种植的,他们在岛上有一片咖啡树林，还有一个橡胶园，就靠这些维持生计。进门的时候，我看到屋子前的空地上晒满了咖啡豆，像我老家的人晒麦子，用竹耙犁开，来回梳。

她说："我带着他们回去，他们也是第一次出国，什么都觉得新奇，这里看看，那里摸摸。在那里待了一个多月，就是为孩子感到有点遗憾，没有给他们留下对外婆好的印象，见到她的时候，已经是那个样子了。他们也没什么亲情概念，觉得那是别人家的人，跟他们没有什么关系。"

她说着说着，就情绪低落下去，忽然间泣不成声。我和大副都惊愕不已，不知道发生了什么。她男人也惊讶地看着她，说了一通我们听不懂的话，似乎在询问她怎么了。两个嬉闹的小孩也跟着安静了下来，看着自己伤心不已的妈妈，那个稍大一点的孩子似乎懂事了，满脸忧郁，一句话都不说，那个小的瘪了瘪嘴角，突然跟着哭了起来。她把小儿子一把抱了起来，很快收起了悲伤，急切地安慰起来。

等孩子平复下来后，她不好意思地冲我们苦笑了一下说："对不起，我失态了！想到那里再也回不去了，突然间有点难过，我从来不这样。"

大副和我对望了一眼，我忽然明白过来，他为什么想来看她了。在这个举目无亲的地方,她被眼前的这三个人牢牢地拴住了,这就是她生活的全部,像极了科斯特岛,周围是广袤无垠的太平洋,它却只有这么一点陆地。在这样的环境下,看到一个同样长着黄皮肤、黑头发,说着一样语言的人,就变得弥足珍贵。面对我们的时候,乡愁也随之而来,并且变得汹涌澎湃。

那天,我和大副留了下来,在她家里吃了晚饭。大家都喝起了酒,很快我觉得自己轻飘飘的,似乎要飞起来了。大副说:"你不能喝了,再喝下去,我们两个都要醉了。"于是,我停了下来,看着他们继续你来我往。这时候,远处忽然传来了悠扬的钟声,跟大副说的一样,它听起来仿佛近在咫尺。

这时候,她和她丈夫不约而同地放下了手中的酒杯,把手放于胸前,默默地祈祷起来。之后,她两个孩子也安静下来,学着他们的模样,做起了祷告。我和大副面面相觑,之后,我们也跟着闭上眼睛,屏住呼吸,聆听着这美妙的钟声。周围一下子安静了,那钟声一下一下地传导过来,仿佛周围空气中的尘埃也跟着一下一下地微微震动了起来。

钟声结束后,我们睁开眼睛,看到她正微笑地看着我们。她说她现在已经是个天主教徒了,每礼拜都会去教堂做功课,一般祷告在晚餐开始前,有时候忘记了,钟声会提醒他们,他们会把祷告这一课补上。

我说,这是我听到的最清晰的一次。她笑了笑说,这需要氛围。

相见总是那么短暂,转眼就要分别了,因为要赶回船上,我们也不能留得太久,怕船长他们担心。吃完饭后,我们就匆匆地告别了,他们送了很长一段路,大副说:"别送了,再送下去要到码头了。"他们这才停住了脚步,我和大副冲他们挥挥手,她突然红了眼眶,朝我们喊了一声:"谢谢你们来看我!"话语间有了哭腔,但她很快又忍住了。我看着她紧紧地搂住自己的两个小孩,仿佛从来都没有这么舍不得过。大副背过身去,一把搭在我的肩膀上,故作潇洒地冲身后又挥了挥手,我感到他鼻子里有一股热气喷了出来。

我们相互搀扶着往回走,海岛上正是白天最长的时候,夜幕还未真正降临,天边挂着一轮圆月,如一颗晶莹的泪珠悬于空中,苍穹下的马路歪歪斜斜,像一条丝带飘向了远方。

六

紫血泡

　　船驶离科斯特岛的时候，拉响了一长声汽笛，听起来中气十足。所有人都站在甲板上，看着船慢慢地被一只无形的手推离开码头，水手天堂离我们远去，逐渐在眼中小成一个土堆，又变成一个黑点，最后沉没在海平面上。

　　船开足了马力，船头破浪的声音清脆而锋利。远处是令人眩晕的冥蓝色，到了船舷周围，冥蓝色被荡开，摇晃的海水变成了透明的浅蓝色。波光粼粼的海面上闪耀着无数斑斓的光点，疾驰的航船引来了海豚的竞相追赶，它们和我们的船并驾齐驱，纷纷跃出海面，又再次潜入大海，"噼噼啪啪"的跳水声不绝于耳，场面颇为壮观。

　　度假的欢乐还意犹未尽，忽然铃声大作，我不知道出了什么事，康扎西说船长要讲几句话。我说："他是让我们都收收心吧。"康扎西点了点头，我说："这还用唠叨吗，谁不知道啊？"康扎西说："道理谁都懂，但必须有个仪式感。有些话得分人，换个人讲就没用。"他这么一说，我来了点兴趣。

一会儿工夫，大伙都集中到了甲板中央。船长背着双手，在甲板上来回踱步，看上去像个军队的指挥官。他说："舒服的日子结束了，接下来是考验一个水手的时候，大家都打起精神来。"也许是第一次经历这种场面，我在人群中偷偷发笑，船长立刻沉下脸来，炯炯的目光扫视着我们，让我感到有些紧张。

除了猎猎海风，甲板上安静得有些异常，船长继续说道："我们为什么千里迢迢来这里？不是来玩的，是为了以后的生活。我们有艰巨的任务，这任务一般人扛不下来。在我眼里，没有什么职业能比一个真正的水手更让人骄傲，漫长的捕鱼季是一个优胜劣汰的过程，每年都有人扛不住，提前离开。这需要过人的意志品格，扛过去了才是一个合格的水手，才称得上是一个真正的男人……"

我看着经验丰富的康扎西，小声问："很累吗？"他点点头，看上去有点无精打采。我说："中途当逃兵，那多丢人。"康扎西不屑地回我："别轻易下结论，没用的，开始时信誓旦旦，后来当了逃兵的人，我见得多了。"我撇了撇嘴，赌气似的合上了嘴巴。

我们日夜兼程赶往秘鲁渔场。船上执行了渔场的作息制度，我们白天被赶进船舱睡觉，晚上被赶到甲板上活动。满天星辰悬在头顶，仿佛触手可及。渔船开着雪亮的大灯，在漆黑的海面上疾驰，如同星舰，仿佛置身于浩渺的太空。起初我还感到新鲜，因为平时我就睡得晚，但接连几天的日夜颠倒，还是扛不住倦意来袭，到了后半夜，甲板上到处都是打盹的人，成排地缩在角落里，一动不动。船长和大副时不时地过来提醒我们别睡过去。夜晚的海上，气温骤降，甲板上潮湿得快，一哆嗦，寒气就侵入身体。碰到风浪大的夜晚，大家都躲回船舱，狭小的空间里站满了人，像春运时的火车车厢，每个人都扶着床把手，不停地跺脚，用来驱赶阵阵来袭的困意，谁都想往床铺上倒，但不允许，只要一沾上床铺，立马会进入梦乡，死活都拽不起来。

坚持了一星期，生物钟倒了过来，天一亮就想睡觉，到了晚上就来精神。随着离秘鲁渔场越来越近，船长和大副训话的频率也越来越高。事后我才知道，船长的动员是讲给我们这些新手听的，他必须给我们打鸡血，不然这伙人一到秘鲁渔场，很可能会溃不成军。

那天到达秘鲁渔场已经是傍晚时分，天空中到处是铅灰色的云块，看上去阴郁而沉重。那顿晚饭正式、隆重，上了酒，菜肴摆了一满桌，那些老水手的脸上没有一丝欢愉的神色，唯有我们没经历过鱿钓的人欢呼雀跃，仿佛迎来了一个重要的节日。

开饭前，从来没有这么正经地等待着船长喊开饭令。经过了一段时间的约束，大家似乎成了一支纪律严明的军队，往日的懒散作风从某个时刻开始神秘地消失了。船长穿着一件黑色的雨衣，脚上也换成了防水靴，走路动静很大，他一进餐厅，看到我们都站着等他，说："等什么呀，开饭啦。"话音一落，一阵"噼噼啪啪"开酒瓶的声音，和以往不同的是大家也不碰杯，闷头自顾自吃，整个餐厅响起此起彼伏的咀嚼声。

吃了一阵，船长和大副觉得气氛太沉闷，带头干杯。大副说："别一个个垂头丧气的，不就是一群鱿鱼等着我们去捞上来吗？你们想，那是一张张钞票，捞一条，等于从海里抽一张钞票，大海是什么？取款机呀！"他说完，气氛才松快了一点。陈浩洋依旧一副笑嘻嘻的样子，他说："就是上断头台，也得把这顿饭吃好。"他这一说，有了点悲壮的意味，我跟他连碰了三杯，随后，青海的拉青加也加入进来，一时间，大家又都有了点忘乎所以的感觉。

大副走到我们身边，手里提着酒瓶，他用手肘碰了一下我肩膀，"接下去要干活，别喝多了。你们表现好，到时候会让你们喝个够。"我问他："什么时候？"大副眨了眨眼睛，挑逗似的说："中场休息，或者凯旋的时候。"大家纷纷喝倒彩，这才刚到秘鲁，长长两年，谁说得准呢？

拉青加仿佛有了重大发现，他跟大副说："发现没？几乎每个水手都喜欢喝酒。"

大副看了一眼七上八下的酒瓶，说："不光是喝酒，他们还喜欢赌博。"

"咦，这是为什么？"

大副晃了晃脑袋，轻轻一笑说："我觉得……这是一种狂欢精神，因为在大海上生活，每个人心里都有恐惧，对抗恐惧，最好的方式就是喝酒，让自己彻底放松下来。"

拉青加点点头，他又问："那赌博为了啥？"

"海上赚来的钱太辛苦了，他们必须用极端的方式去花。一般人可能理解不了，辛辛苦苦赚来的钱，有的甚至差点赔上自己的命，照理说应该珍惜每一分钱才对，但这个道理在水手身上行不通，他们宁愿输得精光，再重新下海。说到底，这也是狂欢精神，只有具备了这种精神的人才算是个真正的水手。"大副脸上洋溢着自豪的神色。

我说："你心里也有恐惧？"

大副笑笑说："你们都太嫩，可以肯定地说，这里的每个人心里都有恐惧，老水手也不例外。其实每个人内心都有一面镜子，越胆大包天的人，心里的恐惧就藏得越深，他必须用足够强大的外表去掩盖住内心深处的恐惧。"

我们被大副说得将信将疑，一个个想继续刨根问底。大副催促道："快点吃，别磨磨蹭蹭，提起精神来，马上可以验货了。"

饭毕，天色已暗下来，甲板上两千瓦的灯都开了起来，散发着灼人的热浪，像个大烤箱。大家开始穿防水服，防水服是仓库里翻出来的，每人一套，穿上去有股浓浓的腥臭味。云层压得很低，但并没有雨落下来，穿上那套笨重的防水服，感觉钻进了太空服，整个人的手脚都被困住了，施展不开。

穿好防水服后，又开始戴手套，每人两副，一副是线手套，戴在里层，戴完线手套后，外面再套一副防水的橡胶手套，整个人密封起来，背上闷出了一层细汗。我闷声不响，照着做。有人开始抱怨，说穿戴成这样，还怎么干活？几乎没人理会抱怨的人，甲板上笼罩着一股奇怪的氛围，好像开着战舰，要去抢滩登陆，每个人都保持着沉默。我听到了自己的呼吸声，粗重得像从管道中传过来，心跳骤然间加快了,感觉到耳膜在震动,像一面鼓,发出"咚咚咚"的声音。

灯光打在水面上,仿佛有巨物在下面穿梭,再定睛一看,又变成了晃动的波纹,如果换成出发的时候,我一准晕船,好在经历了两个月的磨炼,我对那种摇晃产生的眩晕感产生了抗体。我以为钓鱿鱼会发钓竿,没想到发的是一卷塑料线,前端连着一个狼牙棒似的钓钩,布满了铁刺,鱼饵是荧光材料做的,利用鱿鱼的趋光性弱点,引诱它来咬钩。船沿处铺上了网和滑轮,我们要把"狼牙棒"投入海面,不停地用手扯塑料线,感到有分量了再拉起来。我才明白过来,为什么要戴两层手套。

康扎西很快拉起了第一条鱿鱼,那鱿鱼看上去有十来斤重,一拉到甲板上就激烈地挣扎,腹鳍拍在甲板上,鼓起一轮轮频率很快的波纹,像狂风抽打着窗帘。鱿鱼到了甲板上,变得极富攻击性,往人身上扑,喷出的海水和墨汁像从消防龙头射出来的,喷了康扎西一腿,那墨汁看上去黏糊糊的,挺让人难受。康扎西并不理会它,甩下钩子,继续垂钓。鱿鱼的骚扰勾不起他一点兴趣,鱿鱼爬到他的雨靴旁边,像藤枝缠上了树干,顺势往上攀爬,被康扎西一脚甩到了角落里。那之后,鱿鱼也老实了,蜷缩在角落里,警惕地打量着四周的甲板。

我也学着他们的模样，扯动着手里的塑料线，忽然感觉手里的线一沉，我赶紧往回拉，手里的塑料线把滑轮扯得直响。这像一场拔河游戏，鱿鱼比我想象的大，在水里横冲直撞，那条没入水面的塑料线东倒西歪。鱿鱼离开水面后，我手上的分量顿时加重了，手指被勒得紧紧的，我一鼓作气把第一个猎物拉上了甲板，它个头看上去不小，离开水面的时候也喷了我一身墨汁。我闻到了鱿鱼墨汁的气味，有点反胃。

很快，甲板上的滑轮声响成一片，大家都埋头拉鱿鱼，开了头以后，水底下的鱿鱼越聚越多，好像永远钓不完似的。不一会儿，甲板上到处都是鱿鱼，已经无处下脚，但我也管不了这些，因为疲劳很快来临了，站在滑轮边，人变成了木桩，机械地拉着塑料线，几乎不用扯动，放下去就有鱿鱼上钩。

到了午夜时分，大家分批吃夜宵，吃的东西也简单了很多，一大锅米饭，还有一些酱菜，随便吃。脱下手套，我发觉自己的手指已经拿不住筷子，关节已经伸不直，胡乱地扒拉了几口米饭，心里忽然觉得有些委屈。大副走过来问："怎么样？吃得消吗？"我看了他一眼，却笑了，说："塑料线有点细，勒得疼，要是粗点就好了。"大副笑笑说："考验才刚刚开始，有问题及时跟我说。"他说着走开了，又去慰问别的新水手。

我忽然想起了我妈，她从来不让我干重活，说重活干多了会落下病根。她自己年轻的时候不太注意，年纪大了，她就觉察出来，只要天气一变，她的后背就酸胀，比天气预报还灵，每逢她拿出膏药，我就知道第二天要下雨了。也不知道她现在怎么样了，我忽然有种焦虑感，万一这两年中，她突然生病，岂不是除了我爸没别人照应？

我又想到了登船的时候，父母把我托付给了王武的场景，王武那句话还在我耳畔回响："如果我是你父母，不会让你出海，海上讨生活可不是闹着玩的。"谁能想到原来有这么艰难，但我也反问自己，即使了解了真相，我就会退缩吗？我想我也不会，一直以来，我都非常倔强，认定的事情一定要去做，虽然往往事后才发觉代价实在太大了。

想着想着，不觉喉咙口发涩，我撂下了碗筷。康扎西他们几个人趁吃饭的工夫凑成一堆，他们在开一个赌博的盘口，新来的水手名字都列在一张纸上，毫无疑问，我也在那上面。这是他们每个捕鱼季必玩的游戏，根据他们的观察，他们会对每个新来的水手开出相应的赔率，赌哪些人会扛不住，中途离开。据说我被排在前面几位，但不是第一个。康扎西是庄家，其他人押注，大家也不玩钱，赌注大多是香烟，也有人押泡面，泡面不值钱，一箱抵半包三五牌香烟。大家报一个数字，记在账本上，等着接下去某一天突然开奖。

康扎西说，他比较看好我，因为我话不多，狠角色一般都是一声不响的。他哪知道，经历了半个夜晚，我已经体会到了鱿钓的艰苦，累得不想开口。我跟他说："两年时间还真不好说，说不定哪天我突然没兴趣了，就提早回去了。"康扎西神情笃定，"你不是这样的人。"我说："你比我还了解自己？"康扎西一脸不耐烦，"押不押？不押滚一边去。"

夜宵结束，我又回到了甲板上，鱿鱼似乎比上半夜更多了，放下去就有。闭着眼睛拉线，放钩，我心里在想，是不是惹恼了鱿鱼群？它们源源不断地游过来，前仆后继地从容赴死，这让我有些绝望，什么时候是个尽头？那种无穷无尽的感觉包围着我，我真想撒手了事，可身边的每个人都还执着地盯着海面，拉扯着手中的塑料线，没有人要离开，逃跑的念头一下子变得令人羞愧。那是一种挥之不去的感觉，忽远忽近，却总在身边环绕。

折腾了一整夜，到天亮的时候，鱿鱼慢慢变少了。船长下令收钓，但并没有到休息的时候，每个人都得把自己钓上来的鱿鱼放入铁盘中称重，然后放入小冻舱，这叫

"进冻"。老水手个个拉着脸，埋头整理自己的东西，年轻点的水手嘴上碎碎念，也都是发一下牢骚，没人搭理，说一会儿就不响了。这时候，保持沉默似乎是最好的，能节省一点体力，手上的活机械而忙碌，似乎没有尽头。几乎每个人都跪着进冻，实在是站不住了，站了一夜，脚后跟疼得火辣辣，只求不要再把全身的重量落到脚上，换哪里都行，这会儿已经没人在乎姿势，哪怕对面是自己讨厌的人，也都跪着。

鱿鱼一点点变少，最后都进了冻舱，我心里终于松了口气。太阳已经爬得老高，我赶紧吃了早饭，匆忙地洗漱了一下，就进船舱睡觉，一躺下就睡着了。那是从来没有过的疲惫，我感到身下的这张床无比亲切，想一直这么睡下去，但睡梦中腿开始抽筋，疼得整个人都蜷缩起来。我以前的时候也有睡梦中抽筋的情况，以为是缺钙。那蒙眬中的痛觉真切而清晰，我实在是太疲惫了，希望它疼一会儿就过去了，但它好像和我较上劲，小腿肚的抽搐越来越严重，身子蜷缩成了一只龙虾的形状，还是抽得厉害，没办法，躲不了，只好从床铺上起来，站在地板上蹦跶。眼睛依旧是闭着的，眼皮沉重，没有丝毫力气睁开，也怕跳得太用力，会把睡意赶跑。这会儿，大家都在呼呼大睡，谁也不愿意搭理谁。我跳了一会儿，疼痛感稍微缓解了，赶紧爬回床铺，继续睡觉。

这一觉沉重而漫长，也许是小腿的痛觉时不时地在提醒我，我总睡不踏实，但疲惫的感觉很确凿。疲惫是需要睡眠来恢复的，但我觉得那种疲惫感并没有散去，身体的外表似乎被包了铁皮，那股要命的疲惫感在体内四处乱窜，撕咬着赢弱的灵魂。

昏昏沉沉地睡到下午四点左右，突然铃声大作，大家纷纷从床铺上下来，穿戴起衣服来。我问康扎西："不是天还没黑吗？"康扎西说："上午的鱿鱼已经冰冻完了，需要从铁盘中敲出来，装入袋中，再移到大冻舱，这叫出冻。"我揪了一下头发说："有完没完啊？"康扎西说："一轮还没体验完就受不了了？"我瞪了他一眼说："谁说的？就是有点烦躁。"

我去水龙头那里淋了一把凉水，甩甩头，赶跑了睡意，穿上棉袄跟着大家去了冻舱。

冻完的鱿鱼成了一大坨冰块，保持着临死时挣扎的模样，触须伸张，眼睛雪亮，速冻虽然结束了它们的生命，但似乎一解冻，它们就能马上活过来。没有一个人去关心速冻后的鱿鱼长什么样子，在大家眼里，那就是一堆干不完的活。下手的轻重能看出大家的心情，那些张牙舞爪的触须如同冰凌，又硬又脆，一会儿工夫，脚下都是碰掉的触须。

出冻结束,从冻舱爬出来,天也黑下来了,夕阳落下去的海面尽头还有一抹颜色,看上去微微发紫,是一种不太健康的色彩,像极了我的身体状况。吃饭的时候,大家都很少说话,我问康扎西:"船长怎么不来打鸡血了?"康扎西咧咧嘴说:"他们也一样,都累得不想说话。接下来就看个人造化了,熬不住,等运输船来就可以先走,每次都会走一批。"

到了晚上,还是钓鱿鱼,手上的操作越来越娴熟,但疼痛感比前一天加剧了,之前留下的勒痕还没恢复过来,又开始雪上加霜,只好挪动部位拉线,一会儿左手在前,一会儿换成右手在前,本质还是一样的,坚持了一会儿后,有点站也不是、蹲也不是了,只能凭着手上的触觉,避免疼痛厉害的地方被反复勒到。夜宵的时候,手指已经弯成了钩状,完全拿不住筷子,我打了一盆饭,把酱菜拌在饭里,俯下身,咬着吃。这时候,我不想再劳驾我的双手,它们垂在身体的两侧,我能感受到钻心的疼痛从手指间传来。

大副走过来,拿起我的手看了一下,说:"你原来没干过重活,这手过两天会磨破皮。有空到马军民那儿弄点药,涂一下。"他顿了顿,又问我,"还扛得住吗?"我愣了一下，没有回答他。大副笑了笑说："后生啊，这非常锻炼人，一般人扛不过一个月。"想想往后长长的两年，我有点烦躁，"您就别再吓人了。"说完，我被自己的嗓门吓了一跳。

那天凌晨，风浪忽然大了起来，鱿鱼也变得不太稳定，一会儿扎堆，一会儿很长时间都钓不到一条。船身开始摇晃，一颠簸，手上的感觉也变得不太准，很多人都盯着起伏的海面，一见没有鱿鱼上钩，就又把钩子放回去。虽然几天下来，给很多像我这样的新手来了个下马威，但大家都还屏着一口气，船长说得对，我们长途跋涉，不是出来玩的。拉青加唉声叹气，他说，上辈子一定做了不好的事，不然不会受这样的罪。我说，这都是自找的。他白了我一眼。

几天后，我的手指全磨破了，露出了红红的肉，手掌上全是紫血泡。我去找了马军民，他抓过我的手，那双手仿佛已经不是我的了，看上去像一对干枯的鸡爪，任由他翻来覆去地察看，指尖上的红肉结了一层薄薄的血膜，稍微一动，就有血丝渗出，十指连心，钻心地疼，疼得太阳穴"突突"地跳。不动是唯一正确的选择，稍微伸展一下，痛觉神经就被扯动，简直等同于酷刑。

马军民用棉球蘸了碘酒，他说你要忍一下，涂上去有点痛，不过痛过就好了。我说，来吧。他毫不客气地把棉球涂到了那些裸露的红肉上，我顿时龇牙咧嘴起来，后背跟着冒出了一阵热汗。

涂了两三个手指后，我吼了起来："你能不能给我快点？"他随即换了一团大棉球，倒了些碘酒到上面，一把抓过我的手，我感觉那只手像浸入了沸水中，激烈地挣扎起来。疼痛感在几秒钟后迅速消失了，我知道手已经被麻醉了，额头上的汗珠汇流成河，湿了一脸。

马军民又挑破了我满手的紫血泡，给我缠上了一圈纱布，他说这段时间会比较辛苦，等茧子长出来就好了。

我借此休息了一天，捕鱼季抢的是时间，第二天我又回到了岗位上，戴了三副手套，虽然疼痛感缓解了一些，但实在太笨重，影响了我干活。

十多天后，指尖磨破的地方已经结痂，手上的紫血泡也都不见了，变成了厚厚的老茧。我摸着那双伤痕累累的手，心里忽然生出一种陌生又新奇的感觉。除了要命的疲惫感可能会随时击垮我的意志，我隐隐感觉到一种坚韧的东西也在慢慢形成，它像一股升腾起来的雾气，包裹住我，让我浸润在里面，感到了些许的温暖。

不久后，冻舱满了，等着过包。运输船来得不是时候，正是中午我们睡得最香的时候。睡梦中被铃声叫醒，几乎所有人都开始骂娘,但骂归骂,活还是照常干,我们匆匆地吃了几口饭,换上了笨重的棉衣棉裤,爬进了冻舱。冰冻好的鱿鱼得整齐地码放在网兜里,一次码放一百袋,每袋二十公斤,码完了,运输船的吊机就吊过去。从中午开始,一直到晚上十点才过完包,腰已经直不起来了。本以为可以休息一下,但甲板上的大灯开了起来,又得开始新一轮鱿钓。我听到此起彼伏的抱怨声,大家的声音都不大,但咬牙切齿,矛头都针对船长,觉得他已经不是人了。

那个晚上是我最难熬的夜晚。过包已经要走了半条命,剩下半条命还在挣扎。这时候,船长把大伙叫到了一起,他说,来渔场已经半个月了,大家确实很辛苦,每次运输船过来,都有人要离开,以往他都要极力挽留大家,但这次不一样,他想让我们自己选择,想走的马上可以走。

我不知道船长为什么来这么一出,他似乎故意在考验我们,觉得来秘鲁渔场这么多天,到了该出试卷的时候了。

大副站在船头,手上拿着我们的身份证和护照。显然他和船长是商量过的,这时候只要谁提出来走,他立刻会交还身份证和护照。

拉青加粗着脖子问:"那工资怎么结算?"声音听上去有些发抖。大家一下子把目光聚集到他身上。

康扎西说:"就待了这么几天,你还好意思要工资?"

船长说:"远洋航行需要成本,现在退出,工资按天数可以正常结算,等回国后会打到你们的银行卡里,但大家都有考核指标,完不成,奖金是没有了。还有之前交的定金也没法归还,所以大家做选择要慎重。"

大副看了看手表,已经晚上十点零八分,他说:"给大家七分钟时间考虑,准备回国的人立刻上船,运输船十点一刻起航。"

大家面面相觑,之前怨声连天,真的到了抉择时刻,谁都开始犹豫。我看到康扎西他们几个开赌博盘口的人蹲在甲板的一角,默默地注视着大家的举动。

船长看着大家,"我希望你们没有人愿意离开,但真的吃不消,也可以先回去,我会祝福你们,毕竟在一起这么久了,大家也是朋友。"

老水手和新水手分成了两拨人,老水手虽然看上去个个都神情麻木,但他们都在打量着我们。我感到人群中每个人都凝神静气,期待着有一个人率先打破僵局。说实话,回想起这半个月来非人的折磨,我真的没有勇气保证我能坚持到最后。

很多人最终都是冲着钱去的，提前回国等同于白忙一场，这代价实在让人感到憋屈。真正让我纠结的倒不是那点工钱，而是回去后，我该如何面对我的父母？王武为我丢了性命，我是否有足够的能力去弥补他残缺的家庭？

我相信每个新水手心里都在激烈地挣扎，我们杵在甲板上，一会儿看着同伴，一会儿仰望天空，每个人都气息粗重，但谁也不愿意成为第一个逃兵。

大副在船头看了看表，说："留给你们思考的时间不多了，还有三分钟。"他这一叫喊，人群像受到了惊扰，拉青加忽然高高举起了自己的双手，喊道："我要回去！"他这一喊，瞬间带动了几个还在摇摆不定的人，甘南的汤超也跟着举起了手。

我看到康扎西"嗖"地站了起来，跑过来一把揪住了拉青加，眼睛里几乎要喷出火来，他骂骂咧咧地喊："你这个叛徒！叛徒！"那帮老水手跟着欢呼起来，他们终于等来了揭开赌局的时刻。

起初我以为是因为康扎西输了赌局，后来我发现不对劲，康扎西是觉得拉青加一走，丢了青海帮的面子，所以他才会这么愤怒。他揪住拉青加的衣领，把他摁倒在甲板上，在动手的一刹那，船长和大副冲了过来，他们把康扎西拉到了一旁。康扎西还在喋喋不休："我真是瞎了眼，怎么会带你上船？"

船长很严厉，喝止了暴怒的康扎西，大副在一旁心平气和地说："我们不强迫，谁想走，现在还来得及。"他这么一说，让原本已经人心动摇的人群又冷静了下来，大家你看看我，我看看你，最终都安静了下来。

拉青加和汤超在得到船长眼神的示意过后，匆忙回船舱收拾行李。之后在运输船的起吊机下，他们两个人背着鼓鼓囊囊的包袱，像树懒一样挂在最后一包鱿鱼的网袋上，被吊上了回国的旅程。他们离船的一刻，大副像掐秒表的裁判员，看了看表说："时间到了，留下来的人都得收收心了。"那一刻，我内心里五味杂陈，知道机会已经擦肩而过，接下来只有铁了心坚守下去。

老水手们已经散去，又回到了鱿钓的工作中，我们那群人在甲板上站了很久，运输船鸣了一声长长的汽笛，我看到有人不停地抹眼角，也有人开始跺脚后悔，大家看着运输船渐渐地离开我们的船，中间的鸿沟越拉越大。有人对着运输船发泄般大喊，对面甲板上拉青加和汤超不停地向我们挥手，我不知道他们是庆幸脱离了苦海，还是后悔自己没有留下来。因为我看到拉青加一直冲我们竖着大拇指，这种无声的鼓励让我一度内心澎湃不已。

运输船一走，人心一下子就安定了，大家都知道，它再度光临至少得半个月以后了。这段时间只能安心地留在船上，只是不知道接下去还有没有更难熬的坎。

我真切地感受到，人只要自绝了后路，还是有不可思议的能量，总以为过完包，熬不过夜晚的鱿钓，没想到很快熬到了天亮。这之后的日子逐渐轻松起来，我暗自庆幸当初没有跟着拉青加一起上运输船回国。人们往往倒在最煎熬的时刻，殊不知那已是黑暗的尽头，再熬一下，就迎来了黎明。

进入十月，我们转了一个渔场，开始钓大鱿鱼。我第一次见识到了什么叫大鱿鱼，一条可以重五六十公斤，拎上船舷的时候，得观察鱿鱼的动静，只要它一张开触须，就得往后躲，稍不留心就被它高压水枪般的墨汁喷溅一身。我们开始两人搭一队，守着一台钓机，轮流拉，钓的鱿鱼，产量对半分。白天晚上一刻不停，一天最多只能睡四个小时。

钓大鱿鱼不再直接进冻，需要杀好洗干净，碰上鱿鱼多的时候，我们只能先钓上来再说，一会儿工夫，甲板上就铺满了鱿鱼。

杀鱿鱼才真正考验人，得去除内脏，区分头尾和身躯，分别装筐。一弯腰，至少得杀两个小时以上，那两小时没有直起身的时候,背部逐渐僵成一块铁板。待甲板上的鱿鱼清理结束,自己已经僵硬成一尊弯腰的雕塑,只能用双手托住后腰,慢慢地往上拔。先动的是头部,从失去知觉的身体里率先解脱出来,脖子像甲鱼似的抻得老长,在它的牵引下,腰部被托住的地方也跟着发力,弯曲的身体像逐渐软化的麦芽糖,一寸寸地被拉开了,能听到骨骼和关节活动的声音,僵硬的肌肉强行拉伸带来的酸痛感像电流,不自觉地让我浑身开始颤抖。

周围都是紫色的气流,感觉那些气流变成了旋涡,裹挟着摇摇晃晃的我,我只得定住身体,等它慢慢地缓过来。一种幻觉一直跟随着我,极度的疲惫明明已经让我沉重万分,但我感觉到身体轻如鸿毛,随时可能像风筝一样飞起来。

跟我搭档的山鸡也只剩下了半条命,他干脆一屁股坐在甲板上,甲板上到处都是污水,这会儿也顾不了那么多了。他从贴身的衣兜里摸出了一包已经被汗水浸湿的香烟,费了老大的劲点上了一支,他吸了两口,递给我,我微微地晃了晃脑袋说:"抽不动了,身体已经不属于我了。"山鸡歪了一下脑袋说:"来两口,就有力气了。"我只好接过来,龟裂的嘴唇咬住了那截软巴巴的香烟,一股浓浓的鱼腥味混杂着烟草和汗味钻入我体内,过了一会儿，白色的烟雾从我的嘴巴和鼻子里飘出来，一到空气中就被吹散了。山鸡看着直笑，"你都冒烟了，像堆湿柴。"我摇摇头，把香烟递还给他，"这三个月来，没有一天能让我睡足四个小时，快支撑不下去了。"山鸡垂着脑袋说："不都这样吗？我劝你放弃算了，再这么耗下去，我担心你会猝死，命都没了，那一切还有什么意义？"我轻轻地摇了摇头说："不甘心哪。"

每个人似乎都到了油尽灯枯的境地，好多人都闭着眼睛在干活，甲板上随处可见一头栽倒反被自己惊得一激灵的身影。受伤的人越来越多，很多人在杀鱿鱼的过程中划破了自己的手指，更要命的是过包的时候，稍一松劲就闪到了腰，腰部一受伤，全身都动弹不得，只能躺到床上去。在漂浮不定的洋面上，看着同伴在船舱外忙碌，而自己只能躺在狭窄的船舱里干等，这不啻一种煎熬，很多受伤的人不得不结束行程，提前回国。

环绕着的紫色气流旋涡越来越密集，我知道这是一种疲惫到极点的感官错觉。船上的人也没比我好多少，大鱼季持续的时间似乎看不到尽头。每个人对鱿鱼充满了怨恨，从动静中可以看出端倪。山鸡私下里跟我透露了个消息，说船上好几个人都写好了遗书，偷偷地塞在私人物品中，有对家里放不下，愧疚的；也有把原因责怪到船长身上的，觉得他在压榨大家。我愣了一下，说："没人强迫他们啊，吃不消可以提前回国啊。"山鸡笑了笑说："你不知道，这也是一种疏解压力的方式，大鱼季一结束，只要缓过来了，这些人就又偷偷地把遗书撕了，就当这事从来都没发生过。"

我看了一眼驾驶舱，船长坐在那里发呆，他看上去像一个被封闭在玻璃器皿中的大标本，毫无生气。甲板上忽然传来了一阵骚动，大家都停下手中的活，赶了过去，只见一向好脾气的阿君在那里叫骂，一旁站着大副，铁青着脸。阿君被人拉开了，声音也渐渐地低了下去，忽然间，我看到他蹲下身去，开始痛哭，这一哭，让紧绷的气氛瞬间松弛了下来。

大副回到驾驶舱，跟船长嘀咕了好久，从他们的神情里判断，两个人对眼下的困境也充满了担忧，往后的日子还长着呢，一直透支、减员肯定也不是个办法，而且大副已经闻到了一点不对头的苗头，大家这种随时崩溃的情绪大概让他们感到了危险。

甲板上的人不知从什么时候起，都停下了手里的活，直起腰看着驾驶舱，没有一个人说话，那么多双眼睛注视着高高在上的驾驶舱。我忽然间想到了火刑现场，一个人被捆绑起来架到了高高的柴垛上，底下是愤怒的人群，一丁点火星就能让它熊熊燃烧起来,场面瞬间让人有点毛骨悚然。

宁静——令人窒息的宁静!

我相信,那一秒钟可以发生很多事情,可以让紧绷的神经松弛下来,也可以瞬间爆炸,一发不可收拾。

对峙悄悄地进行着,空气中有微风溜过,像一根看不见的钢丝,发出轻微如琴弦般的声音。

扩音喇叭中突然传出了船长的声音:"大鱼季结束了,明天开始休整,下一站去赤道。"那一刻,我慢慢地走到了后甲板,张大嘴巴,呕了几声,那声音听上去毫无生气,像一股游丝在体内游走。漆黑一片的海平面上,一个浪头扑了上来,一阵雨丝般的水汽迎面飘来,落满了我整个脸,我像一张纸轻飘飘地躺到了甲板上。躺在甲板上,我看到了凡·高画笔下的星空,整个夜空都开始旋转。这会儿的大海是一张轻轻咧开嘴角的脸,我躺在它的微笑里。

据说,我在甲板上躺了足足有一个小时,之后,大副发觉不对劲,才让大家七手八脚地把我抬进了船舱。躺在床上,我迷迷糊糊地发起了高烧,有一束光从船舱外面射进来,之后,那束光里出现了一个人影,背着光,看不清脸,但从身形上,我认出是王武。我兴奋地大叫,但声音却卡在喉咙里发不出来。王武在光束里站了一会儿，他还是那副犹犹豫豫的模样，我冲他招了招手，他才朝我走来。那距离看起来很近，却又无限遥远，甚至让人感到有些缥缈。我定了定神，终于看清了王武的脸，他似乎有些难为情，轻声问我："想家吗？"我微微地点了点头，他说："那你跟着我，我带你回家。"

我从床上爬了起来，跟着他一起出了船舱，发现船还停在出发的码头，我有些疑惑，但没好意思问，似乎问了会让王武为难。王武在前面走，我跟在他身后，走了一段路，他停下来等我，我好不容易赶上了他，他看着我说："出来就是为了回去。"

回去的路变得有些陌生，一会儿在宽敞的水泥路上，一会儿又到了一片荒芜的田野，就这么茫然地走了两个多小时，我心生厌倦，跟王武说，路途太遥远了，我不想回去了。他却执意要走，我们随后起了争执，围过来好多看热闹的人，在一片闹哄哄的起哄声里，我脱了外套，和王武酣畅淋漓地打了一架。之后，我浑身大汗地从那个体验感极强的幻境中挣脱了出来。

头顶上方挤满了人，有船长、大副、二副，还有马军民、康扎西、山鸡，等等，我看着一张张凑近的脸，一瞬间，我竟没法一一辨认出来，就这么使劲地盯着看了一阵，我才从疲惫的幻境中缓过神来。大副摸了摸我的头说："烧退了。"我忽然间意识到，王武不是已经死了吗？我一激灵，跟大伙说："我梦见王武了。"马军民拎过一个水壶说："别说了，喝口水。"

一口气喝下了大半壶温开水，马军民回头对船长他们说："休息一下，应该没事了。"船长他们逐渐散去，大副临走的时候拍了拍我的后背说："最困难的时候已经过去了，以后没有什么可以难住你了。"

之后，船舱里变得异常安静，大家似乎都怕打扰到羸弱的我休息，谁都没有和我说一句话。我坐在床头，翻出了王武留下的那本色情杂志，翻着翻着，我忽然流下了眼泪。船舱里看到的人都惊讶不已，我听到他们窃窃私语起来："他怎么了，看个图画书也会哭？"

七

洋流，洋流

鱿鱼群真的消失了。我看着毫无动静的海面，匪夷所思，前几天还是一片欢腾的景象，这会儿连鱿鱼的影子都不见了，它们消失得很彻底，仿佛商量好似的，集体迁徙去了别的地方。

大副说，洋流来了，我们也得跟着走了。

洋流相当于大海中的高速公路，随着季风变幻，很多海洋生物都被它裹挟着走。如果从空中俯视，蔚为壮观的蓝色海面上有几条纤细雪白的线条，一直向赤道的方向延伸，如同神明的画作。

大家都缺睡眠，这会儿只想躺在床上，把失去的睡眠补回来。躺了两天后，大部分人的精神又回来了。太平洋上的洋流是神奇的，看似微澜的海面下潜藏着一股疾水深流，裹挟着一个庞大的、跟随季风的复杂生态圈，进行大范围的迁徙。船只要顺着洋流航行，既省时又快捷。

每天中午，船会停两个小时，让马达歇歇火。甲板上到处都是钓鱼的人，他们手里握着细小的钓鱼竿，对着海面大呼小叫。我不明白，他们为什么用这么袖珍的钓竿，最粗的地方还没拇指粗，上钩的鱼超过一斤就拉不上来，只能用抄网。

这群五大三粗的人，每人手拿一根袖珍钓竿，颇有些张飞绣花的感觉。我到甲板上观察过，发现他们其实不是真的想钓鱼，而是把这当作一种放松心情的娱乐活动，袖珍钓竿就这点好，手上稍微有点分量，就感觉有超级大货上了钩。

海钓钓到的多为一些长不大的石斑鱼，只有手指长短，钓上来后，攒多了可以烧一锅鱼汤。最滑稽的数马军民，他的钓钩被洋流卷到了船底的螺旋桨上，他以为钓到了大鱼，肥脸憋得紫红，钓竿在空中弯成了夸张的弧形，费了老大的劲，也没敢使大力收线。康扎西在一旁善意提醒他："钓到地球了吧？"马军民一副不屑的样子，说："这是深海，哪来的地球？"康扎西把头探到船外，看到那条银色的丝线没入了船底，他回过身说："确实不是地球，但你在钓我们这艘船，线剪了吧，不然到天黑也不会有鱼上来。"马军民悻悻地剪断了鱼线，大伙少不了一通奚落。

随着离赤道越来越近，气温也开始上升，海面上的天空又回到夏天的样子，有大团的蘑菇云升起来，四处滋长、弥漫，偶尔还伴随着电闪雷鸣，好在雷雨出来得突然，消散得也快，云层散开便是晴好的天气。不知道什么时候起，我喜欢上了雷雨过后蓝色洋面上的小浪花，那些浪花看上去只有碗口大小，雪白晶莹，让人心生欢喜。船上也不止我一个人被这无边无际的白色小浪花吸引过来，靠在栏杆上，盯着海面发呆的人也越来越多。

在船上休养了一段时间，我迅速地恢复了过来，身体像充满了电的手机，一开机就是满格的电量。山鸡说得没错，人是容易忘记伤疤的动物，只要一回到舒适的状态，看什么都顺眼。

那天，我问马军民："怎么这会儿下雨了，也没人光着身子出来淋浴了？"他看了我一眼说："这么好的天气，淋什么雨啊。"他说着扔了钓竿，光着膀子在船舷处搁了一块跳板，率先跳入了海里。随着一记肚皮拍水面的响声，海面上掀起了惊天动地的水花。船长笑了笑说："这头猪，像扔了颗炸弹。"

七、洋流，洋流

海水浴有巨大的诱惑力，马军民那颗肥硕的脑袋在海面上一露头，大伙就都开始心神荡漾。他在波光粼粼的海面上抹了一把脸，怪叫了一声，说："爽！一点也不冷！"之后大伙在那块跳板上排了一溜的长队，跨步入海，"扑通扑通"地往下跳，跟下饺子似的。

船长趴在眺望台的栏杆上，看着一个个浮在海面上的人头，"嘿嘿"笑着说："我真想用一把漏勺，把你们都捞上来。"

二十多号人在海面上嬉戏，看得人心里痒，但我没敢下水，因为我对幽蓝的深海有抵触心理。大副手上拎着两副潜水镜出来了，他丢了一副给我，说："跟我下去看看。"我颇有些为难，他见我犹豫，问："怎么？怕鲨鱼？"

我轻微地点了点头，大副说："鲨鱼哪儿都有，只要身上没伤口，它也不会主动来攻击人，你怕它，它还怕你呢。"

"可没氧气瓶啊，怎么潜水？我憋气不太行。"我还在试图抗拒。

"你电视剧看多了，潜水要什么氧气瓶。这么清澈的海水，往下跳就行，又不是叫你潜到深处去，再说一般人也潜不到深处去。游泳你会的？不是旱鸭子吧？"

我点点头，大副笑了，"那就好了，跟着我往下跳。"他不容我考虑，转身跳入了海里，我只好戴上潜水镜，硬着头皮跟着往下跳。

一声清脆的水花过后，凉丝丝的海水裹住了我的身体，没入水面的一刹那，一下子就安静了，绵密的小水泡沿着我的体表一串串地往上爬，停顿了几秒过后，缓过神的我才从水下睁开眼睛。头顶晃动的光亮隔着水面照射进来，没有一点温度，水面下有色彩斑斓的热带小鱼在游动，仿佛置身于一个大型水族缸。

我看着那些色彩艳丽的热带小鱼在身边游来游去，心里忽然生出欢喜，伸手去触摸，密集的鱼群像一把巨型的扇子，一晃离我远去，但一眨眼，它们又回到我身旁，仿佛一个巨大的音符在跳动。它们的动作整齐划一，表现出惊人的协调性，背后似乎有一股神秘的力量在指挥着。

我从水面上露出了头，大副在我不远处，击了一掌水过来，泼了我一脸，"怎么样？现在不慌了吧？"

我抹了一把脸，踩着水，笑起来："原来这么好玩呀！"

"所以要先勇敢迈出第一步，你不下来，永远不知道这有多好玩。"大副又开始发感慨，他还不忘叮嘱我，"玩归玩，安全还是要注意。"他说着，从人群中抓过一个救生圈，抛给了我。

我接住救生圈，把它抛到旁边的海面上，继续潜入水里。这次我潜得比较深，直到水下光线变淡，才停了下来，仰头望去，太阳如碎裂的银子，隔着晃荡的水面闪烁，海水如果冻般摇曳着，水面上的响动传导到耳膜，显得沉闷而遥远。

那个庞大的鱼群继续在水里发出有节奏的、耀眼的白光，一条大鱼倏忽间从头顶游过，我一惊，以为是鲨鱼，细看却不是，它鳞光闪闪、体色艳丽，游弋的姿态安然自若，在我头顶悬停了下来，让我产生一种美妙的错觉，以为鱼在天上游。

我直到憋不住气了才浮出水面，仿佛穿越了两个世界，水底下这么安宁，而水面上依旧喧闹，相比之下，水下像是虚幻的空间，而水面上才是现实的世界。

大副隔着不远的距离喊："别冒险！潜得太深，你的肺会受不了，到时候晕过去，就危险了。"

"刚才我看见一条这么长的鱼从我头顶游过，"我伸出手比画了一下，"比这还长，通体艳丽。"

"那应该是这里的大红鱼，温和得很。"大副又问，"在那里吗？我也下去看看。"紧接着，我看到好多人都"扑通扑通"地往水下钻。

那个午后，迷人的海水浴持续了两个多小时，海面上强烈的紫外线把大家晒得个个像红皮老鼠，皮肤被海水泡得起皱，体感温度也逐渐变高，即便这样，也没有人想立刻上船。船长在扩音喇叭中喊："上来啦，再不上来就把你们的衣服通通扔到海里去。"余音未落，海面上响起一阵哄笑声。

这会儿，我倒喜欢听喇叭声。船上的扩音喇叭是劣质货，音质粗糙，偶尔还伴有啸叫声，尤其在海面上，船长那醉醺醺的声音从船顶上冒出来，余音随着海风飘来飘去，一派休闲的氛围。这场景很逗，仿佛是一艘船和一帮捣蛋鬼在海面上对话，这边起哄，那边喇叭也来劲。

船长在喇叭里念叨："马爷，你身体泡发了，看上去有两百斤重。"

"山鸡，看看你的鸡鸡还在不在，别被鱼儿一口吞了。"

"阿君，你细皮嫩肉的，都泡成一只馄饨了。"

…………

点评了一阵后，喇叭也累了。我远远地看到船长趴在驾驶舱里，仿佛睡着了，但一晃眼，那庞大的身躯又蠕动起来，他好像突然想起了一个人，在喇叭中跟大副说："有点想念'浪里白条'了。"我以为船长说的是条鱼，大副却在一旁大着嗓门回复："不久就能见到他了，这家伙在秘鲁过得滋润啊。"船长肯定是回忆起了什么,他在喇叭中不断地嘲讽我们潜水的样子笨拙得像旱鸭子,他说,要是"浪里白条"在,哪用操心吃的……晚上吃点什么呢?你们倒是抓点新鲜的上来啊。

又过了一阵,喇叭里船长哼了几句戏曲,大概自己也觉得荒腔走板,"嘿嘿嘿"地笑个不停,这笑声沙哑而略带磁性,听着像个村里的恶棍。

回到船上,我跟大副说:"潜水原来这么好玩,我有点着迷了。"

大副纠正了我的观点,他说:"因为前段时间,大家都体力透支了,所以才会觉得好玩,整天游山玩水,可能也体会不到休闲的舒适。"

听着也有几分道理,我说:"以前我每天游手好闲,只有无聊的感觉。"大副笑笑说:"劳动是最好的改造,你看监狱就这样。"

我一脸嫌弃地说:"你看看,又把天聊死了。"忽然之间,我想起了浪里白条,问大副:"'浪里白条'原来是这条船的水手吗?"

大副笑着点点头说:"是的,不过人家现在不用在海上吃苦了。"

"那在哪里?"

"笨啊，不在海上，当然在陆地上了。"大副有点戏弄人的意思，他不怀好意地看了看我，又看了看远处的海面，"人家在大洋彼岸，生活得美满富足。等过段时间，我们大概率能遇到他。"

羡慕别人的生活，总让我心里有点说不出的味道。说实话，我有点想念父母了，这两个让人烦的老家伙现在身体还好吗？

我问大副："什么时候可以安排给家里打电话？"

大副笑笑说："怎么？想家了？"

我点点头。

"国际长途很贵，用船上的卫星电话打，一分钟十五块钱，说不了几句话，一张百元大钞就没了。"

我皱了皱眉头说："那得事先想好，说哪些话，我得抽空准备一下。"

大副笑了笑说："过年的时候会安排一次，让大家跟家里人报个平安，规定好每人三分钟。这里和国内时差差不多是十二个小时，刚好日夜颠倒，我们这里早上七八点，他们就晚上七八点。好多人打这个电话前，都会在本子上记一记，还会在空余的时间里练一练，语速快也占便宜啊。"

我开始默默地在心里盘算要说些什么话，健康状况是必须问的,过年了也要向他们拜个年,意思一下,这是我第一次没跟他们一起吃年夜饭。另外,得告诉他们,王武没了,如果方便,代我去看望一下他老婆。还有什么呢?母亲不会在电话里哭吧?随她了,争取在她哭之前,把电话挂了,只要跟她说,电话费一分钟十五块钱,她准会心疼。

船舱里,大家换好了衣服,又恢复成平时的模样。山鸡忽然挑起了一个话题,他说他喜欢发髻特别大的女人。阿君说:"绾发髻的不都是年纪很大的女人吗?"山鸡斜了他一眼说:"你懂啥,少妇好吧?"大熊跟了一句:"口味真重。"山鸡却并不理会他们,"一般人年纪大起来,头发只会越来越稀疏,但有的人不会,发髻盘起来,才能衬托出女人的柔美,那脖子和脸蛋才会显得风情万种。尤其是那发髻散开来,像一道巨大的瀑布倾泻下来。对!发髻就是生命之源。发髻大的女人就跟汗血宝马似的,马的耐力好不好就看鬃毛,鬃毛旺盛的马匹一般都膘肥体壮,女人也是这个理。"

山鸡说这些话的时候,眼神迷离,神情陶醉,我估计他心里有具体的对象。我说:"听说这毛发就是精血,毛发旺盛是精力充沛的象征,倒也有几分道理。"他对我的说法很赞同，我话锋一转："你为什么这么有体会？给我们说说呗。"

山鸡却脸红了，他说他不习惯跟熟人说，他喜欢跟陌生人讲，最好是萍水相逢的陌路人，不管是男是女，讲完就离开，这辈子再也不见。我说："这倒也挺有意思的，跟陌生人讲这个，不会唐突吗？"山鸡笑笑说："又不是大街上随便拉一个人讲，那样人家当然觉得你有毛病。这还得看场合，比如去水手天堂这样的地方。"山鸡说着，坏笑起来。大熊在边上说："这是个惯犯，老干这样的事。"山鸡挑了挑眉毛说："这会上瘾，不光故事讲得越来越精熟，讲得投入了，对方听得也入迷，赶都赶不走。"

大伙的胃口都被吊了起来，逼着山鸡说说那个大发髻女人的故事。山鸡说："你们都是熟人，我讲不好，只有对着陌生人，我才无所顾忌。"我们说："那你就把我们都当成陌生人好了。"山鸡说："当成陌生人不是真的陌生人。"他之所以讲，是因为讲完之后，彼此再也不见，如果讲完还会再见，就会尴尬，谁喜欢对熟人袒露秘密呢？

忽然间，我似乎能体会到山鸡那种对陌生人讲故事的乐趣，我问他："你每次讲的都一样吗？"山鸡好像被问到了心坎上，触电似的一哆嗦，他说："大致都一样，我可能把这个故事讲了不止一百遍，仔细回想起来，每一遍都有微小的差异。"

"哪里不一样呢？"

山鸡神秘一笑说："这个看听的对象，那个大发髻女人的身份一直在变，有时候是……"他突然停住了，显然他差点说漏了嘴，他搓了把脸，又用手擦了一下差点犯错的嘴，"反正都是些不太可能的角色，我好像挺喜欢胡编乱造的。"山鸡说着，竟然暗自乐了起来，"以后不干水手了，我打算去开个茶馆，当个江湖说书人，我也不讲那些正儿八经的故事，就自己编，自己说。"

"你那叫说书？我看是信口雌黄。"我调笑道。

"你不知道信口雌黄有多过瘾，想跟谁好就跟谁好。"山鸡咧嘴傻笑。

阿君嚷嚷起来："你吊了我们半天胃口，讲两句给我们听听嘛。"

山鸡轻轻地摇了摇头说："等有一天我离开这条船了，再也不当水手了，会讲给你们听的。"

我愣了一下，可是，那时候我们还需要这样的故事吗？

阿君说："那不要了，我希望你水手一直做下去。"

山鸡笑着摇摇头说："你以为一直会有这个精力？这是碗青春饭，吃不了多少年的。"

我跟山鸡说:"我希望你永远不要跟我们讲这个故事,成了陌路人,那多没意思。"

气氛瞬间变得有些伤感起来,大熊嘀咕道:"分别是迟早的事,也不至于要搞得老死不相往来。"

山鸡说:"人嘛,总有一天要道别的,哪怕自己的爸妈,自己的孩子,再舍不得,还是会来的,这是谁都阻止不了的事。"

我说:"如果一起过的是舒坦日子,分开的时间长了,感情可能就淡了,我们在一条船上苦过,挤在一个船舱里一起生活过,这样的感情岂是普通人能比的?"

船舱里陷入了长时间的静默,过了好久,山鸡叹了口气,每个人在那一刻都抬起头来看了他一眼,仿佛那一声叹息也是自己发出来的。

船沿着秘鲁寒流往赤道方向行进,随着气温的变化,大海如同一口加热的锅,海面上飘着一片白色雾气。离开秘鲁渔场那会儿,大家还穿得比较严实,随着离赤道越来越近,空气显得愈发湿热,大家也从长袖脱到背心,后来干脆都光膀子了。

大副说:"摆脱了底下的寒流,就进入赤道附近了。"

我问他:"寒流和暖流从颜色上区分得出来吗?"

他摇摇头,"那肯定看不出来的,不过离巴拿马运河不远有一处地方,海水的颜色区别很大,一边是太平洋,一边是大西洋,不光颜色深浅明显,海平面也有落差。"

我笑着问:"那船航行到那里,会不会像冲进瀑布一样,掉到海沟里去?"

大副说:"两个大洋交汇到一起,哪有那么巨大的落差?听说只有五十厘米,船开到那里也没什么感觉,就是从远处看,一边的海水蓝得发黑,另一边的海水颜色浅一些罢了,这条太平洋和大西洋的分界线很有名的。"

"那两边的海水为什么会颜色不一样呢?"

大副看了我一眼说:"你的问题总是那么多,应该给你起个绰号,叫'十万个为什么'。"

遭到大副的奚落,我也并不放在心上,还是追着他问。大副说:"海水颜色变化这问题就复杂了,一般跟含盐量有关,也可能跟海水中的浮游生物数量有关……"

没等他说完,我又插嘴道:"那大西洋的海水咸还是太平洋的海水咸?"

大副被我问得有些不耐烦,"那我怎么知道?你自己去尝一口试试吧。"

我"嘿嘿"一笑,"应该是大西洋咸,咸水出不了好鱼,不然我们为什么在太平洋捕鱼?"

"歪理！"大副忽然被我激起了科普的欲望，他问我，"那你知道为什么秘鲁渔场是世界上最大的渔场吗？"

我自然联想到了舟山，说："冷暖水流交汇的地方吧？"

旁边的阿君说："我想想，跟秘鲁渔场的天气有关，经常大雾，鱼类视线受影响，浑水摸鱼嘛。"

大副笑了，他说："你们说得也没错，但不全对，主要是受洋流的影响，洋流就是海洋中大型的输送带。秘鲁寒流会让海水密度增加，沉入海底，然后又被表层新沉降下来的密度更大的海水推回赤道，这样海水就会受到扰动，上下翻腾，把底层的营养物质带到表层，促使浮游生物大量繁殖，食物有了，鱼群就会汇集到那里。"

"鱿鱼追着食物来，我们追着鱿鱼来，像个链条。"我笑着说，"不知道我们背后还有没有被什么东西追着。"

大副指指天说："它看着我们，做得不好，它会惩罚我们。"

大副说完这句话没几天，我们真的碰到了匪夷所思的场面。那天，康扎西在甲板上钓鱼，船舷处漂来了几条腐烂的死鱼，他也没当回事，后来死鱼越来越多，他在那里大喊起来，大家都跑出去看热闹，才发现我们的船已经陷在死鱼群的包围圈里了。

我第一次见到这么大规模的鱼类死亡,被这场面震惊了,放眼望去,海面上到处都是死鱼,海水像被下了毒。空气中散发着浓郁而刺鼻的腐烂腥味,我脑袋中浮现出两个字:死海。听人说,这种鱼叫鳀鱼,是秘鲁盛产的经济类鱼种,离开水就烂,它虽然不能食用,但是鱼粉工业的主要原料,有不少渔民以捕鳀鱼为生。

我看到船长也面露惊讶,他嘀咕道:"怎么会有这么多?"大副说可能是厄尔尼诺现象,全球气候变暖,秘鲁寒流水温升高,会造成鱼类的大量死亡。船长不无担忧,他说很可能我们这趟赤道之行也会跟着受影响。

那是太平洋中的一条死亡地带,绵延了数公里长,我们的船冲开漂浮的死鱼,航行了十来天后,逐渐汇入南赤道暖流,到达了赤道附近的恩米利渔场。

大家来到甲板上,都说赤道也没想象中那么炎热。大副说这温度比往年凉快了不少,有点反常。我问他正常有多少度,大副说四十多度是家常便饭,走上甲板,脚底心都会冒汗。

"那鱿鱼钓上来不是变成铁板烧了吗?"我笑嘻嘻地说。

大副看看天,他说:"这里出大太阳的晴天不多,气候变化很快,一眨眼就下倾盆大雨,平时雨水多过太阳,主要是闷热。热带嘛，就是这种气候，不管是海上还是陆地。海上就相当于个大浴室，气温高，蒸发也快，云团一聚就下雨。陆地上多雨林，植物都大得吓人，我们那里的蕨类顶多没过膝盖，换作在热带雨林里，可以长得像棵大树。"

大副说话间，远处白色云团翻滚，似乎真的马上要下暴雨了。我们都退进了船舱，还没端起饭碗，外面就传来了油锅炸肉的声响，雨滴砸在甲板上，像一排排沸腾的水泡。大家面面相觑，这还怎么开工？大副说："这雨下不长，一会儿就停，大家抓紧吃饭。"

因为有了秘鲁渔场的经历，大家简单休整了一下，暴雨来得快，去得也快，一会儿就不见了踪影，我们当晚就开始捕鱼。说是凉快，真的穿上了那套密不透风的雨衣雨裤，还没开始钓，就已经汗流浃背，感觉那种潮湿和闷热比江南的梅雨天突然放晴还难熬。

赤道附近大多是小鱿鱼，站在甲板上拉线，一会儿又变天了，刚刚头顶还是漫天星辰，转眼就风雨大作。我赶紧戴好帽子，大雨往脸上打，如柳条抽打，火辣辣地疼，狂风刮得睁不开眼，视线受到了影响，也看不清海面上的动静，凭着手感往上拉鱿鱼。

休整了这么多天，经历过秘鲁渔场的锻炼，体力储备还行,不再感觉到要命的疲惫。这是我第一次在狂风暴雨中钓鱿鱼,雨衣内是被汗水浸湿的身体,拍到脸上的雨水顺着衣领往里灌,整个人仿佛成了泡在福尔马林中的标本,那种滑腻腻的潮湿和闷热感异常折磨人。一晚上下来,全身的皮肤都被汗水和雨水泡白了。手上没有一处不起皱的地方,那些老茧也变得柔软,一剥就掉。大副说,不想再吃一次苦头,最好别去剥那些老茧。

清晨,进完冻,匆匆地擦干身体,赶紧睡觉,身体散发出一股奇怪的味道,像发酵的咸菜,我在这股酸溜溜的气味中很快进入了梦乡。梦里也在钓鱿鱼,满甲板都是,那些鱿鱼并排躺在甲板上,一眨眼变成了一个个襁褓中的孩子,"哇哇"大哭,我心里一紧,惊醒过来,看到外面亮得晃眼,准备起床,一转眼看到别人还在呼呼大睡,才明白过来,现在正是睡觉的时间。于是拉过被子,蒙在头上继续强行入睡。

听大副说,凭往年的经验,我们一般会在赤道附近待两个月左右,直到鱿鱼变少,再转换钓场,但这次出了意外,钓了半个月后,鱼群忽然就不见了。甲板上空空如也,每个人都手握着钓线,无论如何抖动,都空无一物。钓鱿鱼也是会传染的,但凡有鱼上钩,瞬间就可以让甲板此起彼伏地热闹起来,但如果没鱼了,整片甲板都陷入死气沉沉的氛围中。康扎西扑在船舷上,扭头冲驾驶舱喊:"这里没鱼啦。"

大家都等着船长下令收钓,这有点像拍电影,导演不喊停,就得守着钓位。说句实话,折腾了半个月,大家又进入了疲劳期,尤其是雨天,谁都想早点脱掉那身滑腻腻的雨衣,如果这会儿能歇一口气,那真的太及时了。山鸡在旁边吹起了口哨,他说:"这真是一群懂事的鱿鱼,体恤我们哪。"

船长和大副跑下来察看情况,听到山鸡的玩笑,船长有些不高兴,"懂事?你喊它回来,看它会不会回来?鱼群丢了,到时候哭都来不及了。"山鸡侧过脸,冲我吐了吐舌头,不敢再多嘴。船长和大副在甲板上跑过来又跑过去,他们看完海面,又抬头看天空,我听他们在嘀咕,说今年的气候出了问题,鱼群不管是不是赤道,只往暖和的地方游,可是暖流在哪里呢?他们望着茫茫的海面,也有些迷茫。

那天早早地收工,船长的脸色有些凝重,他说可能是乱流扰动,还得再观察几天,说不定过两天,鱼情又会好起来。回到船舱里,大家也都早早地睡了,我又想到了王武出事的前一天,好像也这么玄乎,不会哪个人又犯忌讳了吧?但转念一想,觉得又不太可能,终日在海上,我也有了和王武一样的想法，但愿人平安，其余都可以接受。

一连三天，每天都是这样的鱼情，船长终于有点坐不住了。大副试图解释眼下的困局："现在的气候不对劲，极端天气也越来越多，我们来的这段时间，每天都电闪雷鸣的。"

船长抽了抽鼻子说："你又不是第一次来，赤道附近天气多变你难道不知道吗？"

"可今年不同，来的时候我就觉察到了，该热的时候不热，气候变化太快，感觉老天有点喜怒无常。"

船长有些恼怒，"别危言耸听了，明天开始找找鱼群，开了那么远的路，就这么回去，连油钱都捞不回来了。"

恩米利渔场之行早早收场，这反而让大家有些无所适从。康扎西说："这茫茫大海找鱼群也不是件容易的事，海上找活凭的全是运气，明天都早点起来，去拜拜海神。""明天要举行祭祀仪式吗？"我很好奇。康扎西笑笑，说他也是猜的，不过应该八九不离十。阿君愁容满面说："这要紧的，钓不到鱼，完不成指标，我们的收入也会受影响。"

当初签合同的时候，我也没仔细看，合同上规定了实钓的基准线，第一年产量是七十吨，第二年略微低一点，年产量是六十五吨，只有达到了基准线才能获得保底工资八万元。我对数字一向都不敏感，以为只要跟着大家学，就能获得相应的报酬，实际上要达到这个年产量对我来说还是非常困难。差距就在每个微小的动作之间，那些老水手，无论钓鱼、杀鱼、进冻、过包，动作都娴熟利索，而我在刚开始的那个阶段就落了下风。

船上对赚钱最感兴趣的是阿君，他父亲很早的时候就过世了，母亲把他和弟弟一手拉扯大。前些年他母亲生了场大病，丧失了劳动能力，培养弟弟的重担就落到了他身上。听说他弟弟成绩很好，在一所名校上大学。只要家里有个希望，肩扛着这希望火种的人眼睛里就经常会冒星星，赚钱也像强盗下山，而我正好和他相反，虽然我也想赚钱，但经常稀里糊涂地忘记赚钱这回事。大副调侃我是体验生活来的，我严肃认真地进行了驳斥，但几乎没人相信我。

第二天一早，果然看到船长、大副、老轨这些人在甲板上祭拜，他们拜完，我们也凑上去拜。每个人双手合十，嘴里念念有词，但念的都不一样。船长他们是希望如愿找到鱼群；我是希望早点结束漫长的两年；还有人希望多赚点钱，回家娶个如花似玉的姑娘过日子，五花八门，什么都有。

仪式搞完后，我们就开着船去找鱼群了。在茫茫大海上寻找鱼群，看起来容易，实际上跟在沙漠里寻找绿洲差不多，沙漠中零星的植物也不少，但要寻找到成片的绿洲谈何容易。

船上带着声呐探鱼器，一路慢悠悠地开，声呐探到鱼群会在屏幕上显示出来，像一团雾时隐时现。探到鱼群，得抓紧时间下网，动作一慢，鱼群就溜走了。

船长依旧坐镇驾驶舱，通过扩音喇叭给甲板上的人信号。离开恩米利渔场，我们沿着南赤道环流一路往西南方向航行，突然喇叭里传来了船长惊喜的呼叫声："哇，发现大货啦！"大家听得也兴奋起来，甲板上墨绿色的渔网已经张开，等着船长发信号抛下海去。

过了一阵，船长依旧没有动静，他指挥着驾驶员伦铎调整航行的角度，似乎那大货游得飞快，让我们的船跟得很吃力。船长在喇叭里说："这条老船一到关键的时候就掉链子，看来得去大修一番了。"大副掐着指头一算说："出来也就半年，照理说应该还可以撑几个月。"船长说："逮到了这头大货，给大家放假，正好可以修一下船。"这是一剂强心针，一听说有假期，大家的兴致变得更加高涨。

船开足了马力，一路追踪着前方的大鱼。忽然间，船头前不远处的海面上浮出一个巨大的黑色背脊，紧接着一股惊人的喷泉从海面上升起。船长在喇叭里骂:"他妈的,追了半天,白辛苦一场,原来是头抹香鲸。"

这是一头看上去有二十多米长的深海巨物,乌黑的鲸身像抹上了蜡,泛着陶瓷釉色般的光泽,它悠闲地在海面上换气,惊人的水柱伴随着巨大的吐纳声,那种空旷而深远的声音自然地让人联想到深海,听得我头皮发麻。它浮游于海面上,看上去若无其事又目空一切。过了一会儿,它再次潜入海里,翘起的尾鳍如同一把巨大的蒲扇,缓缓没入海面,仿佛一艘沉没的巨轮。

大家都泄了气,我无知地问大副:"是它太庞大了吗?"大副白了我一眼说:"保护动物怎么抓?准备蹲监狱去?"

我被他说得无地自容。就在大家准备放弃的时候,远处出现了几条小船,在大洋深处遇到这么小的船,大家都有些惊讶。仔细一看,是几条木质的船,一群人在上面拼命地划桨,还有人在上面指挥,仿佛中国的龙舟,只是没有龙舟那么狭长。小船一共有四五条,三三两两,前后不齐,看上去也不像在比赛。

我心里一惊,不会是碰到海盗了吧?

大副喃喃地说:"遇到一群不要命的了,今天你们算饱眼福了。"

我问："他们在干吗？"

大副的眼睛盯着海面，喉结上下滑动了一下，吐出两个字："捕猎！"

"捕什么东西？"我感到有些慌乱。

"抹香鲸。"

他们看上去如此弱小，却要捕猎一头体长超过二十米的抹香鲸，这听起来匪夷所思。再细看，他们小船的船头上立着一个人，手里握着一根长长的杆子，大副说那是鱼叉手，杆子上绑着锋利的鱼叉。

"靠鱼叉能捕杀这么大的鲸鱼？"我还是有点不太相信。

"你等着看好了。"大副淡然地回答道。

这会儿，船长也看到了那几条浪尖上的小船，他让驾驶员伦铎关了马达，我们的船停了下来。大伙都来到甲板上，观赏这神奇的捕猎。

抹香鲸隔一两个小时就会浮出海面换气，这是捕猎的最佳时机。我起初以为这片海域就一头我们追逐的鲸鱼，事实上还有另一头，可能是求偶的时节，刚好被这些人抓住了机会。抹香鲸一浮出水面，他们就划着小船靠上前去。船头的鱼叉手举着杆子高高跃起，像撑竿跳的运动员，一下扎入海面，大家看得惊呼起来。

"这他妈的是以命相搏啊,哪里人啊,这么野蛮?"甲板上有人问。

大副说这是太平洋上的一个原始部落,他们部落有上千人,靠这种原始的捕猎方式生存,猎杀一头抹香鲸,部落里每个人都能分到鲸鱼肉,可以供大家吃很长一段时间。

我说:"我们不能捕,他们就可以吗?你不是说抹香鲸是保护动物吗?"

大副笑笑说:"他们还真的有特权,是被国际组织认可的,只有他们捕杀抹香鲸,是不必承担法律责任的。因为原始嘛,这种捕猎方式对鲸鱼种群也造成不了太大的伤害。"

话音未落,旁边的小船上,鱼叉手也高高跃起,俯身扎向了鲸鱼庞大的身躯。海面上翻涌着血色,受到攻击的抹香鲸开始挣扎,只要它翘起尾巴,感觉一下就能拍散那几条小船。

船长说:"看过他们捕鱼,我们真的是小儿科了。"

一阵激烈的搏斗过后,抹香鲸终于精疲力竭,鱼叉手给了它致命的一击,有人从船上跳入海里,用绳索套住抹香鲸,把它绑在小船的旁边。

小船上的人欢呼雀跃,随后,他们又划起了桨,往回赶，抹香鲸似乎还在挣扎，看着小船随着抹香鲸的挣扎，在波浪间反复颠簸，我们的心也悬到了嗓子眼上。

有人跟船长提议，用我们的船帮他们把鲸鱼拖回岸边。船长和大副都笑着摇摇头，大副说，他们不会让我们代劳的，因为参与就意味着分食物。到了岸边，部落里几乎所有人都会出来，他们会根据出力的多少，来分配食物。即便我们只想做好事，他们也不欢迎我们帮忙。

看着小船晃晃悠悠地随波逐流，一会儿被抛上浪尖，一会儿沉入谷底，直到他们消失在海面上，我才注意到海平面的尽头横亘着一座屏障似的山脉，它像太平洋深处隆起的一条脊梁。

船长歪着头，嘀咕了一句："鱼没捕着，看了一出好戏，也不亏。"

之后，我们依然没有找到合适的钓场，船在太平洋上漫无目的地开着，像亮着空车灯的出租车在大街上晃悠，寻找着每一位可能搭车的乘客，并且都心疼着那点燃油。除夕临近，船长终于丧失了寻找鱼群的兴趣，这时候像极了球场上的垃圾时间，谁都无心恋战，等着终场哨声的响起。船长他们商量了一下，觉得还是把船开回秘鲁钦博特港去大修，顺便给大家喘口气，虽然这趟赤道之行以失败收场，但来年可以早做准备。

船舱里唯有我无心无事，有好几个人忧心忡忡地凑在一起嘀嘀咕咕，似乎在密谋什么大事。挑头的是阿君，他显然问过康扎西，得到了他的默许。

第二天，几个人找了船长，说要谈判年产量的事。赤道之行让大家都空手而归，路上又耽误了时间，之前定的产量就不合理了，很多人都达不到预定的产量，也就意味着拿不到保底工资。

船长似乎早就料到会有谈判的事，他笑眯眯地说："难道我想走空趟吗？赤道没鱼这也是不可抗力呀。"大家听了自然不肯善罢甘休，七嘴八舌地争辩起来，船长说："这么多张嘴我也听不清楚，你们派一个代表出来说话。"大家你看看我，我看看你，不自觉地往后缩。这时候，阿君站了出来，他说："我来说。"

船长冷笑了一下，"好，那你说。"

"我们要求减产，至少第一年产量减到每人六十五吨。"阿君沉着脸，眼睛却不敢看船长。

"那好啊，第一年六十五吨，第二年七十吨。"船长的语气似乎有点羞辱人的味道。

"那不是跟原来一样吗？"

船长说："谁知道明年鱿鱼会不会多得钓不完，一般都大小年，今年少了，明年就多了。"

阿君梗着脖子说："那我们也不同意。"

"不同意，你想怎样？"船长瞪大了眼睛，显然这种叫板惹恼了船长。

"那……我们就罢工。"阿君扭头看了看身后的人，应者寥寥，这让他失去了底气，变得有些怯生生。

"我看是你想造反，"船长勃然大怒，"还拖着一帮人来给你壮胆。"

"不是的，大家都这么想。"阿君激烈地辩解起来，"你可以问他们。"船长的目光仿佛会杀人，他身后的人纷纷往后退缩。

这时候，大副出来打圆场，他说："大家产量低了，受损失的不只你们，船长也有损失，大家都相互体谅一下。这样行不行？第一年减到每人六十五吨，这样大部分人都能拿到保底工资了，第二年暂定七十吨，如果明年还这样，到时候酌情再减？"

船长还一脸不乐意，但看得出来他是在跟大副唱双簧。暂时也只能这样了，阿君觉得最亏，谈了半天，得罪了船长，自己反而也没讨到实际的好处，他想继续谈，大家却突然没了兴趣。阿君说："合同得重新签，不然口说无凭，到时候也说不清楚。"

船长说："我说话，一口唾沫一个钉，当着那么多人的面还怕我赖你不成？"大伙趁机做起了和事佬，赶紧拉着阿君回了船舱。看得出来，这本是一群立场不坚定的人，大多数抱着试试看的心态，能给自己争取点好处就蜂拥而上，真的碰了钉子，往回缩得也快。

　　一回到船舱，康扎西似乎猜到了结局，他奚落道："怎么样？有这精力还不如去泡海水浴。"阿君唉声叹气，他说大家不够团结，谈判这事比的就是谁先眨眼睛，一眨准输。康扎西说："那也是你自己的问题，没有跟大家沟通好，去叫什么板？"阿君沮丧极了，他说："我这么一闹，以后怕是没好日子过了。"康扎西继续奚落道："你看，后果也没想好，说明还是冲动了。"阿君用力地拍了拍自己的脑袋，颇有些懊悔不迭的味道，他喊道："别说了，烦死了。"

　　大副跟着就进来了，他看了看阿君说："这事不怪你，也不是你一个人的事。我要批评康扎西，他应该阻止你去干蠢事。"阿君满脸愁容，问大副："以后船长不会难为我吧？如果那样，我还不如趁早走了。"大副连忙安慰道："那不会，他这个人我了解，对事不对人，而且不记仇，说过就过去了。"阿君摇头叹气，"早知道是这么个结果，我也不去谈判了。"

大副的表情严肃起来,"你最不该说的是罢工,我们那么老远地过来,你也看到了,就一条船那么点地方,不能内讧。船长对罢工很敏感,你一说罢工,就把他和大家搞成了对立关系。我知道你只是一时冲动,他听了是另一种感觉。再说,即使罢工也只代表你个人,你能代表全船的水手吗?康扎西都代表不了。一条船上,大家要团结。"

阿君哭丧着脸说:"我也不想惹怒他啊。"大副拍了拍阿君的肩膀说:"没事没事,等下我带你过去,跟船长认个错,这事就算过去了。"阿君迟疑了一会儿,乖乖地跟着大副走了,走到舱门口,又折返回来,从床铺上抽出一条香烟,夹在腋下,走路的样子像只溜过墙角的老鼠。

平息了谈判风波,大副想着改善一下大家的心情,他说:"快过年了,给你们发个福利,用卫星电话给家里报个平安。我跟船长商量过了,每人免费三分钟,超出部分,自己承担,一分钟十五块,所以尽量不要闲聊。"几个老水手在那里嘀咕:"三分钟免费电话都好多年了,为什么不增加到五分钟呢?"大副说:"又不是一两个人,多了不好办,再说今年产量也不景气,这三分钟争取来也不容易啊。"几个老光棍摇头晃脑,开始盘算私下出售的主意,大副说:"这不能做生意,不打,份额就取消了。"

光棍们依旧笑嘻嘻，听康扎西说，他们总能想出办法，把闲置的份额换成自己想要的东西。

一会儿过后，甲板上人头攒动。电话是挨个打的，打的时候，被叫进驾驶舱，拉上舱门，我起初也纳闷，为什么打个电话还不允许旁人在场，后来才知道有些人是打给老婆的，需要说点让人脸红的悄悄话。

打电话的顺序是抓阄决定的，从写着数字的纸堆里抽一个，上面写着几号就第几个打。我抓了十八号，大家纷纷说这数字吉利，来年要发。阿君想用一包香烟跟我换号码，他抓的是十四号，抓到后就骂骂咧咧个没完，我一看排在前面，爽快地答应了他的请求。

电话拨通，是我母亲接的。卫星电话的音质并不算好，我母亲并没有听出是我，我接连叫了她两声，她才反应过来。她瞬间在电话那头慌了神，连忙喊我父亲。关键时刻还是我父亲能镇定一点，他一听是我，一路快跑过来，他接起电话，大声呵斥："半年了，你才想起来打电话啊，我们以为你……死了。"我连忙解释说海上通话不容易，放心吧，人都好着呢。他瞬间也软下来，问我在哪里。我说在靠近赤道的公海上。聊了没几句话，电话又被我母亲夺过去，她大概已经平复下来了。我怕她话太多，告诉她这是国际长途，一分钟需要十五块电话费。这一句果然奏效,她说:"那你说,我听着,挑要紧的说。"

我说:"那也没那么急迫,该说的还是要说。你们马上过年了吗?"

"是啊,愁死了,今年都没心情买年货,你的手机我打了不知道多少遍,一直打不通,半年了,你想想看,我们能不急吗?这日子都是一天一天熬过来的。"母亲的声音激动起来。

"是我不对,应该早点跟你们说一声……"

"现在好了,终于可以放心了,我们明天就去买年货,好好地过个年。"

母亲的声音里千恩万谢,让我听得鼻子一酸,我说:"你们身体都好的吧?两个人都没有生病吧?"

母亲说:"没有没有,这个你可以放心,就是你爹头发白了不少,都是愁出来的。"

要换在以前,我会幸灾乐祸地认为这都是自寻烦恼,这会儿,真真切切地有些心疼他们了,我说:"以后节假日,我争取都跟你们通个话,就怕你说个没完,我辛辛苦苦赚的钱都用在电话上了。"

"那不会,那不会,报个平安就可以。"

我说:"过年了,不要省吃俭用,多买点好吃的。"

母亲这会儿才想起来手机可以开免提,我父亲大概伸着脖子贴在手机听筒的另一侧,开了免提,她才说:"刚才你儿子那句话你听到了吗?出去后果然不一样了。"一旁传来我父亲的声音:"咋没听到?声音清清爽爽!"

他们这么一说,我也替自己感到有些肉麻,其实是仗着遥远的距离和半年未见的疏离,我才好意思说点动听的话。我说:"你们还记得王武吗?原来住在我上铺的那个小老头。"

母亲说:"记得啊,他怎么了?"

"他出意外了,家里只剩下个老伴,我给你们一个地址,你们有空去看看她,有什么需要,多帮帮她。"

他们在电话那头发出了惊讶的声音,我母亲说:"这个应该的,你把她家的地址报过来。"电话那头,母亲又催着父亲找纸笔,把王武家的地址记了下来。她复述了一遍后说:"这个大王村,我熟悉的,原来你有个姑婆住那里,你小时候,我还带你去走过亲戚,后来这个姑婆去世了,两家走动也少了。"

我说:"王武在船上很照顾我,他没了,我们两家也要像亲戚一样走动起来,他们本来有个儿子的,早年也没了。"

母亲一声叹息,她说:"那真是一户可怜的人家。"她又问我,王武是怎么没的,我没有细说,只说这个说来话长，在电话里讲不方便，也浪费钱，这些钱省下来，还不如给王武的老婆买点好吃好用的。

他们也都答应下来，一直在电话里叮嘱我，出门在外要注意安全，风浪太大就不要出去干活，宁愿不挣这个钱。

我笑笑说："知道了，说过一遍就好了，再说又啰唆了。"

母亲心领神会，她又问我："那你们在船上怎么过年？"

我说："还能怎么样，弄点吃的，空闲的时候泡个海水浴。"

母亲惊叫起来："这么冷的天还泡海水浴？这边都下雪了，不会冻着吗？海水那么深，不会有危险吧……"

母亲絮絮叨叨地说着，我赶紧解释道："这边是赤道，热得很，也不是多深的海，海中央的一个浅水湾，深水里我们也不去。"

"那还好，那还好，你们到底在哪里？怎么跟我们这里季节颠倒的？都多少年没下雪了，今年还特别冷。"母亲对天气的巨大差异感到惊奇。

我说："不光气候颠倒，日夜还颠倒呢，这是时差，你们那儿是不是晚上了？"话一出口，我就醒悟过来，这种巨大的差异给他们带来惊讶的同时，也会增加他们的不安，我又说，"不说了，国际长途聊闲天太贵，再联系吧。"

"那你自己照顾好自己，记得有空报个平安。"

挂了电话，我才明白过来，为什么打完电话从驾驶舱出来的人都低着头——思念是一种病，打一次电话，病情就加重一次。

大家陆续地跟家里报完平安，不久后都变得死心塌地，虽然在大海上航行，但过年这个最大的节日，大家都还惦记着。我第一次在海上过年，觉得挺新奇，问康扎西，大年三十一般在海上怎么过。康扎西说："船长会给大家发红包。"我说："除了压岁钱，还有什么？"康扎西看了看我说："那你还想要什么？"我挠挠头说："看个春晚，放挂鞭炮之类的。"康扎西笑笑说："春晚也看，跟陆地上一样，图个节日的气氛，鞭炮原来也有人带上船，海上哪藏得住这东西？又湿又潮的，想点也点不着。"我说："要是能在除夕这天晚上，在茫茫大海上放个烟花，那就美了。"

一旁的陈浩洋笑嘻嘻地说："到时候来甲板上，闭上眼睛，我给你秀一手口技，多么复杂的烟花都能给你吹出来。"我笑着说："那先秀一个听听。"陈浩洋站直了身体，把全身上下都绷紧了，就留了一个头可以活动，只见他两眼往上一翻白,紧跟着头猛地往上蹿了三下,模仿烟花发射的样子,嘴巴里发出"噌噌噌"的声音,随后是烟花在空中飞行的呼啸声,尾音带着拐弯和打转,听起来极为风骚,我们在一旁笑得快抽过去。

最后才是爆炸声,大家都笑得不行了,陈浩洋自己也跟着笑起来。好不容易等我们消停下来,陈浩洋装出一脸正经,说:"这是个专业活,你们不够严肃。如果仔细听,还能听出爆炸声的远近,炸药有没有受潮,有的震天响,有的是哑炮,这里面变化太多了。如果脑子够用,根据声音变化,还能听出烟花的形状,有的是穿云箭,有的是天女散花……"

康扎西说:"你真是个人才,凭这手绝活,不怕没饭吃啊。"陈浩洋笑嘻嘻地顺着康扎西的话爬杆子:"你要感兴趣也可以来听,到时候,我在甲板上搭个舞台,门票五块一张,不贵。"康扎西笑着摇头,"你这张嘴不光能模仿烟花,还能把一头牛吹上天。"

我跟陈浩洋说:"吃完年夜饭,你们不打个牌吗?"陈浩洋眼睛冒了光,他说:"牌肯定要打的,给你放鞭炮又不耽误打牌,口技难道还放通宵吗?那不把嘴放抽筋了?"

除夕那天,我才发现,这船上有才艺的人不少。大副铺开台面开始写春联，毛笔字写得挺像书法家，不知道是大家拍马屁还是真心喜欢，求他写字的人不少。大副原来有一肚子的墨水，那些吉祥话信手拈来，写到后来，他问我要不要，我说："好的，祝福语太多了，我想要句大白话。"

"你说吧，我给你写下来。"大副蘸了蘸墨水。

"大年三十，我在太平洋上钓鱿鱼。"说完，我脸红了一下，问，"这样可以吗？"

大副笑了笑，头一勾说："可以！"他随即在大红纸上龙飞凤舞起来。

八
嘿，秘鲁

抵达秘鲁钦博塔港，已经正月初五。见到了久违的大陆，我脱下外套，对着码头上穿梭的人群使劲地挥舞，好多人站在甲板上，也跟着我疯，嘴巴里吹着夸张的口哨。大副走过来，笑着问："那里有你认识的人吗？"我跟着大笑，说："管他呢，喊了再说。"

这是一种本能释放，长时间在海上航行，见到大片的陆地都跟光棍看到姑娘似的，脚下一踏实，身体就轻得想飞起来。

大副跟我说："船得修一段时间，接下来你有什么打算吗？"

我说："想找一张床，好好地睡上一觉。"

"这一路上你还没休息够吗?"

我眼白一翻说:"海上的床哪能和陆地上的比?"

大副笑笑,"只有傻瓜才会把时间浪费在睡觉上。"

"你有更好的项目?"

大副的眼睛眯了一下说:"找一片白得发光的沙滩,铺一张躺椅,阳光猛烈就撑一把太阳伞,再开一瓶皮斯科酒……"

"不裸一下,抹点橄榄油,晒个太阳浴吗?"我脑袋一歪,跟着笑了起来。

"你看,你看……"大副用手指点了点我脑袋。

"要是旁边躺几个古铜肤色的美女,这就是富豪的生活了。"我笑得更加夸张。

"有了阳光和沙滩,还怕见不到美女吗?无非隔得远一点而已,我和富豪的差别就在于那点距离。"大副晃着脑袋说,"不过,我很知足,有皮斯科酒就行,这可是秘鲁的国酒,相当于我们的茅台,不同的是,它是用葡萄酿造的白酒,好喝得不行,要是在酒中放点冰块就更美了。"

我被他说得激动不已,大叫起来:"真的假的?"

大副笑笑说:"自己猜。"

他的表情有点像开玩笑,但又说得有板有眼,好像确有其事,我一头雾水,正在琢磨话的真假,山鸡凑了过来,他说:"这渔港好大啊。"

两旁停靠着密密麻麻的船舶,港口到处是起起落落的海鸥,这里的海鸟不怕人,我们的船还在缓缓航行,它们已落满甲板,款款觅食。

大副不再跟我扯皮,他忙着联系修船厂。在钦博塔港,有很多国内的维修工人,都是劳务派遣过去的,每条船都有自己信得过的维修团队。船驶入港口后不久,就有一条舢板靠了上来,康扎西在船头上抛下绳索,舢板上的人像猴子一样灵巧地攀爬了上来。

先上来的是一个彪形大汉,穿一件起皱的宽大衬衫,头发凌乱带卷,脸色红润,笑起来有酒窝,他热情地张开双臂,拥抱了船长和大副。从他们的嘴里,我得知这就是潜水那会儿提到的"浪里白条",只是这身形和"浪里白条"相去甚远,我也能理解,一旦日子过舒坦了,身体都容易横向发展。我切实地感受到从海上到陆地带给人的那种松弛感,就如一只紧绷的充气轮胎,在靠岸的那一刻,突然被拔掉了气门,一下子泄气了。

老水手大多认识"浪里白条",故人重逢免不了一顿热烈的拥抱。我发现"浪里白条"只是个绰号,在异国他乡,大家都不喊绰号,而改称他为大庆师傅。这是一种微妙的氛围,按理说,熟人喊绰号才显得亲昵,但在这里,大家在亲昵之余都保持了一份谨慎，似乎有了点外交场合握手寒暄的意味。

康扎西说，每次修船都来他这里。我问大熊："是你们那里人吗？"大熊说："安徽的，跟东北的大庆没啥关系。"

大庆师傅喜气洋洋，他说："早几天就听说你们要来，我这几天都兴奋得睡不好，晚上得好好喝一顿了。"我这才注意到，大庆师傅穿得很休闲，脚上竟然是一双人字拖，走起路来噼啪带响，他走过来跟我们挨个儿握手，酒窝嵌在肉嘟嘟的大脸里，极富亲和力。

船靠岸后，我们收拾了行李，排成长队从船上撤下来。跨过晃悠悠的踏板，一脚踩上异国他乡的土地，竟然有种回家的错觉。我看到好几个人在用力跺脚，似乎在测试脚下土地结不结实，码头上风大，康扎西他们几个人躲到了一个角落里，在狂风中费力地点着香烟，行李箱散乱成堆，有好几只箱子被风刮着跑，人在后面慌乱地追，显得笨拙又滑稽。

康扎西看到我，冲我招招手说："车还没来，过来抽一支。"我兴冲冲地凑上前去，他从烟盒里拔出一支"三五"牌递给我，我把自己的细支香烟藏回了盒子里。这种香烟他们都不爱抽，说吸着费劲。我起初还有些纳闷，后来看康扎西抽了一支才明白过来，这种细支香烟只够他抽两口。

大副还在船上巡查，有点像拆迁前的清场。钻进船舱前，他大着嗓门喊："里面还有人吗？"没有人回应，他左看看右看看，一头钻进里面，有点像钻进朽木的蠕虫，过了一会儿，他从里面钻出来，在甲板上冲着我们喊："贵重物品都拿了吗？丢了不负责哦。"康扎西笑着嘀咕："有个屁贵重物品，最金贵的都挂在身上呢。"随后，他们开起了挑逗的玩笑，目光搜寻着港口中行走的异性，不管年纪大小、长相好坏，都盯着人家看好久。

锁好舱门，大副最后一个从船上下来，大庆师傅已经打过两个电话，显然，接送我们的车迟迟没到，让他有些恼火。他给大副点上一支香烟，两人还没说几句，就听他喊起来："车过来了。"

远处，一辆大巴摇摇晃晃地开过来，显然司机被催急了，油门踩得有点猛，大巴卷着一路沙尘，在并不平坦的道路上颠簸得像一条风浪里的船。

上了车，大副像个向导，他说等下先把大家拉到宿舍去，安顿好行李，收拾一下再返回这辆车，去吃饭的地方。大庆师傅在一旁补充道："住宿的条件不是很好，跟我们员工一样，集体宿舍，八个人一间，上下铺，大家将就一下。"船长坐在前排，他说："你别把他们当豪华旅游团，相比我们船上，你们的宿舍算好了，至少宽敞，还有热水澡可以洗。"大庆师傅笑着说："热水全天候供应，你们船上难得洗澡，在这里可以敞开了洗。"

他还跟我们说，前段时间，有个上海过来的船员估计在海上憋坏了，到了这里，第一次洗澡洗得虚脱过去了。大家都听得笑了起来，大副看着我们说："你们别笑，一天洗八遍澡的大有人在。"我后来才明白这不仅仅是海上淡水资源稀缺造成的（通常情况下，我们打一桶海水过滤后的淡水，要管三天的洗漱），当你长时间在海上生活，其实已经忘记了水原本的那种触觉，因此回到陆地上，身体刚接触到淡水的时候，会被它那光滑细润的质感给迷住，它完全不同于粗糙干涩的海水，流过皮肤表面之后，像一双温润的手轻抚过你的身体，还会渗入你身体的每一个毛孔，所以很多水手上岸后第一次洗澡都会洗很长时间，有的甚至沉溺到无法自拔的程度。

大庆师傅很客气，他说船上生活艰苦，吃的都是冷冻食品，待会儿要给大家尝点新鲜的。话说着，车子开动起来，摇摇晃晃地出了港区。这种感觉很新奇，装着满满一车船员，往大海的反方向开，像战争结束后的大撤退。在海上生活了这么久，这会儿只想离大海远一点，找个角落躲一躲清净。

我以为会有点路要开，没想到转了几个弯就到了，是一幢有很多窗户的圆弧形宿舍楼，有十来层高，因为房间众多，有好几个上下的楼梯口。大家跟着上了三楼，车上分过组，我们依次在房门上找到了自己的宿舍。正值中国新年，过道上挂着一排红艳艳的中国结，有了点春节的氛围。大庆师傅说，在这里能遇到很多中国老乡，都是跟我们差不多的身份，在这里暂住一段时间，平时没事，可以相互串门喝酒。

在房间里放置行李的时候，大副走了进来，他说得指定一个寝室长。房间里马军民资格最老，我们不约而同地看向他，他却当作没听到，埋头整理着自己的行李。

"老马，有问题吗？"大副看着他，马军民点点头，神情还有些不太乐意。大副说："没办法的，谁叫你是大爷呢。"他转头又跟我们说："那就这么定了，你们有事情可以找马爷，尤其外出，一定要跟他说一声，我不赞成你们单独行动。在异国他乡，凡事都要小心点，出了事会很麻烦。"

这时候，房间却轻微地震动起来，我们都跟着一惊，马军民跑到窗口看了一眼说："重型集卡经过，搞得跟地震一样。"我说："还以为能睡个安稳觉，看来跟船上差不多。"大副却说："有点摇晃的感觉好，适应了四平八稳，回到船上又会呕吐个没完。"

阿君迫不及待地问大副："修船需要多少时间？"大副说："快的话，一个多月就能搞定。"阿君又问："那这么长时间，我们都耗在这里干等吗？"大副笑笑，知道阿君的心思，他说："急什么？到时候会统一安排，有兴趣的人可以干点零工。"我忍不住好奇地问："有些什么活？"大副说："那多了去，码头上，水产市场永远缺装卸工人……"

阿君一脸嫌弃地说："船上过包已经累得剩下半条命了，没有轻松点的活吗？比如折纸盒，再不济，生产打火机也行啊。"

大副笑了笑，"没办法，监狱确实比我们轻松，我们不跟他们比。因为装卸这活重，所以这一行流动性也强，一般人也吃不消干，干一阵子，歇一阵子，缓过来了，又找上门去。装卸就这点好，报酬按小时计算，每天都现结。"

阿君在去与不去上纠结，大副说："你们听我的，先歇几天，等真的熬不住了，再去也不迟。"我也劝阿君，海里泡了那么久，刚爬上岸，谈赚钱有点扫兴，这会儿要先花钱。上岸的时候，船长给每人派发了两百美元，加上过年时的红包，大家手里都有一笔小钱，到了秘鲁，总该先看看再说。阿君被我说得无话可说，他说："那好吧，先享受几天。"

我缠着大副问："下船前你说的话还算数吗？"

大副一头雾水，"什么？"

我眨眨眼说："沙滩，比基尼，还有一个什么酒，加点冰块，撒点香菜和胡椒……"

大副笑着摇摇头说："玩笑都听不出来？"

我说："那不管，你自己吹的牛，总要兑现啊。"

大副笑笑说："好好好，改天带你去长长见识。"他看着我和阿君说，"你和他就是两个极端，一个太会玩，一个玩都不会。"

我说："我记下了，如果不带我去，我自己去。家里有父母管，海上有你和船长管，到了秘鲁，总得给我点自由啊。"

大副瞪了瞪眼说："别犯傻！走丢了就一个人留在秘鲁当流浪汉吧。"他跟马军民使了使眼色，"这个兔崽子，给我看紧点。"马军民连声称好。

大副一走，马军民从我口袋里掏了一支烟叼上，笑嘻嘻地说："其实我连自己都管不住，哪管得住你呀！"

我说："要的就是你这句话，你对我负责，我也对你负责。"

马军民看也不看我一眼,"啪"一下点上了香烟。

安顿好住处,我们又返回了码头,大庆师傅带我们先参观他们的修理厂。大家都戴上了安全帽,看上去像建筑工人。巨大的龙门吊轰隆隆地响着,修理厂着实像一个嘈杂的建筑工地。船坞里停满了船,有的钢板被切割下来,露出一个巨大的窟窿,有的已经刷上油漆,刺鼻的油漆味在空气中飞舞。船长和大副他们围着一艘锈迹斑斑的船打转,那艘船的底下结满了藤壶、青口和牡蛎,我正疑惑,一抬头看到舷号才发现是我们自己的船。

"认不出来了吧?"康扎西笑着说。

"原来这么破了,难怪要修一修。"我有些不敢相信自己的眼睛,上前剥下一块大铁锈,往地上一摔,碎成一堆渣。

"除了锈,刷上漆,到时候又新得你不敢认了。"

远处,几个修理厂的小伙子拿着切割工具在船体上作业,动作娴熟得如同剃头发,一路刨过去,那些密密麻麻的藤壶一层层往下掉,看着非常过瘾。旁边还有一个人提着编织袋,在捡那些掉落地上的东西。

我悄声说:"这不会是晚上招待我们的海鲜吧?"康扎西笑着说:"有什么不可以吗?原汁原味,味道好着呢。"

我说:"我以为这些玩意儿长在礁石上,原来船底也是它们的巢穴。"旁边的人也议论起来,有人说这些东西不能吃,是喝着柴油长大的,也有人说,青口跟小龙虾一样,环境越脏,长得越好。

当晚,在修理厂的食堂里,大庆师傅招待了我们。贝壳类海鲜用脸盆装,我一个也没吃,好在还有一些中国菜,口味偏重。大家也都不太吃海鲜,专挑肉下嘴,尤其是腊肉,我原来挺厌恶那股烟熏味的,这会儿觉得它美味极了。大庆师傅看我们吃得欢,又让厨师加了几盆。

很多人喝了酒,喝兴奋了满脸通红地跑出门,门口就是大海,在那里大呼小叫。

"信不信,我能一口气游回家?"

"如果天气好,说不定能看到北美洲,是时候轮到我们来发现新大陆了。"

…………

看着他们发疯,也许是受到他们的感染,我也对着宽阔的海面大喊:"妈妈,我在秘鲁!"对着洋面尽情挥手的时候,忽然喉咙一紧,眼睛里一股热浪涌来,我停止了呐喊,一个人默默地走到了角落里,那感觉来得如此地猝不及防,我才意识到自己原来一直被小心翼翼的情绪包裹着,其中包含着一个大男孩的羞涩和自尊,本质上在意的是别人的目光和看法。我知道，一旦号啕大哭，这些都会如决堤的洪水，被裹挟着带走。

钦博塔港是秘鲁最大的渔港，在这里能遇见不少中国渔民，时不时地能在人群中听到熟悉而亲切的家乡话，循着声音望过去，黑头发黄皮肤，那是最可靠的接头信号。一聊才发现大家都住在同一幢楼里，从第二天开始，不断地有陌生面孔光顾我们的房间。

大家凑在一起就是喝酒，聊家里的那点事，头两天还有点新鲜，日子越往后就越无聊。阿君早就按捺不住找活干的念头，无奈大副也不急着安排，这让他看起来整日都忧心忡忡的。我多次看到他在过道里转悠，主动地去跟人攀谈。其实很多看起来跟我们差不多的东亚面孔也不都是中国人，语言成了交流的障碍。只要看到阿君悻悻而归，我就知道他的计划又落空了。

我跟他说，这事急不来，得看机缘，机缘到了，躲都躲不掉。阿君总以为我在奚落他，每次都唉声叹气，回到房间就蒙头大睡。想想也只能如此，睡着了至少能清净一段时间。

就在阿君快绝望的时候，机会突然来了。那天我们房间来了一个叫阿毛的老乡，坐下没聊几句，话题就引到了找兼职上。

阿君说:"再找不到活,装卸工也干,总比闲着强。"

阿毛轻描淡写地说:"装卸那是苦力活,不太有人愿意干。本来好端端一个假期,就是让大家放松一下的,把自己累得半死,何苦呢?要干也得干点有技术含量的。"

阿君眼睛里冒了光,他说:"你有好的去处吗?介绍一下啊。"

阿毛长长地伸了个懒腰说:"有,就是得会潜水。"

"这个简单啊,不就是背个氧气瓶,嘴巴里含根管子,脚上再套双鸭蹼吗?"阿君轻描淡写地说。

阿毛露出一脸的鄙夷,"说得轻巧,你去试试?我敢说,就你这肥硕的体形,像块发酵面包似的,潜都潜不下去。"他歪了歪嘴,"看别人是很轻松的,自己上完全是另一码事,这是个技术活,需要专业训练过的。"

"学出来干吗呢?"阿君天真地舔着舌头问。

阿毛抹了抹嘴巴说:"不是你自己让我介绍兼职嘛,这潜水学出来了以后,下一步就能找到活了,这里有不少渔民去海底捞扇贝、捕龙虾,这比在水产市场做装卸工强多了。"

我们一听,都来了兴趣。

阿君问:"那潜水哪里去学?"

阿毛眨眨眼说："这个跟我学就行，外面正儿八经学潜水，教程太长，也不实用，等你们学会了，假期也结束了。"

阿君看着我说："怎么样？一起去吗？"

虽然我很有兴趣，但到了节骨眼上，我又有些犹豫，"我们去学潜水，马军民会同意吗？"

阿君眨眨眼说："不用跟他讲得这么细，再说跟着潜水教练，还怕溺水吗？你不是会游泳吗？"

阿毛在旁边一本正经地解释道："潜水跟会不会游泳是两码事，有的人不会游泳，但潜水照样潜得很好。这个跟开车是一个道理，会骑自行车的不一定会开汽车，会开汽车的不一定会骑自行车。"

我看了看阿毛问："那费用贵吗？"

阿毛显得有点难为情，他说："大家都是老乡，我象征性收点费用就行了。"

"那是多少呢？"

阿毛伸出了两个指头说："一人两百美元，包会。"

说到钱，仿佛捅到了阿君的要害，他的脸也红了起来，"我们总共也没多少钱，还能再便宜点吗？"

阿毛说："两百已经很少了，学会之后，我可以介绍你们去捞扇贝，我认识一个这里的渔民，我以前就跟着他干。放心，用不了多久，你们这点学费都能连本带利赚回来。"

鉴于阿毛描绘的美好前景，我们决定冒险跟他试一试，跟马军民请假说和老乡出去逛逛。马军民看我和阿君结伴，跟的又是自己的老乡，也没多过问。

阿君留了个心眼，他说他特别笨，担心短期学不会，先付一半的费用，等学会了再付全款。阿毛笑笑，也没多说。下了楼，阿君用胳膊肘捅了捅我说："我忘了带钱了，这次两百美元你先付了，下次尾款我来。"

出了那幢楼，阿毛掏出了手机，打了个电话（他办了一张当地的手机卡，手机用的是老款的翻盖机，看上去特别结实）。打完电话，他跟我们说："我们就在这儿等，等下有人来接我们。"

阿君冲我飞了飞眉毛说："看看我们毛哥，吃得开吧？连当地人都使唤得动。"

阿毛联系的那个人叫卢卡，我后来才知道其实就是他所说的捞扇贝的渔民。卢卡开一辆三轮摩卡来接我们，他从车上下来的一瞬间，我被他夸张的外形惊到了，他的脸真可以用事故现场来形容，眼睛、鼻子、嘴巴都是扭曲的，更为夸张的是他的后背，肌肉像一个发酵的面包，膨胀得离谱，让他看起来像背着一个隆起的壳，我暗自嘀咕：忍者神龟啊。

阿毛说，卢卡原来是个深潜的渔民，一次快速上浮让他受了很严重的伤害，那次失压事故让他上半身的肌肉都鼓了起来。幸运的是捡回了一条命，可再也不能从事以前的工作，他舍不得这个行当，现在做起了职业介绍人，专门雇佣休整的渔民去捞扇贝、捕龙虾。

看到他这个样子，我有点担忧，阿君也跟着犯嘀咕。阿毛看出了我们的顾虑，他说："你们不潜深水，卢卡原来捕鳗鱼，才需要潜得比较深，这是高阶潜水渔民的活，你们想干也干不了。扇贝龙虾都在浅海的珊瑚礁中，没什么危险。"

打消了我们的顾虑后，我们坐上了卢卡的三轮摩卡，一路"突突"地往码头开。阿君问阿毛："不是要教潜水吗？这就直接下水了？"阿毛笑笑说："我们不去观光海滩，租那里的潜水装备，贵得吓人，直接跟卢卡走，他和渔场老板熟，用很便宜的费用就能租到潜水装备。"阿君拍了一下大腿说："哎呀，还得花钱。"他转头问我，"你身上带钱了吗？"我摸了摸口袋说："有一点，但不多，你也知道，船长总共才给了我们多少钱。"阿毛说："没事没事，我垫付一下也可以，或者让卢卡跟老板说一声，先记账，等学会了，你们再去结账，反正以后也是在那里干活。"阿君忧愁地说:"这得加把劲,不然学不会,还得一直贴钱进去。"阿毛笑笑说:"有点压力是好事,学得快,再说大家都是跟大海打交道的人,这真的没那么难。"

到了潜水的地方,卢卡给我们找来了两套潜水服,阿毛在一旁示范,我们跟着穿。穿上潜水服,仿佛在皮肤外面又裹了一层皮肤。

阿毛问我们:"有没有觉得自己像条鱼?"

阿君说:"那倒没有,感觉像光着身子,跟没穿似的。"

我摸着那身贴肉的衣服说:"摸上去好舒服啊,感觉自己小了一号,这曲线——看来好身材都是衣服穿出来的。"

阿君说:"那是你,看我不像个粽子吗?"

阿毛不跟我们扯皮,他一本正经地介绍道:"主要是呼吸,在水下学会了呼吸,潜水基本上成功了一大半。"

背上氧气瓶,戴上潜水镜,咬上呼吸管,打开气阀,我们提着硕大的潜水鞋往海水中挪。阿毛说:"到了水里,不要慌张,把自己想象成一条鱼就对了。会潜的人进入水里,会浑身放松,感到非常自由。"

事实上,进入到水里,我就感受到了难度,背着潜水设备,身体很难找到平衡感,东摇西摆,晃动得厉害,心里也跟着发慌，岸上交代的换气动作遗忘得一干二净。好在我们练习的地方水并不深，稍微一挣扎，脚下便立住了。

阿君从水里冒出头，摘下呼吸管，大口大口地喘气，"这太难了，我怕学不会啊。"阿毛在旁边宽慰："不难的，这才刚开始，等你熟练了，会上瘾的。"

我和阿君都拉着脸，感觉上了贼船，硬着头皮往下学。说是教学，其实阿毛也没教多少东西，他大部分时间让我们自己去体会。他说呛几口水是正常的，跟学游泳一样，不呛水永远学不会。

通过两天的学习，我逐渐明白了一个道理，潜水最重要的是心理素质，只有在水下不慌，才能把潜水学好。阿毛说把自己想象成一条鱼，其实也是这个道理。在我意识到这点后，我很快地掌握了阿毛教的所有动作，阿君看到我突飞猛进，觉得匪夷所思，我把自己的心得告诉了他。他说怎么可能在水下不慌，呛水的时候你难道不担心自己会被淹死吗？我说，这时候要调整呼吸，背着氧气瓶，好好呼吸是不可能被淹死的。阿君摇摇头说，每个人都不一样的，他得找到适合自己的办法。又折腾了两天，阿君还是掌握不了潜水的诀窍，他最终放弃了潜水。当然，他的学费也随之没了下文。

这让阿毛有点郁闷，我说："我还有一百美元，要么补贴给你，剩余的你自己去想办法，能要得回来最好，要不回来，我也无能为力了。"阿毛一脸无奈，他嘀咕道："不想学也犯不着躲着我。"我把阿君的情况说给了他听，阿毛说："这不是钱的问题，是信誉问题。"

他也没要我的一百美元，而是赌气似的带我出了海。

船开进一个潟湖，慢了下来，好久没见到浅水湾了，明汪汪的翡翠色看得我心花怒放，潟湖的水面泛着淡淡的翠光，往四周围延展开去，翠色也越来越深。我看到在浅绿和深绿的交界处，有一艘趴窝的船。

阿毛说那是一艘坐滩的老船，已经在那里很多年了。它看上去只剩下一具风蚀的外壳，在海水中微微颤抖，随时都有散架的可能。阿毛说，也许再过些年，它就不在了。

"怎么，会被拖走吗？"

阿毛摇摇头说："不会，过些年，它就被海水解体了，最终会成为珊瑚的栖息地。"

"哦，今天在这里潜吗？"

"要么先过去看看？"阿毛忽然也来了兴致。

那艘破败的钢船在眼里一点点清晰起来，近了才发觉它大得吓人，它仿佛是被风浪卷到这里来的，船身已经嵌入了礁石,彻底地卡在了这片浅滩里,船的龙骨还在,大自然用时间神奇地侵蚀了它,它身上到处都是锈蚀的小孔,隐约间还能闻到那股生冷的铁锈气。

船舷处依稀可辨认出"远游"两个汉字,我发现新大陆似的叫起来:"这也是一条中国船!"

阿毛不以为然,他说:"也有可能是日本船,他们的文字跟我们差不多。"

"开这么远,到这里搁浅,为了什么?那些船员呢?"我说着,心里充满了忐忑,往船内打量,生怕在里面看到一具白骨。

阿毛说:"太平洋上的幽灵船多着呢,它们一直在海上漂着,登上船去空无一人。有一次,我们在太平洋上遇到过这样的船,上去一看,空无一人,船员的物品倒一件不落,非常齐备,翻箱倒柜了一通,竟然在一个柜子里发现了一只大章鱼,那是唯一的活物,鼓鼓的眼珠子瞪着我们,看得我们毛骨悚然,慌忙下船。后来再碰到这种幽灵船,我们靠近了喊两声,没人应答,就再也不上去了,太瘆人了!"

"这么说来,这可能也是一条幽灵船?"

阿毛摇摇头说:"不知道,反正是什么,随便你自己想象。可能是事故船,也可能停靠港口的时候锚得不牢固，台风，海啸，灾害天气一来，就脱锚了，到处漂荡，也许这船就是这么来的，不然好端端来这里搁浅干吗？"

我们从船头的缺口轻轻地蹚了进去，船的内部是另外一幅景象，里面结满了密密麻麻的藤壶和牡蛎，像一个巨大而苍凉的荒冢，顶上的甲板和桅杆已经腐烂，阳光从无数小孔中漏进来，投射到船的内壁上，能看到我们闯入后惊起的粉尘在光柱中飞舞，船的内壁上还长出了一些不知名的植物，枝枝蔓蔓地攀缘着内壁往上生长，显得郁郁葱葱。哪里来的种子？这里也没泥土，它们靠什么生长？疑团重重，加剧了船内诡异的氛围。

一团黑影从水里一掠而过，定睛一看，是一条觅食的狗鲨。海水早已把一切污浊冲刷干净，任凭我们怎么蹚水，海水还是清澈透亮，只是在船内部闹出一点动静都带有回声，那些激烈的水波也变成了晃动的光源，反射到船的内壁上摇曳，恍如一部没有剧情的水幕电影。

阿毛说："对鱼虾来说，这里是天然的避风港。"

说实话，我挺喜欢这里的，它本身的破败和空洞如此真实，却掩藏不住里面的勃勃生机，有种莫名的恐惧感淡淡地笼罩着，却又感受不到它的锐利和扎心。阿毛说，还有更好的地方呢。我问他在哪里，他指了指外面说，到水下去。

我们离开了那条搁浅的船，向潟湖深处开去。阿毛帮我整理好了潜水装备，他说："今天就算开张了，等下我先下去，你跟紧我。"我点点头，有种莫名的兴奋感。

到了下潜的海域，阿毛咬上呼吸管，坐在船沿上，身子往后一倾，像只大青蛙，"扑通"一声跃入了海面，我往下面瞧，海水透明得要融化了一般，我也跟着往后一倒，一串白色的气泡裹住了我。阿毛在水下等我，他冲我挥挥手，我跟了过去。水下世界的时光恍如放慢了，每一个动作看起来都像慢镜头。阿毛在前面带路，我紧随在他身后。之后，眼前铺展开了一幅艳丽的画卷，巨型珊瑚犹如童话中的超级蘑菇，一丛一丛地盛开在两旁，那种艳丽该怎么形容呢？仿佛划开了娇艳的花朵，里面渗出了让人看了想尖叫的液体，有极致的橙红，也有让人无法凝视的明黄，还有大海本身的色彩，那种冰心透彻的冥蓝。

一群色彩各异的热带鱼在珊瑚丛中穿梭，组成了这世界上色彩最丰富的惊艳画卷，我已经被眼前的一切震撼住了，阿毛游过来，示意我跟他过去。我们进入了珊瑚礁，一到里面才发现珊瑚礁是一个庞大的生态，从体形巨大的到个头适中的，从在海水中恣意摇曳的，到吸附在礁石上的，如地衣苔藓，应有尽有，它们的触角如张开的鼻孔，看上去既柔软又富有弹性。在珊瑚礁的角落里，藏着我们想要寻找的东西。我没想到,那些扇贝会如此灵活,前一秒还依附在裙带似的植物上,下一秒意识到危险,它立马开合着贝壳,一路逃跑,溜得比兔子还灵活。在珊瑚礁中,跑得比较慢的属鲍鱼,像海里的大蜗牛,只要看到了,我都会把它们收入囊中。

阿毛随身携带着一支渔枪,看上去像把弓弩,有扳机,用皮筋拉起来上膛,前端是一支箭,箭的尾端连着伸缩绳,瞄准周围游弋的鱼群,射出去后,扎到鱼就能像风筝一样把它稳稳地收回来。这里五花八门的鱼都有,以刺尾鱼居多,个头也大,阿毛弹无虚发,每捕一条就会浮出海面,把鱼收入我们那条小船的鱼舱。他也捕龙虾,龙虾都藏匿于珊瑚礁的深处,细尖的渔枪会伸进礁石缝隙,射中后,再把龙虾从里面拉出来,这时候,龙虾强壮的收缩肌在水下发出激烈的声响,如同电流声,听上去刺激极了。但阿毛不让我用渔枪,他说新手以捡贝壳为主,等水下待习惯了,再让我玩。

收纳袋用一根尼龙绳绑着,另一端系在我的腰带上,扇贝像散落在珊瑚丛中的银币,刚捡了眼前这枚,一抬头发现不远处又有一枚,收纳袋很快有了分量。我本来还打算捡一点海星,被阿毛制止了,他掂了掂我的袋子,跟我做了个上浮的动作。我们拉着那根尼龙绳往上游去,浮出水面，把收纳袋拖上小船，从小船摇晃的剧烈程度，我才意识到收纳袋真正的分量。

看着满满一鱼舱收获，我欣喜不已，阿毛在一旁提醒道："在水下捕捞有一条原则，就是不能贪心。海底遍地都是宝贝，可以一路捡过去，当你被它彻底吸引住了，危险也快降临了。"

"珊瑚礁确实太有迷惑性，置身于那么美妙的环境中，很容易忘记自己在干什么。"我深有同感，"那你遇到过危险吗？"

"遇险对捕捞的人来说无可避免，那个卢卡就是例子，相比那些搭上性命的人，他还算幸运的。我几年前也遇到过一回，潜水最怕的是海里的暗流，那些暗流肉眼根本看不出来，被裹挟进去，才会觉察到，人好像陷入一个陀螺里，打着转往下沉。那次好在同伴及时解下自己的保险绳抛给了我，我在旋涡里抓住了救命的绳索，才逃了出来。"阿毛的眼睛看着远处，但从他的眼神里我能感觉出他至今还心有余悸，"那可能是我离死亡最近的一次，潜出水面，我向他们讨香烟抽，我平时不抽烟，点香烟的时候，手抖得厉害，一口浓烟下去，呛得眼泪直流，我'哇'地号了一声，才感觉到活了过来。"

我坐在船舷上开始纠结，"被你这么一说，我都不敢再下水了。"

阿毛笑了笑说:"你们都在近海作业,不会有太大的危险。知道当时我什么感受吗?虽然想起来后怕,但我第一次感到了活着的美好,长那么大,从来没觉得呼吸那么顺畅,心跳那么美妙,这就是潜水的魅力。"

我摇摇头,体会不了其中的奥妙。

阿毛说:"总有一些人热衷于做冒险的事,没有离死亡很近,体会不到活着的珍贵。"

我说:"我也有过这样的经历,出海的时候遇到风暴,掉到海里了,当时整个人都是蒙的。"

阿毛看了我一眼说:"你那是意外,只有突然遭遇变故,人才会发蒙。"

"你那不是意外吗?"

阿毛轻轻一笑,说:"我有心理准备。"

从潟湖回来后,接连几天,阿毛都没来找我,大副安排大家去码头干装卸工,阿君也跟着去了。宿舍里只留下我一人,闲得有些发慌,只好给阿毛打电话,他说卢卡会来带我去渔场报到。

渔场像条巨型流水线,来的人领了装备就走,一套潜水服,一只收纳袋,还有一条装着马达的小船,开船的都是当地人，他们不下水，就负责开船，到了捕捞点，像个监工一样坐在船上看着我们。那里也有不少跟我一样来钦博塔港修船的中国水手，这会儿语言相通是关键，不然得用散装英语交流，有限的几个英语单词还往往发错音，最后剩下你说你的，我说我的，只能费力地用手脚比画。

我满怀期待地跟着他们出去，结果发现捕捞的地点是由开船的人决定的，捕捞范围划定在一个有限的海域内。看着捕捞的小船停满了海面，我想这还怎么作业？

我潜入海底，发现这里的海水有些浑浊，目视距离只有两三米，珊瑚礁呈暗灰色，像被蒙上了一层粉尘，捡扇贝完全靠运气。可想而知，在一片人口密度颇高的珊瑚礁中穿梭，很可能你搜寻的地方之前已经有很多人踏足过，一遍遍的浪里淘沙，让这片海域变得异常贫瘠。

从渔场出来，我就给阿毛打了电话，我说去的渔场有点糟糕，根本捞不到什么东西。阿毛说："突然开始休渔期了，外海不让出去，逮着就罚，一罚款，大家都老实了。"

我说："那你之前也没跟我说啊。"

阿毛说："不要说你了，卢卡跟我说的时候，我也觉得很突然，原来大家都是自由捕捞，现在肯定是出了问题，才会有这样的政策。"

"什么问题?"

阿毛说:"不是明摆着吗?这几年近海能捞到东西的地方越来越少了,大家也跟着越走越远,大海需要有个休养生息的机会,人类活动像蝗虫似的泛滥成灾,只会让生态越来越糟糕。要我说,休渔期早就该开始了,你知道的,那些决策者们往往后知后觉。"

这让我有点无奈,我说:"唉,我怎么那么背运,碰到了这么个好时候。"

阿毛安慰我说:"如果捕捞没什么意思,我让卢卡带你去个地方,给你现场教学。"

我一口答应了下来,阿毛让我在码头等他。

那天风和日丽,天空蓝得透彻,海面如同镜子,仿佛一个倒扣的苍穹。我早早地到了码头,过了一会儿,卢卡驾驶着冲锋舟从海上过来了。阿毛看到我,冲我招招手说:"上船,快快!"

我跳上冲锋舟,他甩给我一件救生服,还未来得及穿上,船就驶离了码头,那场景仿佛在甩掉盯梢的人。冲锋舟划开了平静的洋面,一路上都是被速度带起来的疾风,柳条似的抽打着脸。我看到船上放着潜水装备,想到了那天的潟湖,心也跟着飞扬起来。

他们这次带我去了另一片潟湖,海水还是一如既往地冥蓝，离洋面很近的礁石泛着耀眼的白光，犹如巨人的四肢，蜿蜒着伸向大海的深处，在这里更容易让人联想到"大陆架"这个名词。

卢卡停下冲锋舟，示意我们已经到达了目标水域，阿毛穿起了潜水服，他说要带我长长见识。

我跟随着阿毛一头扎入水中，波光粼粼的海底世界一下变得真实而触目惊心。我原本以为水下是一片类似于沙滩的礁石，没想到到处是白化的珊瑚，和原本色彩缤纷的海底世界完全不同。这里褪去了所有的色彩，只剩下黑白两种单调的颜色，那些珊瑚一眼望不到头，随着水波的荡漾还在微微地波动，有的珊瑚已经石化，成了海底的雕塑，它们的周围漂浮着粉末状的颗粒物，像从腐烂的尸体中渗透出来的。沿着珊瑚礁往前游去，只有我和阿毛两个活物，鱼虾的影子消失得无影无踪，我脑袋中闪过一个念头，这是一座死城，所有曾经在这里生活的动物们都迁移走了，它已经被彻底地抛弃了。

失去了色彩的珊瑚环绕在周围，一路游过去，无穷无尽的白色逐渐形成了一股令人窒息的压迫感，我转过身，浮出了水面。随后阿毛也浮了上来，他摘下面罩说："怎么样，像不像一片荒冢？"

我拍打了一下水面，摆脱了只有呼气的水波传到耳膜的单调声。我说:"水下太安静了,瘆得慌!怎么带我来这里?"

阿毛说:"这就是现状,卢卡说一年前这里还是一片生机勃勃的景象。"

"怎么会这么快都死了?污染造成的吗?"

阿毛说:"污染只是其中的一部分,如果真要追责,可能每个人都逃脱不了干系。气候变暖是主要原因,珊瑚有一个耐受的极限温度,超过了那个温度,它们就会成片地死去。你也看到了,海里多少生物都依赖着珊瑚生活,一旦它出了问题,整个海洋都跟着出了问题。"

"难道大家都没意识到危机吗?看到珊瑚礁白化了,就应该收敛点啊。"

事实上是我天真了。阿毛说:"其实等看到了就已经来不及了,我们总是一边感叹,一边继续原来的生活。我们总觉得有足够的时间来延缓珊瑚礁的退化,其实不是的,它衰变的速度让所有人都猝不及防,今天看起来还是夺目缤纷,说不定明天就变得死气沉沉。"

我不知道接下去该说什么,心里忽然沉重起来。阿毛冲远处的卢卡招了招手,他开着冲锋舟来到了我们旁边,在他的帮助下,我们艰难地爬上了冲锋舟。

这个像忍者神龟般的男人弯下身去,从大海里舀了一瓢水，搓了搓手，他看着底下已经沙化的一片白光，嘀咕了一句什么，然后他发动了马达，沿着那个潟湖慢慢地转圈，一边转圈，一边嘀咕，脸上全是惋惜的表情。

潟湖很大，没有一片珊瑚得以侥幸存活。阿毛说，这里完了，别的地方也是迟早的事，唯有祈祷它蔓延的速度能慢一点。也不是完全没有机会了，到了晚上，潮汐会发挥神奇的功能，像大自然的吐纳，那些还未完全白化的珊瑚又会恢复呼吸，只是它们缓慢地进行着。

要给大海休养生息的时间！冲锋舟忽然之间加大了马力，在宁静的海面上划开了一道漫长的弧线，在那道优美柔和的水波中，我开始心神荡漾起来，一个悠远而深邃的声音忽然出现在我的脑海中：停下来吧。

这之后，我再也没见到过阿毛，我觉得这是一种默契，在他带领我见识了海底荒漠之后，事实上我也不想再去潜水了。几天后，大副找到我，他说阿君已经告诉他这段时间我在干什么。我为之前的撒谎感到愧疚，出人意料的是大副并没有责备我，他说这也是一种体验生活的方式。我本想跟他解释，其实潜水并不是我想去，我只做了阿君的陪练，但练着练着，主角走了，我这个陪练留了下来。话到嘴边，我忽然就不想说了。从这次陪练的经历中，我得以认识了真正的大海，而这些经历于我而言显得弥足珍贵，至于是谁挑头的并不值得一说。

　　当大副得知我已经不去潜水了之后，他也并不惊讶，而是淡淡地问我，要不要跟随大家一起去干装卸工。我摇了摇头说，先不去了。说不清楚，这到底是出于什么原因，也许是某种触动，也许我想平复一下自己的心情。

　　大副随后走了，走了几步，又停了下来，突然毫无由头地说了一句："或许你是对的。"

九
彼岸

我盯着那棵大树，看了一上午。这是一棵树冠茂盛的树，我也叫不出名，类似国内的香樟树，热天才换叶，掉落在地上的老叶还是绿的，密密麻麻地铺了一地，有车经过，尤其遇到司机猛踩油门，叶子如龙卷风旋转起来，随后又天女散花似的撒落一地。

那天停工，大家都没事做。大副忽然问我："歇了那么久，无不无聊？"我说还好啊。大副说："今天别窝着了，带你去见一个人。"我笑着问："不会又是在秘鲁的老相好吧？我成职业电灯泡了。"大副扬了一下手说："信不信我打你？"我知道他只是装样子，把脸伸了过去。他停顿了一下，然后在我脑门上狠狠地弹了一下，又脆又疼。

我正要发作,大副却一本正经地说:"还记得以前我跟你说的偷渡到拉丁美洲,不肯回国的人吗?"我连连点头,问:"怎么?今天要去看他们?"大副斜了斜眼珠说:"现在有兴趣了?"我连连点头说:"那当然,怎么不早说!"

我和大副在街上叫了一辆三轮摩卡,大副跟司机比画了半天,他才明白我们要去的地方。在车费的问题上,他们又你来我往地比画了半天,才谈妥价格。

三轮摩卡带我们出了港区,一路往东,越开越荒凉。我问大副:"那个人知道我们去看他吗?别忙活半天,白跑一趟啊。"大副笑而不语,他似乎很有把握。

我又问他:"你之前去过他家吗?"

大副说:"当然去过,不然地址哪儿来的?"

我还不死心:"那他家怎么样啊?阔绰吗?"

"阔绰!"

"他抽雪茄吗?"

"抽!"

"他有洋妞老婆吗?"

大副眨眨眼,坏笑道:"有!想要什么有什么。"

"我怎么觉得心里越来越没底呢?"我抹了一把自己的脸。

大副看着我笑,说:"等下你自己看就行了,这不马上揭晓答案了嘛。"

三轮摩卡开进了一个小村子,在村口停了下来。说是小村子,又不同于国内的村庄,这里的每条马路都干净得有点过分,关键的一点是这里几乎见不到人影,家家户户都大门紧闭。艳阳高照,晾衣竿上挂满了花花绿绿的衣服,那些衣服有的还在滴水珠,有的在风中微微飘动,似乎有人来过,但就是见不到一个活人。

我跟大副说:"这里好奇怪,明明有人活动的痕迹,怎么见不到人影?"大副抬头看了看太阳,眯着眼睛打了两个很响的喷嚏,他说:"可能快中午了,大家都不愿意出来吧。"

大副在前面走,我紧随其后,走过一条安静的弄堂,脚步声突然招惹来一连串狗叫声,狗在弄堂拐弯的那户人家院子里,一条壮硕的猎犬,狗脖子上拴着铁链,看到生人,它叫得更凶了。大副忽然从口袋中掏出了手机,点开里面的一段录音,那是一个动听的女声,在朗诵一段文章。大副把音量开到最大,把手机凑近那只狂吠的恶犬,很神奇,那只恶犬停止了叫唤,改为"呜呜"地低鸣。

我笑起来:"骗狗,还能这么玩啊?"

大副笑笑说:"这一招很灵,屡试不爽,看来狗也喜欢听好听的。"

"你哪里弄来的录音？这个朗读的人是谁呀？"

大副冲我抛了个炫耀的表情，他说："怎么样？你也觉得好听吧？告诉你，声音美的人一般都长得不差，她真人比声音还甜美。"

"哦——知道了，准是你老相好，对不对？"

大副正色道："别瞎说，哪有你想的那么龌龊！"

"那有什么不能说的？"

大副说这是他女儿的老师。有一回，老师布置作业，朗读了一段文章作为示范，发在班级的群里，他觉得声音好听，就把它保存了下来。有一回，遇到一条恶犬，追着他叫，他突发奇想，就把朗诵的声音放了出来，没想到起了奇效。这以后，但凡遇上狗，他就给狗放录音，放一次，灵一次。

我哈哈大笑，说："下次改个女歌手，说不定放音乐更管用。碰上土狗，放广场舞音乐；碰上名贵品种的狗，来点美声和歌剧啥的。"大副笑笑，说这倒是个好办法。

我们说着，来到了一道长长的围墙外，围墙上画满了各式家具，我们沿着围墙往里走，大副努努嘴说："就是这里了。"

走到大门口，里面出来一个人，我看着有些眼熟，正思忖着哪里见过，他却提前一步跟大副打招呼，我惊呆了，这不是大庆师傅吗？

大副跟我说，大庆师傅在这里不叫大庆，他有一个当地人的名字，叫帕米亚。

他看着我，笑了笑说："怎么，不认识了？"

我半晌回不过神来，拍着胸口说："这实在想不到，大副瞒了我一路，难怪他遮遮掩掩，我就觉得这里面有猫腻。"他们都大笑起来，我本来想说，原来大庆师傅也是不肯回国的人，但到了嘴边又咽回去了，我环顾左右而言他，"这里好像是个家具展览馆啊。"

大庆师傅笑笑说："是的，家具为主，什么都有。修船是我副业，这才是主业。"他说着，带我们走进了院子，那里足有两三亩地，地上堆满了根雕和家具，奇怪的是那里仿佛荒芜了很久，杂草丛生，没有一条像样的路，很多根雕泡在泥地里，地上坑坑洼洼，有不少积水，很多东西就暴露在野地里，任它风吹日晒，腐烂变朽。

大副看着那些东西说："帕米亚，你太暴殄天物了，多么好的东西，怎么不保护起来？"

帕米亚笑笑说："觉得可惜就对了，要的就是这种感觉。"

也奇怪，到了这里，大副很自然地改了口，而大庆师傅也理所应当地接受了"帕米亚"这个名字，像自动转换了频道，我不知道这是不是环境所决定的，"大庆师傅"

仅仅只是修船时的代号，似乎到了这个满地木器的地方，就该叫"帕米亚"这个名字。我想，他会不会还有第三个职业，到那时候，他会叫什么呢？

大副还在追问："你为什么把它们堆得乱七八糟的？"

帕米亚脸上掠过一层笑意，"今天除了你们，还有一个重要的客人要过来，他是我们当地华人商会的会长，也是我的老朋友了，这里一次都没来过，堆给他看的。"这么一说，我和大副都有点明白过来，这仿佛一出戏，是演给那个重要的客人看的。

帕米亚说："保存东西需要资金和场地，他手上都有，明白我的意思吗？"大副如梦初醒，用手指点了点他说："你脑筋倒好的！"帕米亚好像挺受用，"适当的时候，就得耍点手段，不然他们体会不到。不过这些东西占地方，都不值钱，烂了也没什么可惜的。"说着，一个搬运工又从仓库里搬出了一堆根雕，他像扔垃圾一样，把那些东西抛到了野地里，堆成一团乱麻。帕米亚走过去，看了一下，示意他铺得开一点，样子再凌乱一点。

我们看着他们布局，仿佛在光天化日之下见证一个计谋的诞生。

帕米亚一点都不介意我们窥探了他的秘密，似乎这并不是什么不光彩的事。他领着我们往院子里走，里面堆满了各种家具，看起来都有些年份。大副问他："这些都是国内运过来的吗？"帕米亚说："是的，我隔一个月回一趟国，收购一批老家具，拆开了打包，发集装箱。"大副惊讶地问："海关不会查吗？"帕米亚一脸不屑地说："这有什么问题？我是正经买卖，又不是走私。很多外国人都在买中式家具，海关从来不查这个。"大副笑笑说："不懂，不懂。"

走过拐角，我突然听到了一声奇怪的叫声，像某个动物，又好像不是，听得人起鸡皮疙瘩。帕米亚的脸拉了一下，他迅速把我们往里面迎，领到了一批旧式雕花床前，他说："这些才是好东西。"那些雕花木床排得拥挤不堪，一张紧挨着一张，中间只容一个人走，和门外的根雕不同，这些木床底下都铺着厚厚的地毯，但地毯底下是泥地，日子久了，好多地毯也开始发霉了。他挨个给我们介绍，说这是元代的古董，那是明代的古董。我们都看个热闹，也不懂它的价值，只是觉得那些雕花床做工很考究，图像雕刻得栩栩如生，连人物的表情神态都不一样。

帕米亚指着一张雕花床说："这是珍品，连国内都很少见。"我们被他说得云里雾里，看那床的布局，也没什么独特，里面是一张床，床顶上是雕花，床前有柜子，摆放着一个梳妆台和一个马桶，马桶密封起来，要掀开盖子才能看到。再细看床两侧的木板，发现上面的画已经褪色得快辨认不出，我凑近一看，顿时有些脸红，那上面画的是春宫图，两边还刻着对联，毫无疑问这不是普通人用的床。

帕米亚笑笑说："这是宋代青楼里的花床，你们看，这里还留着一个暗门。"他说着推开了床内侧的挡板，那果然是一扇暗门，大小能容纳一个人，床的内侧如果连一个暗道，就可以通向门外。帕米亚解释道："说明以前逛青楼也是偷偷摸摸的，指不定半途有人打扰，所以看了这花床后，我觉得《水浒传》中李师师的桥段应该是真的。"

我们都开了眼界，不禁暗暗称奇，这个家伙竟然收藏了这么多稀奇古怪的东西。帕米亚跟我们说："收藏的乐趣在于这里，虽然这些东西过去了千年，但还可以看到一千多年前的生活，看到它，能激发一个人的想象，想着有哪些人曾经在这上面活生生地出现过。在这个时代，你不可能遇到李师师，但在这里，你会和她相遇，这小小的一张床，来过多少人，又走了多少人。"

我们听他神神道道地说着，过了好半天，我才回过神来说："这和修船差别也太大了，两个完全不同的行业！"

帕米亚笑笑说："是完全不同，所以很分裂。修船是实业，这是务虚的行业。收藏是个无底洞，不管有多少钱，砸下去连个水花都没有，我需要那边赚钱，才能养着这边，不然难以为继。"

"东西收了这么多，你是打算开博物馆吗？"我问。

帕米亚说："其实这里已经算博物馆了，很多家具博物馆都没我收藏得全。这些东西虽然很宝贵，但我只是一个短暂的保存者，过一过我的手，以后会传给什么人也不知道了。收藏就是这么一个过程，在流传的同时，有了这些东西，它就积淀成了一种文化。床本身值不了多少钱，但这种文化是无价的。"

我不禁有些好奇，问道："您一直对传统文化感兴趣吗？"

帕米亚笑了笑说："以前也确实感兴趣，但没有那么浓烈。艺术这种东西需要审美，这可能是天生的，有的人看到了好东西毫无感觉，有的人则会大吃一惊，身心都受到极大震撼。来到秘鲁后，我忽然之间就迷上了这些东西，我觉得跟距离有关，离开祖国久了，这也是一种变相的乡愁。"

大副笑着说："玩这一行需要实力，一般人也吃不消。"

帕米亚不太认同这种说法："我不是据为己有，人这一辈子，活一百岁也就一百年，最终都是要还给公众的。当然，能对外展示和开放是最好的，但这背后需要维护的成本，这需要有人支持。"

再往里走，我们到了一个用红毯铺起来的场地，这里大概就是帕米亚说的要接待华人商会会长的地方，中间一张黑漆漆的大木桌，那是整块的木板，看着那惊人的桌面，我想得有多大的树木，才可以锯出那么大的一张桌面。帕米亚摸了一下那油光光的桌面，指着石刻般的纹理说："这阴沉木可以吧！当时他们从河底的淤泥里挖出来，我得到消息，立马就带了几个人赶过去。我手下全是能人，原来都是老木匠，经手的木材不计其数，他们看到这段木头，眼睛都直了。一截碗口粗的木材，几个人都抬不起来，这分量太吓人了。我当场让他们出价，结果用很便宜的价格就买回来了。"

"花了多少钱？"大副的好奇心被勾了起来。

帕米亚没有明说，他又摸了摸光滑的纹理说："这么说吧，可能不到市面上价格的十分之一。当时就觉得，只要他们肯出价，我就敢收。那些人不识货，喊破天也想不到它实际的价值。"

帕米亚的注意力落到了会场中间的那一排椅子上，他指挥着旁边的员工说："椅子的间距再挪开一点，让客人坐宽敞了才是首先要考虑的事。"他说着又稍微挪动了一下中间的那把椅子，示意那把椅子旁边的距离要留大一点。他上去试坐了一下，屁股往左边挪挪，又往右边挪挪，抓着椅子的扶手，身子往后靠一靠，他嘀咕道："会长是个大个子，腿长，会顶到桌子，这种椅子坐着会不舒服。"他的员工问："只有这些椅子，那怎么办？"帕米亚说："把椅子腿锯短一截。"

他的员工把椅子抬到了外面，我看他们又量卷尺，又画线，忙成一团。帕米亚轻描淡写地跟我们说："这椅子都是正宗海南黄花梨，这一锯，一把好端端的椅子毁了，好多钱！"大副摇着头说："你这做法太土豪。"帕米亚轻轻地笑了一下，"接待好了，会连本带利都赚回来的。"

这过程中，始终有个疑问困扰着我，帕米亚为什么会留在秘鲁不肯回去，他又是怎么迷上了收藏这一行的？看着他在那里忙前忙后，我也没好意思问他。

帕米亚布置完会场，把我们引到了喝茶的地方。落座后，一个年轻的秘鲁女人熟练地给我们泡茶，她有一头瀑布似的栗色长发，眼窝很深，鼻梁高挺，看我们的时候，她会浅浅一笑，嘴角边有几处细纹，这让她看起来并不柔美。我心里想，这就是大副说的洋老婆吧？

帕米亚似乎会读心，他看我们打量那个秘鲁女人，笑了笑说："她是我徒弟，喜欢中国文化，就一直跟着我。她专门学过茶道，你们尝一下她泡的茶，不会比国内的工夫茶差。"那个秘鲁女人又浅浅地笑了一下,她把茶盏洗干净,利落地搁在我和大副跟前。说实话,我和大副对喝茶都不内行。一旦一件平常的事处理得过分精细,就让人受到约束。我们只能装模作样地端起茶盏,小口小口地喝,也体会不到其中的奥妙。

就在这时,外面又传来了一阵奇怪的叫声,像发怒的猫,又好像一个孩子。帕米亚的脸色立马沉了下来,那个秘鲁女人匆匆地站起身,赶了出去。这时候,帕米亚响起的手机及时地解了围,我猜,那个贵客到了。

进来一个戴圆形墨镜、留八字胡的高个中年男人,帕米亚笑意满满地在他身旁垂手而立,还没等介绍,那个中年男人摘下遮阳帽说:"哦——来老乡了。"一番介绍过后,他说他商会里有不少从事船舶业的人,到时候可以相互认识一下。

之后,帕米亚带着会长又逛了一圈,我和大副跟随在后面,又重新参观了一遍。神奇的是,看到那些泡在泥地里腐烂的根雕,会长的脸上一直都很淡定,他并没有流露出可惜的样子,也不表态,就听帕米亚在那里介绍。后来,两个人的对话才慢慢多起来,从他们的交谈中,我听出来,他们有一位共同的长辈,这个长辈,会长叫他"叔叔",帕米亚叫他"老师"。

两人聊起这位长辈，有说不完的话。我起初有些不明白，两个人为什么会对一位老人津津乐道，不知疲倦。大副悄悄地告诉我，事实上，到了大洋彼岸，这种共同点会被无限放大。大副说，有一天深夜了，他还睡不着觉，爬起来到阳台上抽了一支烟，那会儿，他突然很想跟父亲再下一盘围棋，但他马上意识到父亲已经过世好多年了。在秘鲁的深夜，他一个人在阳台上号啕大哭，这让他措手不及。想当初，父亲过世，他自始至终没有掉过一滴眼泪。隔着一个太平洋，故土的亲情会膨胀和发酵，他们对这位共同的长辈大概也是如此。

从他们的交谈中，我得知帕米亚的这位老师好像是一位极负盛名的油画家，具体有多厉害，用帕米亚的话来说，一百年可能就只能出这么一个人。当时，他在意大利留学，和意大利的著名画家合办过画展，可惜的是后来他精神出了状况，被迫回国。

会长说，他叔叔回到老家，相当于凤凰落到鸡窝，村里人并不把他当回事。当时大家也不知道他精神出了状况，总觉得他有点怪怪的。平素里他穿得衣冠楚楚，梳着电影小生的发型，戴着一副斯斯文文的眼镜，身上穿一套灰蓝色的西服，偶尔还佩戴一条艳丽的领带，但看他的脚下，就有点不大对劲，脚上是一双布鞋，趿拉着，后跟被踩得扁平，走起路来，踢踏声不断。这种不协调的搭配让村里人觉察到了异样，然后大家发现他休的假期有点长，怎么迟迟不去意大利了呢？按理说回国了也该有份体面的工作，却也没见他去上班，整天都在村里游荡。他安安静静，拿着画板和画笔，到处采风写生。再后来，大家发觉那些画的落款有点问题，因为上面署名为"文化部长"，这下，大家反应过来，原来他的脑子出了问题。

帕米亚叹了口气，"老师当年活得很辛苦，回来以后，断了生活来源，听说当时就是在街坊邻里那儿能蹭上一顿，过的就是有了上顿没下顿的生活。"

会长说："我们那里的人大部分都比较淳朴，也有一些不怀好意的人，其实每个地方总有那么几个人，见不得别人好。尤其像我叔叔，从意大利回国，他们看到了，不会直呼其名，而是从我叔叔祖宗十八代里找落魄的先人，他们经常挂在嘴边的是：'这不是某某人的孙子吗？从小戴个眼镜，能有什么出息？'这是我们那里某些人的典型特征。当然，大部分人都是很友善的，他们也不会故意去奚落一个精神出状况的人，从小生活在一起，该接济的还是会接济。在老家就这点好，即使再穷，也不会饿死。"

帕米亚说："你猜我当时是怎么认识我老师的吗？"会长侧过头，也来了兴趣。帕米亚继续说："当时我路过村里，看到有人在小溪边用板刷刷亚麻布，我仔细一看，不得了，那是一幅油画啊。我连忙问村民，为什么要把油画刷掉？他还很不屑，说这有什么用。当时村民是拿亚麻布绑腿的，因为上山劳动，经常会遭到蚊虫和蚂蟥的叮咬，亚麻布又厚又结实，他们趁着老师不注意，就顺手牵羊，从他家里顺走那些油画作品，到池塘边用水一泡，再用刷子一刷，把那些颜料洗干净，绑在腿上，当作防虫的袜子。"

会长说："当时我叔叔从国外回来，带回一批油画，其实都是他的心血，很多杰作都这么被糟践了。"

帕米亚拍了拍大腿说："是啊，我当时一看就急了，连忙让村民带我去找这位画家。记得第一次见到我老师，他正在家里烧白粥，炉火映得他脸膛红通通的，家里被收拾得井井有条，房屋虽然破旧，却有种一尘不染的感觉。他看到有生人进来，也不招呼，顾自在灶台上下忙活。我跟他说，您这些画不能这么糟蹋啊。他也不理我，径直上了楼，后来我也跟了上去。一进楼上的房门，我彻底震惊了，入口处的木板墙壁被刷成了大胆的红色，整堵墙像泼了血。再往里走，墙壁上画着巨幅的裸体女人，从体形上看，女人属于典型的东方人，身材比例完全不同于那些西方油画里的人，她或坐或站，自然放松，却又有一股隐隐的羞涩感。老师当时坐在床沿上,看着那些油画发呆。我问他,这都是您画的吗?他点点头,说还有地方空着,颜料没了。我说只要您肯画,颜料、画布都不用您操心,我给您去办来。这之后,我才跟着我老师。"

会长说:"当时多亏了你,我们一家在上海,也照顾不到他。我叔叔在老家也没什么别的亲戚,其实一个村里,真要排血缘关系,堂兄表亲到处都是,但那些人也不太愿意跟我叔叔往来。知道为什么吗?有一年除夕,一大家子一起吃团圆饭,我叔叔的一个侄女突然犯了病,已经是十七八岁的大姑娘了,她当着众人的面,把自己身上的衣服脱得精光。所有在场的人都尴尬极了,男的目光不知道该往哪里放,纷纷起身避开,女的慌乱成一团,到处找遮羞的毛巾和毯子。我叔叔来了精神,他抓起画笔,在画板上'唰唰唰'画起了人体。当时,他堂兄气得七窍生烟,一把夺过他的画纸,撕得稀碎,差点还为此大打出手,我叔叔脸都不红一下,没事一样踱出门。他和别的病人不一样,发作了也是安安静静的,拿着画笔在画板上没完没了地画画。"

我听到这里,捂着嘴轻轻笑了一下,会长似乎才反应过来,他说:"不好意思,让你们见笑了,但帕米亚人真不错,当初我叔叔没他,还真不知道该怎么办了。"帕米亚在旁边不好意思起来，他说："没有没有，能认识我老师，也是我的福分。"会长意味深长地说了一句："他待你应该还不错。"帕米亚诚惶诚恐说："那确实是，没有我老师，哪有我今天。"

说着到了吃饭的点，帕米亚招呼大家去吃饭。穿过一条长廊，又拐了好几个弯，我又一次听到了那奇怪的叫声，正想问，帕米亚却突然加快了脚步，他高声大气地跟我们说话，似乎想掩盖住那奇怪的叫声。

我们最终回到了那个费尽心机布置起来的会场，我以为那里是开会用的，原来是个吃饭的地方。入座后，菜品一道道地端上来，从品相上看，都是讲究的菜。帕米亚说，他有个厨师，秘鲁当地人，这些年跟着他，已经把中国菜做到以假乱真的程度。会长却不买账，他说："干吗让外国人烧中国菜，让他烧自己擅长的呀。"帕米亚说："秘鲁菜也有，稍后会上。"

帕米亚开了一瓶五粮液，这又勾起了会长的回忆，他说这是他叔叔最喜欢喝的酒。当时，叔叔最热衷的就是参加村里人的红白喜事，礼金自然是没有的，但为了聊表心意，他会画一些小画，也没有像样的画纸，大多数画在废旧的报纸上。报纸是几十年前的机关报，上面是一本正经的党政新闻和社论，他不管，扯过一张，随手就在那上面作画，有时候画一头牛，有时候也画一头猪或者一只老虎，署名一律为"文化部长"。这样的报纸画当作礼金，送给办宴席的邻居，他会伸出五个手指头，一本正经地说："这幅画抵得上五十美金。"乡里人办宴席，讨的是彩头，多半不会拒绝他，给他安排一个角落的位置，一般同桌都是村里孤苦伶仃的老头老太，吃相难看也互不嫌弃。凑成一桌，大家都先假模假样地相互谦让，并不急着动筷。其实宴席有讲究，刚上的菜一般都是汤汤水水和各色点心，好戏在后头，重点没来，大家都斯斯文文地坐在那里聊天、喝酒，一副无精打采的样子，等到蹄髈甲鱼一现身，大家立马来了精神。

碰巧那天，帕米亚也安排厨师烧了红烧蹄髈，会长伸出筷子，夹了一下，蹄髈炖得软糯，轻轻一揭，一张琥珀色的皮子就和肉分离了。会长尝了尝，他伸出了大拇指，随后又放下筷子，看得出，他吃得比较节制。他不动，大家也不好意思吃得太夸张。会长说："在乡下吃席，其实胃口好的不是年轻后生，而是那些老头老太，他们只要看到这样的蹄髈，会飞快地抽出筷子，往桌角上一磕，迅速杀向盘子里，不消三分钟，蹄髈消失，只剩下一口死气沉沉的油汤，再看那些嘴巴，大快朵颐后都平静下来，像没吃过东西一般。"

我们被他生动的描述逗得乐了起来，他却话锋一转，又说起了他叔叔。他说叔叔对那些菜是毫不在乎的，他馋一口酒，见到桌上摆着一堆酒，专挑好的下手。喝了几次五粮液后，专挑好酒喝的名声就传播开来。大家都说，别看他是个傻子，喝酒一点都不糊涂，什么贵喝什么。农村就图个热闹，几乎家家户户都办酒席，婚丧嫁娶，乔迁上梁，小孩满月，老人过寿都办酒席，因为有随礼，图的就是一个来往和热闹，叔叔隔三岔五能碰到这样的好事。所以碰到精明的东家，会把好酒悄悄地藏起来，再安顿叔叔。叔叔也不计较，逮什么喝什么，从贵喝到贱，一直喝迷糊了才回住处。

帕米亚说："其实当地有很多人家都有我老师的作品，但他们不懂它的价值。"

会长说："他们要懂，我叔叔日子也不会过得那么凄惨。他赠送给他们的画，起初大家还图个稀奇，多了就觉得廉价，谁也不拿它当回事，报纸画丢得随处都是，有的用来当作烧煤饼炉子的引火材料，有的干脆应急的时候用来当厕所的卫生纸。"

帕米亚看着我和大副说："那真叫人惋惜，虽然这些仅仅是我老师的小品画，但有的非常有情趣，妙手偶得，讲的就是这种随性创作。"

会长笑着跟我们说:"其实帕米亚功不可没,他接管了我叔叔的生活后,收藏的第一批东西就是我叔叔的画。他是一个很好的策展人,后来又替我叔叔办过几次画展,这之后,我叔叔的画在国内才引起别人的重视。很多台湾收藏界的行家慕名前来搜集我叔叔的画,那些村民一看画值钱了,都捂着不肯卖。这就是有趣的地方,无人问津的时候当废纸,真的有人求购了,都精明起来,漫天要价。"

大副问:"老先生现在还健在吗?"

会长笑了笑说:"前几年已经过世了,不过还好,他的晚年生活还算舒适的,当地政府把他的老房子修缮一新,生活也有人照顾,平时想画画了,就出去采采风,他就这点爱好。"

大副看着帕米亚说:"既然你已经接管了老先生的生活,怎么不一直照顾下去呢?"

帕米亚笑着摇摇头说:"一旦洛阳纸贵,想照顾他的人就多了,连平素里毫无来往的远房亲戚都找上门来了,把他当神一样供起来。你们想,他只要肯画,那就是印钞机,随手一画,钱就'哗哗'来了。而且,那时候很多亲戚对我有意见,觉得非亲非故的,为什么让我照顾?他们都觉得我陪在我老师身边,有不可告人的目的。那时候,我就萌生了退意,你们可能体会不到我当时的感受,被人数落的时候，那场景如千夫所指，我恨不得转身就走。因为他们和我老师是亲戚，我也不能诘问他们，当初老师生活没有着落的时候，你们在哪里？就只能赔着笑脸，在一旁听数落。不过当地政府肯管，是最好的结果。"

会长笑着说："其实我叔叔挺喜欢帕米亚的，离开的时候多么不舍得他啊，也只有跟他在一起的时候，我叔叔还比较舒适。有一段时间我叔叔挺累的，被某些心术不正的官员包装成当代凡·高，到处安排他去走穴。大家都知道他爱喝酒，买来好酒，哄他开心，其实是希望他喝完酒给他们留个墨宝，但老人家每次喝完酒，就一个人出门溜达，晃着晃着，人就不见了。约定俗成的规矩在他那里不起作用。"

我们都乐了起来，这顿饭因为有了这位可爱的老先生，还有共同的话题，气氛变得异常融洽。会长还跟我们透露了一个惊天秘密，他说："其实我这位成就卓越的画家叔叔是个色盲。"我们都惊讶得张大了嘴巴，这怎么可能呢？会长说："我也是后来才知道的，家族遗传，我的几个叔叔伯伯都是。不过他不是全色盲，而是几种颜色的有限色盲，交通信号灯他没法辨认。事实上，他眼里的世界不是黑白的，也有色彩，只是他看出去的色彩跟我们的不太一样。其实世界上很多优秀的画家、设计师都有颜色认知缺陷，但他们很好地利用了这个缺陷。"

帕米亚说："难怪他能调出别人很少用的颜色，这其实是一种天赋。可能凡·高也是类似的艺术家，他眼里的世界，跟常人看到的不太一样，所以星空是流动的，甚至让人感到眩晕。"

不知不觉，到了下午，会长先行告辞，帕米亚把他送出门外，经过那片堆放着根雕和家具的泥地时，帕米亚仿佛才回过神来，聊了半天的熟人往事，重要的事忘记说了。他慢吞吞地走着，几次想说话，几次欲言又止。

到了门口，会长站住了，他跟帕米亚说："我知道你要跟我说些什么，地方我会帮你找的，资金我也会想办法，下次把这里收拾得整洁一点。我们之间不需要拐弯抹角，有什么困难直接说比较好。"一席话，让帕米亚有些无地自容，他连声道歉，把会长送到了门外，客气得有些过头，看上去有点虚情假意。

我和大副装作没看见，转身往里走，在拐角处，我看到了一双眼睛，那是一双孩子的眼睛，他趴在玻璃窗后面，好奇地打量着我们，和我四目相对的时候，他像只小兽似的往后退去，隐没在玻璃窗背后的黑暗中。我扯了扯大副的衣角，说："那儿好像有个孩子。"大副压低嗓门说："别多管闲事！"

我们最终也没多作停留，送走了会长，我们也跟着告辞了。帕米亚派了个司机送我们回宿舍，在车上，我心里充满了疑团。大副知道我有很多话想问，他冲我使了个眼色，示意我不要当着司机的面乱说话。

拐过几个路口，大副突然问："师傅，你来这里多久了？"司机转过头，看了我们一眼，那是一个卷发方脸的秘鲁当地小伙子，棕色的皮肤，厚厚的嘴唇，他摸了摸头后，用蹩脚的中文回答道："我不太明白……"大副笑了笑，我们便不再说话，一路沉默地抵达了宿舍楼下。

从车上下来，大副才跟我说，你看到的应该是帕米亚的孩子，他太不幸了，现在大概有七八岁了，还不会说话，只会怪叫。这是一种罕见的怪病，孩子全身都畸形，站不起来，像蜘蛛一样在地上爬。在国内，帕米亚觉得每天都生活在别人的口水中，所以他举家搬到这里，再也不回去了，至少在这里没有那么多闲言碎语。更重要的是，他觉得这是一个诅咒，他想摆脱它，觉得换个遥远的国度，可能会有用。

我"哦"地应了一声，一瞬间失去了说话的能力，不知道该怎么回复大副的话。风"呼呼"地刮着，空气中飘荡着一股浓浓的鱼腥味，这会儿，我突然很想去海边，眺望一下太平洋的尽头。

十

黑影从鼻尖掠过

钦博塔港的海风持续吹了一个多月,天空中时常有巨型扫帚划过的痕迹,每次看到那种形状的云,我总感觉风暴离我们不远了。有时候不免感叹,我们的人生不就是在等待一场场无可名状的未知风暴中度过吗?

我们在一个星夜突然紧急集合,离开了钦博塔港。那是一个欢腾而悲伤的夜晚,几乎所有人都在为我们的船迎来新生而欢呼雀跃,他们在甲板上兴奋地走来走去,一刻也停不下来,唯有我置身事外。这种喧闹加剧了我的悲伤,有某个瞬间,我甚至怀疑自己是否来错了地方。没有人愿意搭理我,我也不希望他们惺惺作态来安慰我。所有人在欢腾的时候,只有我听到了海水的极速流动,头顶的夜空在斗转星移。

　　再次进入渔场，恍如学生时代寒暑假结束后重新返回学校，大家看上去平淡无事，内心里都在做自我调整。我跟他们略有不同，长时间的劳作，身体的透支，似乎成了我发泄情绪的一个窗口，我需要让自己沉浸在这种混沌的状态中。康扎西说我的钓鱼技术有了很大的进步，但我感觉不出来，该拉线就拉线，该进冻就进冻，该过包就过包。

　　碰到天气好的时候，康扎西还会跟人开玩笑，其余人都拉着脸，谁都不想把精力消耗在说话上。第一次过完包，康扎西看了一眼大家的产量，他跟我说："你吃炸药了？"我抬了抬眼皮说："嗯，我跟自己有仇。"康扎西"嘿嘿"笑了两声，拍着我肩膀说："还是悠着点，不然疲劳了，身体容易受伤。"

　　连续钓了半年，我才慢慢地从极度悲伤的混沌状态中缓过来。没有谁提出来休整一下，似乎都铆着劲，想把过去落下的产量弥补回来。

　　到七月的某一天，因为螺旋桨叶片故障，停了两天。我们没有把船开回港口修理厂，船长说那太耽误时间，于是老轨带着人下船底修。机舱的人修理技术粗糙，"叮叮当当"的声音不绝于耳，他们要么锤，要么敲，一点都不担心螺旋桨被锤烂了回不了港。

甲板上消停了,大家又聚在一起打扑克,扯皮闲聊。大副说我成熟了。我说,我又不是水果。大副笑笑,他说,人和水果都是一样的道理,时候不到,熟不了。我说,说到水果,倒让我想起了老家。

小时候,我家有一片桃林,每年暑假,刚好遇上桃子成熟,我被我父亲派到桃林去看管桃子。那是我小时候的快乐时光,桃林里荒草丛生,蚊子多如牛毛,蹲不住人,我就骑到桃树上睡觉,头搁在一处枝丫上,四肢全垂下来挂着,跟个大树懒似的。父亲好几次偷偷摸上山来,我浑然不觉,他冲我怒吼:"是叫你睡觉来的吗?"我辩解道:"树上还有点风,蹲地上,暑气往身上冒,能把人蒸熟了。"他虎着脸说:"这么下去,桃子迟早会被人偷光的。"

父亲回了家,我也紧跟着逃下山,他把家里翻得底朝天,也没找到自己想要的东西。他掏出香烟咬在嘴上,火柴盒被汗水洇湿,划断了好几根火柴,也没点着烟。那会儿,我母亲拎着一只洗干净的赤膊公鸡从河埠头回来,问他找什么。

"一块木板,这么长,这么宽。"父亲用双手比画了一下,突然开了窍,"没有木板,硬纸板也行。"

"你要木板和纸板干什么?"我母亲一头雾水。

"桃子快熟了，我担心他管不住，得竖块牌子。"父亲生气地用手指指我。母亲显得很淡定："偷了就偷了，几个毛桃而已。"她说归说，还是很快地给父亲找来了一块沾满灰尘的硬纸板。家里的东西搁在什么地方，母亲心里一清二楚，她总能在第一时间精确地找到要找的东西。那块硬纸板用湿布一擦，上面出现了"乘风电扇"的字样，翻到另一面，干净了很多。父亲在旁边握着鸡毛笔站好了，模样俨然是个书法家。他用空着的左手手指数了一遍字数，"桃子有毒，吃死不管"一共八个字。

一下笔，父亲才知道这个活比干农活难多了，两百斤的担子压肩膀，他健步如飞，稳如泰山，轻飘飘的笔握在手里却根本不听使唤，他把"桃子"写成了"挑子"，"不管"写成了"不菅"。写完后，他问母亲："有写错吗？"母亲瓮声瓮气地说："我看看蛮好的。"我在旁边捂着嘴巴，笑到肚子疼。

虽然我看出了错别字，但我不说，只"嘿嘿"地笑："这办法好，比人看着管用！"

父亲竖起了眉毛说："还不是你，跟个摆设似的，不然去竖什么牌子！"

我又乐了起来："也没见你喷农药，桃子怎么有毒了？"

父亲拧起来的眉毛舒展了一下,他没忍住,终于笑了一下:"我家的桃子,我让它有毒它就有毒。"

"只是还得做得逼真点,前几天我去杨桥那里,见一个变压器旁边也立着块牌子,上面写着'池水有电,严禁下水',可我仔细一看,池子里游来游去的鱼多得跟牛毛一样,这么拙劣的骗局,连鱼都不信。"

"怎么个逼真法?"父亲斜着眼问我。

"桃林旁边的柿子树上挂着一只死猫,我去拎过来,一起挂着,保证谁见了都怕。"

"挂柿子树上有讲究——柿活千年,挂桃子树上算什么?"父亲问。

"反正旁边有个东西吊死了,就是最好的佐证,吓吓人也行。"

父亲考虑再三,同意了我的建议。他起初担心猫的尸体腐烂,臭气熏人,没想到是具干尸,提在手上轻如空壳。

警示牌挂好,我又说:"谁会这么蠢,真的以为桃子喷了农药?再退一步说,真喷了农药,是不是吃出人命,因为有这么块牌子就可以不管了?"

"你的意思是人家偷了我家的桃子,吃出问题还要我赔偿人家?"父亲瞪着布满血丝的眼睛看着我。我没好气地说:"答非所问,我问的是另外一个问题。"父亲高高扬起手掌,我落荒而逃。想当初,他们大概觉得我就是一个逆子,从来都没跟他们想到一块儿去过。

聊起这些往事,我忽然觉得这蛮治愈人的,好想沉溺在其中,一直聊下去。大副在一旁笑了笑说,像你这个年纪的时候,孩子都会和自己的父母产生心结,有的看起来还是死结,过些年,这结自然就解开了。我说:"不用过些年,现在就松开了。"大副说:"所以说你成熟了,一家人能有多大的事儿?"他说这话的时候,船长迈着大步摇摇晃晃地朝我们走过来,从正面看像一头懒散的雄狮。他走到我们跟前,看着海面,跟大副说:"注意到没?又遇到它了。"

被他一说,我们都直起身子,往海面张望,深蓝色的海面上泛着白色的涟漪,并没有什么特别的。我忍不住问道:"是什么东西呀?"

船长没有理我,他盯着海面又看了一会儿说:"潜下去了,你们都没眼福。"说着,他脸上浮现出若有若无的笑容。

我夸张地叫起来:"真的假的?"

船长淡淡地说:"这东西是海上的精灵,哪有你想看就能看到的?"

"你不是看到了吗？"我有点不服气。

船长轻轻晃了下脑袋说："当时我还把它拍下来了，照片现在都还在。"

"在哪儿呢？给我看看。"我紧追不舍。

大副笑了笑说："在保险箱里，那是船长的宝贝，不会轻易给别人看的。"

"不就几张照片吗？还能拍出花来？网上一搜，多的是。"我不屑地说道，心想这多半是个海洋动物，要么是海豚，要么是鲸鱼，总不可能是蛟龙。

船长拿眼睛斜了斜我，似乎想反驳，但又有点不想跟我费口舌，他跟大副说："我就是有点好奇，会不会是原来的那头？如果真的是，那还是挺有缘分的。"

大副顺着他的意思说："倒真有可能，每次到这里，它都会浮上海面来。娇娇知道了，估计也会很开心。"

"谁是娇娇？"我脱口而出。

船长又看了看我，他给我下了结论："船上就你话最多！"大副也在旁边附和道："十万个为什么。"说完，他俩都哈哈大笑起来。

我其实最恨他们起个话头，然后没有下文，但那天，他们只是不想跟我啰唆，两人聊起那个娇娇，都没有要停下来的意思。我从他们的对话中渐渐明白过来，娇娇原来是船长的女儿，现在读高中，成绩挺优秀的。那个保险箱里存放的照片也跟他女儿有关，除了照片，还有一些珍贵的东西，船长把这些东西看得比命还金贵，一直随身带着，具体是什么，他们又没说。我只听船长说了一句："这些年，就靠这点东西支撑着我了。"

那只保险箱我倒看到过，存放在驾驶舱的一个角落里，锈迹斑斑，上面堆满了账本和杂物。起初我以为那只是个存放现金的普通箱子，因为上岸的时候，船长给我们发生活费，就是从那里取的。后来，我知道我们的护照也存放在那里面，据说保险箱里面分好多格。船长取钱的时候清场，密码只有他和大副两个人知道，每次都搞得神神秘秘，生怕我们窥探其中的秘密。

用保险箱装秘密，这倒是个不错的主意，但里面藏的到底是什么东西呢？大副敲打了我，说我好奇心太重，没有分寸感。我被他说得有点蒙，大副又叮嘱了我："在海上还是安分点好，等你回到陆地上了，再问也不迟。"

我说："这有什么区别吗？"

"这怎么说呢？"大副耸了耸肩膀说，"可能是时机的问题，时机到了，他自己也会拿出来，到时候你自然就知道了。"

两天后，老轨他们终于把螺旋桨的故障排除了，我们又重新起航。船长一直趴在栏杆上，望着海面，我猜他在寻找那头露过面的海洋生物。我也装模作样地盯着海面，长时间地看流动的海水，会把人带入一种迷离的状态。忽然间，我看到一团巨大的黑影从我们船底的水面掠过，那可能是我近距离看到的最大的生物，恍如一堵移动的墙，极具压迫性地滑了过去，有一瞬间，我感觉它好像快要贴到了我鼻尖上。

我"哇"的一声，一屁股坐到了甲板上，感到我们的船紧跟着轻轻地晃动了两下。船长叫了起来："就是它！"我才确定这不是幻觉，大副从驾驶舱里跑出来，他一脸兴奋，说："没想到过去这么久了，它还记得我们。"船长笑着说："跟着它，准没错！"

后来，我才知道这是一头成年的座头鲸。几年前，船长他们在回港的途中遇到过它，那时候，它闯入了一个浅水海域，眼看着马上要搁浅在滩涂上。船长立即把这个情况报告给了当地的渔政部门，渔政部门获悉情况后，很快赶来营救。无奈潮水退却得很快，它彻底搁浅在了滩涂上。

船长说，当时搁浅的地方离岸有一段距离，营救的消防车也开不进来，他就放弃了回港的打算，给船下了锚，让大家带上水桶、铁锹等工具立即下船，在鲸鱼的身旁挖了一个蓄水坑，大家轮流不停地往鲸鱼身上泼水。船长说，当时是晴天，阳光猛烈，如果不保持鲸鱼身体的湿润，它很快会干裂脱皮，那样根本等不到再次涨潮，它就会死在滩涂上。

船长说，像这么庞大的海洋生物，一旦搁浅会很危险，没有水的浮力，它的脏器会受到压迫，不能及时回到海洋中，它很可能会死亡，而且世界上还没有成功营救座头鲸的先例。当时他心里也没底，觉得哪怕希望渺茫，也要试一下。后来帮忙的人越来越多，在鲸鱼身上拉起了遮阳幕布，大家分成了好几组营救人员，轮流不停地往鲸鱼身上泼水。渔政部门调集了好几艘拖轮，把绳索固定在鲸鱼身上，等着潮水再次回涨。

那天，大家从中午一直忙到晚上十点左右，潮水才再次涨了上来，几艘拖轮开始借着潮水的浮力，缓缓地把鲸鱼拖离滩涂。船长他们也一宿没睡，一路慢慢地跟着，直到天快亮了，拖轮才割断了绑在鲸鱼身上的绳索。船长说，万物有灵，当时那头鲸鱼浮出水面，喷着巨大的水柱，在他们的船周围徘徊了很久，才逐渐消失在海面上。

船长说，他做了大半辈子的渔民，最大的快乐反而来自这一次营救，向大海放回了一头巨大的生灵，这像赎罪，减轻了他多年来的内疚。这好像是史无前例的一次成功营救，当时，媒体铺天盖地地报道了这个新闻，船长的照片也第一次登上了报纸。

大副跟我们说："现在知道船长为什么喜欢来这里了吧？其实是来看看老朋友，也很奇怪，每次到这片海域，它都会出现在我们的船附近。"

船长笑着说："每次只要跟着它，总能找到鱼群。"

我大笑道："这是报恩来的吧。"

船长点点头说："你说得没错，万物皆有灵，所以要多做好事。"

我还是不太相信，问船长："它真认识你？"

船长说："那还会有假？不信你问大副。"我看到大副不置可否地笑了笑，船长又添油加醋地补充："它中途可能贪玩，会短暂地消失一下，但一定会陪我们找到鱼群，说不定离开的那天，它还会来跟我们道个别。"

我歪着头问："难道它不跟我们一起回中国吗？"

船长哈哈大笑，他说："这是一头外国鲸鱼，还没有办理过护照，入不了境。"

我说："公海上总可以吧，再说它也不能离岸太近，看到陆地，它离死亡也不远了。"船长说我太天真，总想把鲸鱼当宠物来养。

其实我小时候确实玩过这样的游戏。几个男孩凑在一起，打仗游戏玩累了，就改成耍嘴皮子。每年暑假，电视里都会播放《西游记》，《西游记》最大的看点就是妖怪多，而且它们大多数是菩萨的坐骑变的，于是我们也开始编造自己的坐骑。千奇百怪的动物从我们嘴巴里跑出来，有的说自己的坐骑是老虎，有的说自己的坐骑是蝙蝠。碰到木讷的小伙伴，一时想不出，我们会赠送他一句——"你的坐骑是一头猪。"那时候，地上走的，天上飞的，什么都有，就是没人想到海里游的。

这会儿，突然想起小时候玩的游戏，它竟然跨越了这么多年，神奇地接上了此刻的场景。巨大的座头鲸露出了黑光油亮的脊背，一声悠长的喷气过后没入海面，掀起巨大的浪花。我不由得感叹，要是有一头这样的坐骑就美了。船长惊异地看着我，他说："原来小孩都这么异想天开。"

船长又跟我解释，说他女儿也玩这个游戏。我说这是男孩子玩的游戏。船长听着就不乐意了，他说："谁规定女孩就不能玩？"

我说："好吧，看来你也是个女儿奴。"

船长对这点并不反驳，相反，他好像还挺乐意被人叫成"女儿奴"的。

我说："你长年在海上，你女儿会不高兴吗？"

船长虎着脸说："这有什么不高兴的，都习惯了。"

我说："要换成我，我会不高兴。出去两年，回来都不认识了吧，孩子的童年能有几个两年？一眨眼就大了。"

船长瞬间拉下了脸："你给我闭嘴吧。"

我随后就被大副拉走了，他说："你怎么哪壶不开提哪壶？"我没好气地说："谁知道啊，这人翻脸比翻书还快。"大副把我拉到僻静处说："这是船长的伤疤，当年他老婆因为出海跟他离婚，船长担心女儿心理受伤，起初死活不同意，后来反而是他女儿来安慰他。他对女儿疼爱有加，又心里有愧，不能说他对不起自己女儿，那样会彻底惹恼他的。"我只好举手讨饶，说："我也不了解情况，以后不说了。"

大副指了指我说："你就是太多嘴，言多必失不知道吗？如果不把你及时拉走，不知道会闯多大的祸。"我说："你怎么不早点跟我说呢，要知道是这样，我也不会去惹他。"大副又反过来安慰我说："也不能全怪你，以后注意点就是了。"

之后，我们跟随着这团巨大的黑影，果然找到了庞大的鱼群。大鱿鱼仿佛一夜之间都回来了，大海又开始了它慷慨的馈赠，我们回到了要命的忙碌状态。这期间不停地有人受伤，大部分扭伤了腰，也有扭伤手臂和胳膊的。康扎西说得没错，大多数是疲劳造成的。一疲劳，身体就脆弱，稍有不慎，各种伤痛就会找上门来，一拨又一拨的人被迫提前回国。

大鱼季持续了很长时间，直到那年年底，离开的人才少了下来。每个人都在扳着手指数日子，想咬咬牙再坚持下去。留下来的人都想等到彻底解脱的那一刻，坚持已经不是为了收入，而是变成了长跑，每个人都想熬到终点看看那里是什么样子。最后的日子是会发光的，像在不远处有个美好的东西在款款地等着你，而这种感召能产生源源不断的精神动力。

躺下来休息的时候，我时常也会想，座头鲸不仅仅是来给我们引路的，它带我们进入了大海最丰饶的矿藏中，在无穷无尽的馈赠面前，这形成了一个巨大的黑洞，索取也被吸入其中，失去了本身的意义，这是否也会变相地促使我们去反思和自省？

那段日子中，我时常会做这样的梦，梦见自己还在海上，我们的船驶入了一片海域，周围到处都是鱿鱼，它们如此密集地环绕在我们的四周，海水逐渐被榨干，只剩下成堆的鱿鱼带着浑身的黏液，相互拥挤着，张牙舞爪的触须缠绕在一起，看得人头皮发麻。

每次从梦中醒过来，我整个人都感到压抑，只有走出船舱,到甲板上看一看浩渺的洋面,听一听海浪拍在船舷上的声音,才能逐渐冲淡那种糟糕的情绪。

来甲板透气的不只我一个人,甲板的人和机舱的人不知道从什么时候和解了,两边的人经常相互递香烟,在甲板上留下一堆烟蒂头。

康扎西很感叹,他说从来没有这么疲惫过,感觉一道小伤口都可能弄垮一个人。闲聊的时候,他对我感到欣慰,说当时确实没看错人,认定我就是一个不轻易服输的人。事实上,我为他赢回的不光是几包香烟,还有甲板的面子。我跟他说,这都不重要了,我现在能体会到压垮骆驼的为什么是那么轻的东西,因为我就是那只负重的骆驼。

十一

金色的黄昏

我终于明白，过了某个极点，几乎不会有人再喊累，大家都成了一只不知疲倦的陀螺，在海上不停地旋转，只要保持一定的速度，就能像陀螺一样维持住惯性，唯一需要小心的是不让自己脆弱的身体停下来。

船舱的墙壁上挂着三本日历，都是王武之前留下来的，是他出发前就购买好的，他在的时候，每天会用粗水笔给日子画一个叉，过去一天就画一天，感觉像在枪毙什么。他走了以后，很长时间没人再去理会这些日历。行程过半后，又有人重新续上了王武的举动，有人带了头，这事就好办了，并没有固定的人画叉叉，谁看到或想到了，就上前去画，起初也是一连画几天，到了后来，变成了一天不落，日历上遍布了密密麻麻的叉叉。我知道，这些叉叉对大家都太重要了，它是希望。

除了期盼未来的某一天早点到来，还有人用回忆对抗眼下的困局，这两种截然相反的做法带来的效果却惊人地一致。说实话，我属于后者，从离开钦博塔港开始，我的思念就留在了那片陌生而亲切的土地上。

我和杨丹是在钦博塔港的一个黄昏认识的。那天，我经过宿舍前面那个街角，看到一群人围在那里，出于好奇，我也凑上前去看热闹，才发现是两条狗在撕咬。我没想到狗打架会比人激烈得多，两条叫不出名的无毛犬咆哮着撕咬在一起，一个女孩在旁边喊着自己宠物的名字："憨豆，憨豆！"

狗并不理会自己的主人，也许是杀红了眼，也许在那么激烈的搏斗中根本听不见主人的召唤。围观的人群越聚越多，谁都没上前阻止，因为都怕那疯狂的场面伤及自身，但又没办法不注意到它们。如果不是听到"憨豆"那两个中文发音，我也不会注意到那个狼狈不堪的女孩，她几次上前想拉起掉在地上的狗链都没有成功，绳索在地上"噗噗"翻滚，夹带着卷起来的尘土。等到她好不容易抓到绳索，用力一扯，两条撕咬在一起的狗却愈加癫狂，一用劲，脖子上的皮套和绳索分了家。女孩六神无主地站在一旁，两条无毛犬在地上继续翻滚搏杀，俨然一副你死我活的样子。

撕咬了一阵后，那条脖子上套着皮圈的无毛犬落败了，它被那条看上去更像恶汉的无毛犬咬住了下嘴唇，血瞬间从它嘴巴里流淌下来，淋了一地。女孩看着心痛，在一旁哭喊起来，我抓过水果店门前的塑料桶，冲上去砸在了那条恶犬的脊梁上，它惨叫一声，终于松了口，掉头跑开了。女孩冲上前，抱住了自己的宠物。那条叫憨豆的狗向自己的主人摇起了尾巴，它落败后的表情像个乞求安慰的孩子，整个身体趴伏在地上，脑袋伏在前爪上，眼睛里还闪烁着雪亮的温良神色。

女孩心疼极了，她捧着憨豆的头，一只手捂住了它淌血的嘴唇，伤口很深，血从她的手指缝里渗出来。我上前问："要帮忙吗？"她泪汪汪地看着我，点了点头，我才看清女孩的容貌，她应该是个混血儿，有一双会说话的眼睛，下颌线非常完美，像人物画中那种一气呵成的线条。

人群中有人给了一条毛巾，我用它裹住了无毛犬淌血的嘴巴，很快毛巾就被洇湿了。我跟她说，得送到宠物医院去。她茫然地点点头。要抱起无毛犬庞大的身体显然很吃力，我说得弄一辆手推车，六神无主的她又跑到那家水果店前，借来了一辆装甘蔗的三轮车，我把无毛犬弄上了车，她一边安抚自己的宠物，一边指着路，我们急匆匆地去了宠物医院。

进入宠物医院，我才知道，这里其实跟人的医院几乎没什么区别，里面摆满了CT、B超等仪器，宠物医生也戴着口罩，穿着白大褂，像模像样地给猫猫狗狗看病。

她的狗被麻醉，送上了手术台，嘴唇里里外外缝了好几针，然后是清创和包扎。手术进行得很顺利，她终于放下了悬着的心，对此感激不已。她告诉我，她叫杨丹，她爸爸也是中国人。

"难怪你的中文说得那么地道。"我恍然大悟。

"爸爸从小就教我说中文，平时我们也用中文交流，虽然语言环境并不好，但大脑中第一反应就是汉语，应该说我的母语既是西班牙语，也是汉语。"

我说："钦博塔的华人不少，应该有很多机会说汉语。"

杨丹轻轻一笑："理想的语言环境应该周围全是跟你说一种语言的人，不用在西班牙语和汉语之间切换，我有时候要在两种语言间做选择，也挺纠结的。"

当得知我是来自中国的水手时，她眼睛亮了一下，说她家就在船员公寓的对面。

"我住的地方叫船员公寓吗？"我忽然间反应过来。

她笑着说:"是啊,你才知道?"

我点了点头说:"小区牌子上那些字我也不认识,不过这名字挺贴切的,那里住着好多中国水手。"

杨丹看着我,轻轻地笑了一下:"我知道,皮肤和五官一目了然。"

我说:"那你算敏感的,好多老外看我们都一个模样。"

她微微有些得意,说:"我不光能一眼辨认出亚洲人,还能区别出哪些是中国人,哪些是韩国人,哪些是日本人。你们的差别在于表情,表情来自民族性格和各自背后的文化。"

我暗暗称奇,说:"你说得太对了,中国有句老话,叫相由心生,大概说的就是这个意思。"

我忽然间意识到我们在那儿聊天,有点过于扎眼。对当地人来说,我们两个都算外国人,说着他们完全听不懂的话,聊得还这么眉飞色舞,这多少让他们有些好奇,以至于他们不时地朝我们打量。看到别人不停地侧目,我们也不约而同地降低了音量。

她低头轻抚着自己的狗,说:"憨豆一直都很温和的,也不知道怎么了,今天跟它打架的是一条流浪狗,都是印加无毛犬,它们像有仇似的,一见面就叫上了,拉都拉不住。"

我笑了笑说:"狗和人一样,也会相互看不顺眼?"

"可能吧,叫得可凶了,跟人吵架一模一样,骂着骂着可能矛盾激化了,就打起来了。"说着,杨丹又有点担忧,"今天打了一架,我怕以后见到这条狗,它们还会吵架,憨豆很会记仇。"

我很自然地说:"那以后可以一起遛狗啊,我在旁边,它应该不会再吃亏了。"杨丹的脸红了一下,没有回应我。

我看着躺在手术台上的憨豆,这只可怜巴巴的无毛犬耷拉着爪子,因为仰面躺在手术台上,浑身黝黑,又显得瘦骨嶙峋,我说:"它看上去像个非洲难民。"

杨丹说:"现在已经算好看点了,刚出生的时候,那就是一个小老头的模样,浑身都皱巴巴的,长大了反而显得年轻了。"

包扎完伤口后,过了一阵,憨豆才从麻醉中醒过来,一醒来,它就翻身跃起,也许还在纳闷,怎么突然就睡着了?杨丹摸了摸它的头,憨豆摇摇摆摆地走了几步,然后很快从麻醉的状态中缓过来。宠物医生拍了拍它,跟杨丹说了句我听不懂的话,大概意思是狗已经没事了。

杨丹给它换了新的狗链子,我们从宠物医院出来,她认得回去的路,我跟着她走。走到船员公寓那个街角,她站住了，说她就住在里面。我抬头看了看，是一幢老旧的金色建筑，从我们的公寓望出去，刚好在对面。临别之际，我忽然有了紧迫感，生怕她就此消失，再也寻她不着，鼓起勇气问："下次怎么联系你？"她轻轻地皱了一下眉头，似乎感到有点唐突，这让我难免有点尴尬。她说："今天谢谢你！没有你，今天憨豆不知道要吃多大的亏。"我连忙说："没事没事，举手之劳！"说话间，我不敢看她的眼睛，鼓起勇气的邀请如果得不到回应，会让我觉得非常丢人，那种无地自容的羞愧迫使我想急着离开。

杨丹显然比我老练，她似乎还没想好，或者说她觉得一个小伙子的仓促邀约太过随意。她抬了一下眼皮说："你平时有时间吗？不用忙自己的事吗？"我说眼下我们的船在大修，可能会在这里住一段时间。说完我感到脸上烧得厉害，她轻松地笑了一下说："一般傍晚的时候，如果天气好，没什么特别的事，我都会带憨豆出来溜达一下，凑得好，我们还能在这里遇到。"

我心里瞬间热了一下，杨丹保持着客气的距离，临别了，她跟我挥挥手说："今天能认识你这个朋友，我很开心，谢谢你哦。"我只好回复道："我也是。"看着她消失在小区的入口处，我注意到夕阳的余晖落在了那幢黄色的建筑上，放眼看去，整个世界都金碧辉煌，我心里也冒起了金灿灿的泡泡。

再次遇见杨丹是在三天以后，之前的两个傍晚，我都在她小区门口溜达，她似乎刻意在回避我，没见到她牵着狗出来。

看到她的那一刻，我听到自己加快的心跳声，她穿着一件淡绿色的连衣裙，一只手牢牢地牵着绳索，被憨豆轻轻地拽着往前走，她似乎早就看到了我，却并不朝我打招呼，眼睛盯着前面的憨豆，直到走到跟前了，她才跟我摆摆手。我本来想装作偶遇，忽然间觉得刻意得有点傻，改口说："好久不见，这两天你去哪儿了？"

杨丹轻轻地皱了一下眉头，但很快舒展开了，她说："你不会在这里等我吧？"我瞬间脸红起来，连忙否认。她又说："承认也没什么不好意思的，你太腼腆了，不够自信。"我浑身发热，不知道该如何应对。

杨丹说钦博塔港的黄昏很迷人，晚饭过后，她一般都会沿着海塘边的堤坝走上一圈。杨丹歪着头问我："你要一起去吗？"我说："当然好啊，非常乐意。"

我们从港口出来，往西走，有一条石子路可以通到海塘的边上。相比于港口，这里显得荒凉，目光所及都是成片摇曳的芦苇和水草，能看到修筑起来的海塘堤坝，潮水拍岸的声音像安魂曲，从远处飘过来。

我问杨丹："这么荒凉的地方，你平时也一个人来吗？"她看了我一眼说："有憨豆呢，怕什么。其实这里也不荒凉，等下到了堤坝旁边，你就能看到不少人，好多人都喜欢傍晚到这里来走走。大家一般会追着夕阳走，一直走到夕阳淹没在海面上再回家，不过不用折返回来，那一头有出口，顺道就回去了。"

看得出来，他们经常来这里，憨豆到了这里，明显比在大街上活跃，把杨丹拽得小步快跑了起来。我问她："憨豆的伤口好了吗？"

"稍微有一点点感染，去宠物医院看过一次，挂了一瓶盐水，现在好多了。"随后，杨丹把话题转到了我身上，"你在钦博塔待多久呀？"

这问题让人有点窘迫，但我只能实话实说："顺利的话，还有一个月左右。"

"一个月说长不长，说短也不短，你们修船也跟行驶距离有关吗？跟汽车保养差不多吗？"

"嗯，原理是一样的，唯一的不同是，一个在海上，一个在陆地上。你不知道，船在大海中航行久了，船底下有很多附着物，藤壶、青口、牡蛎，什么都有。"

她笑了，"难怪我常听渔民说，甩甩藤壶，原来是在做船的保养。"她歪着头问,"那修完再出海?"

我点点头,她似乎对我们这一行很熟悉,知道我们捕的鱿鱼会被去酸、脱水,加工成鱿鱼丝,她说这些鱿鱼除了深加工,也没别的用途,作为海鲜,几乎没人买来吃。

我说:"钓它们的时候,能把一个人累半死,好多人吃不消,半途就回国了。"

她轻轻地笑了笑说:"那你能坚持下来,还算厉害的。其实我挺羡慕你的职业,可以跨越太平洋那么远的距离,我长这么大了,一次也没去过中国。"

"那为什么不回去呢?"我很好奇。

杨丹有些失落,"爸爸不回去,我一个人也不会去。对我来说,中国和其他国家一样,都是陌生的。"但看得出来,她对这个遥远而又有千丝万缕联系的国度充满了好奇。她问我:"在中国大家是不是都骑自行车?"我说:"是啊。"她又问:"那大街上有汽车吗?"我笑了起来,"当然有啊,都什么年代了。"她也被自己的问题逗笑了,"百闻不如一见,我还是想亲身去感受一下,可爸爸不提回去,我也不好意思提。"

"是回不去吗?"我不免有些好奇。杨丹也回答不上来,她说:"他从来都不说,而且也不允许我问,我感觉时间越长,回去的希望越渺茫。什么东西都会慢慢被遗忘的。"

我从杨丹的目光中看到了一丝悲凉,"其实回不去的人心里最痛苦。我见过这样的人,说不定见到你爸爸后,我跟他会有很多共同语言。"杨丹摇摇头说:"不可能的,他不喜欢跟别人交流。"我说:"不试试怎么知道呢?"杨丹犹疑了一下,但她很快否定了自己的念头,她的头摇得像拨浪鼓,"还是算了,见到陌生人,他会发脾气。"

杨丹提到她父亲的时候,仿佛遇到了一把枷锁,这也不行,那也不行,这不免让我充满了好奇,这是一个怎样的父亲?为何他和别人会如此不同?

看得出来,杨丹也不愿意多提她父亲,似乎说多了,她的情绪会跟着低落下去。我只好默默地跟随着她。我们来到了堤坝边,下面是汹涌的潮水,防波堤坝筑得很结实,凸起的水泥墩像一个个小型的军事堡垒。沿着海岸线浇筑了一条水泥路,干净而清爽,确实有不少人在这里散步,也有几撮人爬过了堤坝,在靠近潮水的地方戏水,潮水扑上来,他们跳着脚,发出一阵阵尖叫和嬉闹声。有几个卷发的小青年坐在堤坝上,晃着双腿,抽着自己卷的纸烟,看到我们,他们暗暗地笑,也不知道在乐些什么。

到了这里,杨丹把狗链子解开了,憨豆得到了自由,撒着欢往前小跑。远处也有人牵着狗在散步,杨丹担心憨豆又像上次那样跟别的狗打架，一路小跑地跟了上去。我只好加快了步伐，一路跟随。看得出来，杨丹平常缺乏锻炼，稍微跑两步，就累得气喘吁吁。

跑到了一处开阔地，我们才追上憨豆，它的身旁有几条小狗在围着转。杨丹跑上去，给憨豆重新套上了链子，几只小狗还跟随在它身后，东嗅嗅，西闻闻，不肯离去。杨丹忽然有些羞涩，嘀咕了一句："真要命！"我看出了端倪，跟着笑了笑。杨丹的脸红了起来，她扯着狗链子说："我禁止它谈恋爱，到时候生一窝崽，麻烦死了。"

"憨豆是母的？"

"嗯，当初就是担心动物发情不好控制，故意买了条母的，现在看，还不如买公的，宠物医院可以做手术，还是公狗省心。"

我不免有些感慨，说道："宠物的命运还是掌握在主人手上，又要讨主人欢心，又不能给主人添麻烦，它也挺难的。"

杨丹听我这么一说，倒也开始自省："这确实不太好，有时候我也挺讨厌我自己的，可能跟我爸爸有点像，他也很霸道，管这管那的，烦人。"说到她爸爸，杨丹埋怨的情绪就上来了，但她很快意识到和一个旁人说自己的父亲又不太合适，所以她突然沉默了，往堤坝上走去。

这时候，蛋黄般的夕阳一头扎进了海面，海水褪去了耀眼的光芒，像拉了一张大网，网住了无数金银的鱼虾，在那里跳动不已。杨丹说，每天的最后三分钟，她总要闭上眼睛，静静地等待夕阳的沉没。她问我有没有兴趣一起闭上眼睛感受这白天最后的一段时光，我说好啊。于是跟着她，对着缓缓沉没的夕阳闭上了眼睛。

　　"其实大海是有表情的，你信不信？"她轻声说道。

　　我睁开眼睛，看到她闭着双眼。她闭上眼睛的样子太安静了，晚风吹过来，她脖颈上的绒毛微微地颤动着，鼻翼在微风中轻轻地一翕一合。她的睫毛微微地眨了一下："闭上眼睛。"

　　我仿佛被一股魔力无形中牵引着，又合上了眼睛。

　　"听这柔和的潮汐声，你感受到的会比看到的多得多。"

　　慢慢地，我沉浸到其中，果然感受到了这种奇妙，我不由得感慨道："好治愈的感觉！"绚烂、壮美、宁静、深邃……无数词语从广袤无垠的太平洋上飘过来。

　　那种感受让人着迷，舍不得从中挣脱出来，在海上待了那么久，我却一直忽视它的存在，这让我有些羞愧。

　　杨丹说："这是一种生命的体验，只有用心去感受，才能离生命的本质更近一些。有时候，这里美得让人想轻生，好想就这么走进大海中，消失在这无边无际的金色黄昏里。"

我惊愕了一下,隐隐感觉到她对这种病态美的沉沦,说实话,我好想把她拉回来。我苦笑了一下说:"其实在海上,我很少体会到大海的美感,一旦风暴来临,在它面前,人类真的太渺小了,我有一个同事就是这么没的,生命太脆弱了。"

杨丹的眼睛亮了一下,她说:"你也有这样的感慨?不瞒你说,生命的脆弱,我有深切的感受。"

"哦?"这吊起了我的胃口。

杨丹忽然之间犹豫了起来,她说:"以后再跟你说吧。"她在堤坝上站了一会儿,忽然转过头来跟我说:"很神奇,看到你,我有种遇见亲人的感觉。"

我有些许的尴尬,红着脸说:"我也没想到,跑那么远的距离,能遇到你。"

杨丹看着金色的余晖,她说:"命运安排就这么微妙,按常理来说,我们几乎是不可能认识的。"她转过身来,又对我说:"不过我已经很满足了,哪怕短暂,至少让我抓住了。"

她这一说,我忽然鼻子一酸,转过身去,掏出了烟盒,我本来不想当着她的面抽烟,但这会儿我控制不住我自己,我感到自己的手在微微地颤抖,在风中凌乱地点上了一支香烟。看到我手中的细支香烟，杨丹说："给我也来一支。"我递给她一支，海边风大，打火机一点就灭，我只好把身体转向背风的方向，用衣服卷起一个避风港，她凑近我怀里，我闻到了她发丝的香味，一股清冽而温润的青春气息，那一刻，我希望打火机永远都不要燃烧起来。她一抬头看到了我，四目相对的一瞬间，我不知道是我的错觉，还是真切的现实，她的眼眶红了一下。

"一个月时间还是太短暂了，你下次还会回到这里来吗？"

我用力地点点头说："应该还会回来，航行到一定的时间需要保养。"

她不无忧愁地说道："那也……见一面少一面。"

"对任何人来说，都是这样的，哪怕是初生婴儿。"说着，我不知道哪里来的勇气，跟杨丹说，"你可以考虑一下，跟我一起回中国啊。"

杨丹轻轻地摇了摇头说："我自己也没想好，以后会在哪里。"

我迫不及待地说："说不定你会喜欢那里，毕竟你有一半血统是中国人，天生容易亲近。"

"你为什么不考虑一下留在秘鲁？"杨丹的话说得温柔，却让我感到为难。这确实是一个我不敢思考的问题，没有充足的理由，留下来需要太大的勇气。看着我陷入纠结中，杨丹轻轻一笑，她如炬的目光瞬间被风吹散，"我就随口一说，你不必当真。生活充满了变数，以后谁知道呢？"

夕阳残留的余晖很快地隐没到海面下，随着夜色降临，堤坝旁的风也愈加凛冽，我们加快步伐往回走。杨丹身形单薄，这会儿哆嗦了起来，她把双手裹到了自己的腋下，这让她看上去更加消瘦，我好几次有走上去搂住她肩膀的冲动，但她仿佛能看出我的意图，一靠近她身旁，她就加快自己的步伐，闪躲了过去。

我把杨丹送到楼下，她问我住在船员公寓的哪一间，我说在三楼，靠东面，从右到左数过去第四间。杨丹笑着说："你应该去买个望远镜，我站在北边的阳台上，你或许能看到我。"我问她："你住在哪间？"杨丹笑了笑说："暂时不告诉你，看看你能不能找到我。"

那晚，我提着一个望远镜回到了自己的宿舍，引起了一波小小的骚动。阿君称它为"偷窥神器"，说可以照照对面的楼，看看有没有人在洗澡。我说："别那么低俗，我有正经用途。"惹得大家哈哈大笑，他们缠着我，问我有什么用途，我当然不会说。望远镜一出现后，倒提醒了这帮坏蛋，他们开始注意起了楼下衣着清凉的女人。

我不好意思明目张胆地举个望远镜偷窥对面的楼，为此，我还特意和阿君换了个床铺，他睡在靠近过道的一侧，从窗户上望出去就是对面的楼。仔细打量对面的楼，才发觉这幢楼有密密麻麻的窗户和阳台，像一本书上排列整齐的方块字，我挨个扫视过去，终于在第八层看到了一个房间，门上贴着一张纸，纸上用红笔画了一颗心。

我猜十有八九就是这一间，数了一下，门牌号应该是810。那是一个狭小的阳台，阳台的角落里摆放着一只铁笼，因为视线遮挡住了，只能看到一只狗的小半部分身体，从肤色和皮毛上判断，应该就是憨豆。狗笼的上方挂着几盆植物，郁郁葱葱，看不清是什么植物。我举着望远镜看了一会儿，也没见杨丹从里面走出来，于是撂下望远镜，找了一张纸，也在上面画了一颗爱心，我怕杨丹看不清，把那颗心涂成了红色，贴到了外面的墙上。这一举动让宿舍里的人都开始起哄。阿君说："搞了半天，原来你在泡妞啊？"

"跟我们讲讲，是个什么样的姑娘？你们怎么认识的？"

"看不出来啊，平时闷声不响，行动倒是利索的。"

唯有马军民给我泼了冷水："我们在这里停留这么短时间，你们也不可能了解得很深入，交往要注意分寸，冲动会有代价的，我这么说没别的意思，与其到时候痛苦，还不如一开始就克制一点。"

我有些厌烦，跟马军民说："这件事你们几个知道就行了，我希望你不要跟船长和大副他们讲，到时候多一个人知道，就多一分责怪。"阿君和山鸡在旁边附和，说这种事确实不宜跟船长他们说，不然叫棒打鸳鸯。

马军民被我们几个说得灰头土脸，他极力撇清自己的意图，瞪着两只牛眼跟我说："我也没别的意思，就是给你提个醒，身在异国他乡，还是要考虑得长远一点。"我点点头说："知道，知道。"

第二天傍晚，我如常守候在杨丹小区的门口，她牵着憨豆出来，看到我，神色有些紧张，一个劲地冲我眨眼睛。我注意到她身后不远跟着一个男人，从模样上判断应该是她的父亲。果然，他们在小区门口站了一会儿，憨豆在那个男人的裤腿边蹭来蹭去，模样亲热极了。

杨丹的父亲瘦条身形，穿一身灰白色绸衣，配上那张木刻般的长脸和短短的胡楂，让人感觉很难接近。他对憨豆也是一副不冷不热的样子，两人交谈了几句，她和她父亲就在小区门口分开了，一个往左，一个往右。我尾随着杨丹，直到转过两个街角，她才停下来等我。看到我过去，她拍着胸口说："吓死我了，我也是快出小区门口的时候，才发现爸爸跟在后面，好在回头看了一下，不然尴尬了。"

我有些无所谓："碰到了也好啊，你大大方方介绍我吧，家乡来人，总不至于太难堪吧？"

"你不知道，他看得我很紧的，如果让他知道了，我会被他骂惨的。"杨丹惊魂未定地说道。

我非常不解，杨丹已经是成年人了，也到了该谈恋爱的年纪了，作为父亲为什么要把自己的女儿看管得那么紧？杨丹似乎知道我心中的疑惑，她解释道："爸爸不喜欢我跟陌生人来往。"

我说："你又不是他的私人物品，都什么年代了，做父母的还有那么强的控制欲？"

杨丹随即红了双眼，泪水在眼眶里打转，她一哭，我的心也软了下来，连忙跟她道歉。我猛然间发现杨丹不同于别的女孩，她不喜欢一直沉浸在不开心的情绪中，她说她不想把两个人的时光浪费在彼此的消耗中。

这之后，我们达成了某种默契，不再提及她的父亲。仔细想起来，杨丹似乎也只考虑当下，而不再去关心遥远而未知的将来。她跟我说，对将来，她也没有太多信心，但如果听从内心，她还想试试看，即便是错的，至少曾经是美好的。

她说这话的时候，脚边的憨豆拉直了链子在我们周围画圈。我弯下腰去，摸着憨豆的脑袋，它已经跟我混熟了，对我很友好，我能托住它的下巴，察看它嘴唇的伤疤，那时候，它一动不动，任由我摆弄。

我问杨丹："这种狗可以活到几岁？"

杨丹说："可能十几岁吧，现在它刚满三岁，跟我们差不多的年纪。"

我说："我得好好善待它，它是我们的红娘。"

杨丹摸了摸憨豆说："我希望若干年后，你还能和我一起散步，你牵着我的手，我牵着孩子的手，孩子手里牵着憨豆。"

"憨豆嘴巴中叼一枝玫瑰献给你。"我摸着憨豆的脑袋补充道。

时光飞快，一个多月很快就过去了，其实我有种紧迫感，随着离港的日子越来越近，我跟杨丹打了预防针，每次分别的时候，我都会跟她说，也许这是最后一天假期了，明天我就得出海了。接二连三的预告落空后，杨丹对这句话已经免疫了，她总觉得我在骗她，第二天我还会如约出现在她面前。

直到有一天晚上八点多（大副规定八点半必须回到宿舍），我从大街上回到宿舍，看到大家都在忙着收拾行李。马军民看到我说："你终于回来了，快点收拾一下，我们要出发了。"我愣在那里，问："怎么这么突然？连夜走吗？"马军民说："大副突然来宣布的，大巴已经在楼下等好了。"我转身往门外跑，马军民在身后喊："马上要上车了，你去哪里？"我管不了那么多了，径直跑进了前面的小区，一口气跑到了八楼。在那间陌生的房间门口，我短暂停留了片刻，平息一下自己急促的呼吸，毅然摁响了门铃。

来开门的是一个秘鲁女人，五十岁上下，栗色卷发，眉眼之间和杨丹有些相像，应该是杨丹的妈妈，她看到我，有些惊讶。我问她杨丹在家吗，她居然听懂了，但她没回我话，回头用西班牙语喊她的丈夫。我看到杨丹的爸爸从里屋里出来了，他看到我，神情肃穆，问我找杨丹什么事。我说我是杨丹的朋友，马上要出海了，来跟她道个别。

虽然语言相通，但他一点情面也不给，脸往旁边一侧，毫不客气地说："我不知道你是谁。"

我立马露怯了，但还是有些不死心，"我是杨丹的朋友，她现在在家吗？我能和她见一面吗？"

"她现在不在,见面——算了吧。"他冷冷地回复道。

"我可以在这里等她,出海了,我就不知道什么时候能回来了。"我开始喘粗气,脸上也跟着热了起来,但我知道这会儿面对的是个大考验,不能退缩,也无路可退。

"不用了吧,我会转告她的。"又是冷冰冰的一句。

"她已经成年了,你们为什么要阻止她和我见面?"我有些崩溃,突然急火攻心地冒出了一句话。

他不屑地看着我,"为什么要跟你见面?你算什么东西?"他忍无可忍,终于爆发了,杨丹的妈妈见状赶紧过来劝解,因为语言不通,我也不知道她说了什么。他在妻子的劝解下依然余怒未消,径直走回了屋里。我多么希望杨丹此刻能突然从里面跑出来,但一直都没见到她的身影,我转而希望能见到憨豆,只听到房间北侧的阳台上传来了零星的狗叫声。

就在我们僵持不下的时候,过道里走过来一位邻居,简单了解了情况后,他用吃力的英语告诉我,杨丹患有严重的先天性心脏病,不能太激动,也不能太伤心,这就是她父母不允许她交往陌生人的原因。从杨丹出生开始,她大部分时光都是在医院度过的,医生说她可能活不过三十岁,这么多年了,他们全家一直居住在钦博塔,因为担心杨丹受不了长途奔波,一直没有带她回中国。

"你有纸和笔吗？我想给她留个联系方式。"我近乎哀求道。

这位好心的邻居随后给我找来了纸和笔，在他们家门口的墙壁上，我匆匆写下了几行字。我告诉杨丹我要去海上了，下次回来再来找她，一定要等着我。也欢迎她和她的爸妈方便的时候回中国看看，并留下了我家里的地址和在国内使用的手机号码，希望她到时候能跟我联系。

那是一段飘忽而漫长的时光，我希望在我写纸条的时候，杨丹忽然出现在面前，但这仅仅是一个奢望，随后我听到了船员公寓楼下传来大巴催促的喇叭声。

写完那张纸条，我把它小心翼翼地折了起来，折成了一个扣子形状的条子，交到了那位邻居的手中，我再三叮嘱一定要代我转交给杨丹。他用蹩脚的英语告诉我，请我放心。

事后回想，我才渐渐地明白了这个道理，人生充满了各种不确定性，每一次见面都可能是人生的最后一面，只是我们都意识不到，总觉得未来还很长远，还有很多机会。事实上，拐过街角，两个人可能就再也见不到彼此了。

我不记得是怎么从他们家走出来的，大街上所有的东西在我眼中都恍惚变形。这之后，我回到了海上，只是在黄昏来临的时候，我经常会情不自禁地想起钦博塔的海塘堤坝，金色的天空和大海旁边，成片的芦苇在风中摇曳，如同整个世界都撒上了金粉。

唯一可以确定的是，回国后，我一定要养一条印加无毛犬，链子牵在手上，如同握着杨丹的手。

十二
大陆漂浮

回国的日子终于临近了,五月一日那天,船长提前告诉大家,准备在五月中旬结束远洋捕捞作业。一瞬间,仿佛又回到了快过年的那种感觉,每天一醒来,第一件事就在脑海中盘算还有几天可以收工。

跟大家略有不同,我开始留恋这里的时光,也许这辈子再也不会来这里了,有点想把每一分每一秒的经历都刻入脑海中,留存下来。阳光是闪亮的,天空和海面是沁人心脾的冰蓝,空气中带着咸丝丝的味道。

五月十三日那天夜里,运输船提早来了,船长在扩音喇叭中喊:"大家别钓了,把冷库中的清理完,这就结束了。"有那么几秒钟,甲板上安静极了,船长又在喇叭中加了一句:"这两年太不容易了,祝贺你们,也谢谢你们!"我看着大家默默地摘下手套,忽然有人大喊了一声,然后甲板上乱成一团,不管身边是谁,大家都开始相互拥抱,那种兴高采烈,不亚于一场色彩绚丽的烟花绽放。

船长又在喇叭中喊:"等过完了包,把船上的酒都搬出来,我们把它喝完。"青海人又跳起了舞蹈,这次不同的是大家都加入进去,在甲板上群魔乱舞起来。

那天,过完包后,大副已经张罗人在甲板上摆好了酒桌,海鲜都是用脸盆装的,那些酒依次被打开,摆成了一堆。没有人愿意回船舱换一身干净的衣服,都是甩掉棉袄就扑上了酒桌。也没有人觉察到运输船是什么时候离开的,甲板上灯火通明,不管酒量好的、差的,都抓过酒瓶往肚子里灌。

不知道是谁起的头,喝着喝着,突然在角落里号啕大哭起来,没有谁去安慰他,想哭的自觉蹲到角落去抱团哭,想放飞自我的就在甲板上疯狂跳舞,有趴在桌子上睡死过去的,也有抱着垃圾桶呕吐不止的。这会儿,谁都是自己的主宰,船长、大副他们反而被冷落在一旁。

大副招招手,把我叫了过去,他迷离着双眼,跟船长说:"这小子身上缺点很多,可我偏偏很喜欢他。看吧,他经常胡说八道,闯的祸还不少,但你就是对他生气不起来。"

船长看了看我说："那你还不给大副敬个酒？"

我给他们都满上，举起酒杯说："这一趟出来，多亏了你们照顾，终于活得有点人样了。"

大副拍了拍我的肩膀，"也别太贬低自己，人都有缺点的，尤其是年轻人，谁没有年轻过？"

我说："原来我像条狗，连我自己都厌恶。"说着，我内心里翻江倒海，我又灌了自己一杯，"不跟你们出海，我都不知道接下来该干点什么了，每天都是无聊的日子，我讨厌正儿八经上班，朝九晚五就意味着一成不变，那样过日子还有什么劲？想想以后，就这样从一个青年变成一个老头，我都绝望了。"

大副笑起来，他问我："你觉得海上有趣？喊累的也是你呀。"

我说："那也没办法，周围都是汪洋大海，难不成还跳下去？"

他们都被我逗乐了。我说："其实把人逼到了一个角落里，煎熬过后，那种释放是人生最快乐的，就像现在。"

我不由得看了一眼安睡的大海，黑漆漆的海面一角已隐隐地露出微光，头顶的星辰还在闪烁。我举起杯子说："这个夜晚，我可能会记一辈子。"

船长满足地喝了一口说:"不是每个人都有机会在太平洋上喝酒的,还能喝到天亮,单单这一点,你可以吹一辈子牛。"

我陶醉地看着茫茫大海。大副跟船长说:"这一趟出来,唯一的遗憾是太赶了,没有好好地走一走,还记得科斯特群岛上守灯塔的庄老头吗?我还答应他女儿,帮她寻找失散的丈夫和孩子呢。"

船长轻轻地摇了摇头说:"世界那么大,怎么可能找得到。我倒是注意过这里的灯塔,也有人值守,是一个衣衫褴褛的中年人,我有个美好的愿望,他要是庄老头要找的人该多好啊!"

之后,大家又开始不停地碰杯,借着酒劲,我跟船长说:"您跟大副不一样,他人随和,您不太容易亲近。"船长笑了笑说:"其实你错了,大副认真起来,比谁都难弄,我是装的,不然没大没小,船上也不好管理。"我说:"今天都最后一天了,您还要装下去吗?"船长警惕地看了我一眼说:"你又没大没小了,打的什么坏主意?"我"呵呵"地笑着说:"那个保险箱里的秘密能公开吗?"

大副急了起来,他说:"说过你多少次了,好奇心还那么重。"

船长却拦住了大副,他说:"这没什么不能说的,其实我离不开航海，我年轻时就开始在太平洋上讨生活，但我老婆不同意，她喜欢过安定的日子。她说我身上的毛病都是当水手惯出来的。"

"您身上有什么毛病？"我不怀好意地问道。

船长说："水手嘛，都是些差不多的毛病，爱喝酒，喜欢赌两把，回到岸上，出手都大方。她不一样，日子过得节俭，不喜欢我花钱大手大脚，更不喜欢我身无分文，带着一身酒气回家。可日子过得紧巴巴就不是我了，久而久之，两个人就有了矛盾。"

大副在一旁说："其实这也是水手的普遍问题，一出去就两年，家里都扔给老婆，上有老下有小的，全靠她一个人张罗，日子久了，难免会有抱怨。"

船长说："其实两个人分开过，我也能接受，主要的顾虑是孩子。女儿是我的心头肉，她从小就很乖巧，虽然我经常出海，离家的日子也很长，但一回到家里，不出一天，她就和我混熟了，到哪里都跟着我。当时我和她妈妈要离婚的时候，想到她以后的日子，我心也碎了。那时候，她刚满七岁，什么都不懂，又什么都懂。从她忧愁的表情里就能看出来，她很舍不得我。她虽然和妈妈长年在一起，但她和我的感情一点都不比和她妈妈差。她妈妈问她以后跟谁生活在一起。我跟我女儿说，别担心，如果选择爸爸，爸爸以后就不出海了，会一直陪着你。她为难极了，她妈妈在旁边不停地逼问她，最后，她躲进房间里，不肯出来了。为了离婚，我们耗了很长时间，两个人虽然生活在一个屋檐下，但谁都不跟谁讲话。女儿费尽心机，想撮合我们重归于好，但这种根本性的矛盾是没法调和的，她妈妈就是这么一个人，平时很隐忍，一旦做出决定，九头牛都拉不回来。"

"那后来怎么办呢？"我忍不住问道。

船长叹气道："还能怎么样呢，只能离婚，女儿最后跟了她妈妈。我永远记得我收拾行李、离家出走的那一幕。她妈妈转身进了卧室，锁上了门，女儿躲进了卫生间，我在卫生间门口敲了半天门，跟她说，爸爸要走了，你再出来跟爸爸道个别。她死活都不肯出来，好像见了我这一面，以后再也不能相见了。当时我在卫生间门口站了很长时间，我问女儿，为什么爸爸走了，不出来告个别呢？为什么要躲起来呢？我只听到她在里面压抑的哭声，那一刻，我也忍不住了。"

船长唏嘘不已，他喝下一杯酒说："当时离婚不像现在这样，双方和和气气，闲暇时还能去看看孩子。这婚姻都结束了，双方就撕破了脸皮，我们也没谈我什么时候可以探视女儿，女儿跟着她，我这个爸爸迟早会被她妈妈说得一文不值，与其让女儿痛恨我，还不如不见。我也做好了长期不见女儿的准备，只是希望她成年后，还记得有我这么一个爸爸。但我怎么也没想到，过了几天，船上的同事交给了我一封信，他说是我女儿拜托他转交给我的，接到那封信的时候，我整个人都是颤抖的，信封上是我女儿稚嫩的字，写着'爸爸收'，看到那几个字，我掉眼泪了。我小心翼翼地拆开信封，里面是一张田字格的纸，一边是撕扯留下来的毛边，很明显是女儿从作业本上撕下来的。信是这样写的：'爸爸，虽然我选择了妈妈，但并不代表我不爱您了，以后我们要分开生活了，但您还是我爸爸，我们还是一家人。'"

船长说着捂住了自己的眼睛，过了一会儿，他说："这就是一个七岁的孩子，她其实比谁都懂，她知道我会一直记挂着她……这么多年了，这封信一直跟随着我，想她了，我就拿出来看看；有时候遇到过不去的坎了，我也拿出来看看。"

"这就是你藏在保险箱里的秘密？"我不由得提了一嘴。

大副想阻止我问下去，没想到船长反而释然了，他跟大副说："没事，你去拿出来，让他也看看。"

之后，我看到了一个泛黄的信封，船长接过那个信封的时候，变得异常小心，他说："时间太长了，纸有点脆了。"他慢慢地展开了信纸，我看到了一个孩子的笔迹，那上面的好几个字她还不会写，"选择""代表""爱""以后"都用拼音注着，我看着看着，眼眶也湿润了。

第二天天一亮，酒瓶全空了，经过一夜狂欢，大家反而没睡意了。一切来得太快，我回到了那种恍惚的状态，回想一下，这两年像做了一个漫长而醒不过来的梦。很多人都开始道别，船长、大副挨个儿和大家拥抱，出来时三十多口人，这会儿已经离开了将近一半，剩下的都精疲力竭，需要很长一段时间的休养才能缓过气来。大副笑着说，留下来的都是精英，是真正经历过鏖战的水手。阿君拍着大腿发誓，这辈子再也不做水手了。没有人取笑他，大家都懂，这是一种发泄。大副也没点破，可能我们这些人以后都离不开大海了，未来——谁知道呢？

康扎西说，他要回草原待很长一段时间，因为他太想念那口羊肉了。他给我们两个月期限，说两个月内去青海，他会亲自到西宁机场，带着哈达和青稞酒来迎接我们。要换在平时，我们会觉得从东部沿海地区到西北草原路途太遥远了，这会儿，大家都认为那点路并不算多么夸张。

恍惚间，有种毕业散伙的感觉，只是并不像在学校时那么会自我感动，这里的每个人都不会轻易掉一滴眼泪，但我有种直觉，觉得大家的感情会更加牢固和可靠。陈浩洋说，他可能会来找我，让我给他付几顿酒钱，因为这是我欠他的。我说，就怕你不来。他笑笑说，没事可干，一定来。

当天，有一大半人登上了大巴，去了利马机场，我就是其中之一，不是等不及回国了，而是想早点摆脱那种摇晃的感觉。来时和回去已经完全两种心态，逃离到最后大概只有一种可能，那就是回去。跟随船长他们回国，还得在海上漂两个月，本来渔轮并不会立刻回国，一般作业的周期是七八年来回一趟，但这条船太老了，船长他们托人做了评估，觉得不能再进行远海作业了，就想把它开回国。

大巴上悄无声息，没有一个人想说话，不久后，几乎所有人都靠在座椅上沉沉睡去。我掀开遮阳窗帘的一角，看到了一个明媚的大晴天，大巴已经上了高速，路边的围栏如一条流动的钢轨，远处近处的绿色组成了一道模糊的屏障，这是一条沿海的高速公路，透过绿色的屏障，偶尔能看到远处灰蓝的海面。很突然的一下，有泪珠从眼角滚落下来，我赶紧悄悄抹掉，随后情绪更加汹涌澎湃，弄得我措手不及。

直到车上陆续有人醒来，我才收拾好自己的情绪。登机前，大家纷纷给家里打电话，候机厅前的公用电话前排起了长队，因为马上要见面了，大家话都不多，报个平安，说一下几点到浦东机场，队伍流动得很快。倒是清一色的中国面孔，又都背着行囊，惹得大家都朝我们打量，那种看热闹的目光都保持了客气而得体的距离，也没让我们觉得有多么不适。

飞机从利马起飞，穿越北美大陆，在阿姆斯特丹中转，最后到达上海浦东。一路上，我坐在舷窗边，不停地张望脚下的陆地，坐在我旁边的是山鸡，他看我一直开着遮阳板，很好奇我在看什么东西。我说，飞机转弯的时候，大地悬浮在头顶，分不清我们在空中，还是在地上。山鸡笑起来，说我是海上漂久了，迷失方向感了。我说，谁说得清呢，地球一大半都是海洋，大陆也就是海洋中大一点的岛而已。

飞行了十多个小时，飞机降落在浦东机场，我之前跟父母说，船长会派车把大家送回家，不用到机场来接，但他们还是没听进去。走到行李传送带那里，我就看到我父母伸长了脖子等在出口处，我母亲看到我，激动地跑了过来。我也顾不得拿行李，上前跟他们拥抱。两年不见，我母亲变化倒不大，父亲的头发却全白了，不过他精神还好，父亲拍了拍我的后背说，这两年果然不一样，身体硬朗了很多。我挺喜欢这种感觉，他们眼里对我的那种不信任感都消失了，变得柔和而宽容。

从浦东机场出来，说好的一起回家，很多人都中途变卦了，像我这样家属临时来接的人不在少数，接机司机只接到了几个人，骂骂咧咧了好一阵子，说早知道不开这么大的车来了。因为大巴进机场停车场非常不方便，得绕很远的路。大家也不管他，寒暄之后，很快就散伙了。

回到家里，我有很长一段时间都在睡觉，其实我挺想和原来的样子有个区别。待在自己房间里不出来，似乎成了我解不开的心结，和原来不同的是我不再锁门。有时候母亲看我睡着，会轻轻地把门带上，到了饭点，她会准时来叫我起床。客厅里看电视的父亲把音量开得很小。我跟他说，没事的，正常音量吵不到我，在海上，我们睡觉的时候，马达声、浪涛声比这个大多了，都习惯了。父亲笑笑，他随手递给我一支香烟。那一刻，我觉得跟原来不一样了，他已经不再当我是孩子了。

虽然长期缺睡眠，但我觉得睡觉主要是想把心境平复下来。回到陆地上，那种漂浮的感觉一直都没离开过，有时候躺在床上，会觉得床在摇晃，有时候，踩在地板上，感觉大地也不那么踏实。总有一种轻微的眩晕感如影随形，虽然看不到大海了，但脚下的陆地像一艘大船，漂浮在看不到尽头的水面上，无非这艘大船上有平原，有山丘，有高楼，晃动得轻微点而已。每天拉开窗帘，总有一道枇果色的阳光闯进来，陆地上看太阳，总感觉远了点，小气了点，空气湿度很大，感觉可以拧出水来。六月的南方有一种说不出的味道，似乎在雨季到来前，有一段拖泥带水的春夏交接期。和海上相比，这里的声音变多元了，清晨在鸟叫声中到来，小区的保安队长也换人了，每天早晨都操练队伍，口令喊得跟部队似的；马路上是永远开不完的汽车，要么不鸣喇叭，一旦有人按了喇叭，像传染病似的，此起彼伏，响成一片。

在家休息了三天后，我跟我父母说，一起去看看王武的老婆吧。我母亲说，应该的，他们之前去过一次大王村，王武的老伴听说我跟王武在一条船上，客气得很。看得出来，只要跟王武有关，不管是什么消息，她都很感兴趣。我说，其实他们家里两个男人，一老一少，都赔在大海里了。我母亲说，看样子，她多多少少知道一些内情，人一旦到了不愿意相信事实的时候，其实是蛮可怜的。

我把王武为救我而搭上自己性命的事跟父母说了一遍，他们都陷入了沉默。过了一会儿，我父亲拍了拍我的肩膀说，你也别太内疚，事情既然已经发生了，以后多弥补一点就行，家里还有积蓄，我们给她带点去。

随后，我们三人去了大王村。见到王武老婆的时候，她正在地里种马铃薯，一看是我父母，撇下锄头，从地里起来了，热情地领着我们往她家里走。我母亲指着我说，这是我儿子，跟你那位在一条船上。她站住了，好好地打量了我一番，然后问，你们都回来了吗？我点了点头说，有一大半都乘飞机回来了，还有一小半开船回来，那还需要一段时间。她忽然有些难为情地说，我糊涂了，你们船长跟我说过，王武落海了，估计也回不来了，我还一直当他活着。

我从背包里取出了一套王武的衣服，交给她，她一把接了过去，翻看了一下衣服的领子，然后放在鼻子底下闻了闻，然后，她把那件衣服像宝一样紧紧地捂在自己的胸口。她说，我真的有点后悔，王武走了以后，我把他的所有衣物都洗了一遍，折叠好，放入衣柜中，现在拿出来都只有肥皂粉和樟脑丸的味道。早知道他回不来了，至少那身上的气味还可以留一段时间，我那么勤快干什么呢？他以前也常说我是劳碌命，一刻都停不下来，应该早点听听他的劝。

我母亲上前搀住了她。她显得比较冷静，冲我们笑了一下说，没事，人总会走的，早走晚走的区别，就是有点不甘心，临走的时候没有在他身边，本来可以走得从容些，跟他好好地道个别，说一声再见。

王武临走时的场景历历在目，我背过身去，眼泪掉了下来。她平静地说，其实嫁给渔民，我早就做好了这样的准备，外面都说我们村是寡妇村，时间久了，连我自己也认命了。

　　那天，我们在她家里待到傍晚才回家，我母亲拿着抹布，在本来就很整洁的窗户和桌椅上擦了半天，我和我父亲把她家的水缸都打满了。她挽留我们吃晚饭，被我母亲婉拒了。她觉得我们的到来，让她家里恢复了一些生气。不知道是不是热闹的氛围感染了那只鹦哥，已经很久没有开口说话的它又开始说"你好"了，语调和声音果然跟王武一模一样，恍惚间，以为王武又回来了。

　　回去的路上，我们三个人都一言不发，直到快回到自己家里时，我突然跟我父母说："还是把她接过来一起住吧。"父亲和母亲对视了一下，我母亲说："随你，不过也得征求她的意见，她愿意，我们随时欢迎。"我说："也许现在她还不乐意，但年纪总要大起来的，以后还得有人照看。"其实，说这话的时候，我自己很难为情，他们听了后表情也说不出的别扭，但他们在无所适从的窘迫中也都流露出认可的神情。

　　我那帮小伙伴听说我从海上回来了，也陆续跟我恢复了联系。两年不见,大家似乎都有了变化,不再叫喊着去哪里玩,倒是我有些怀念以前的时光。那天,我躺在自己的床上,看着床头墙壁上贴着的那张舒马赫的海报,忽然间来了兴趣,跟他们提议,一起去开一次卡丁车。

也许出去的时间有点长了,他们说原来的海港城卡丁车赛场早已倒闭了,我心里"咯噔"了一下,问他们还有别的开卡丁车的赛场吗。他们又提了几个新赛场,但几乎也都没有去玩过。

我说:"怎么?一个个都老了吗?"

一片叹息声,有人说:"你走了之后,忽然间就不想玩了。"

我说:"不玩,你们都开始认真生活了吗?"

有人回复道:"接下来说不定该考虑结婚生孩子的事了。"说完之后,他自己先笑了起来。

那天聊到后来,我们也没聊出个结果来,到最后,我说还是去海港城看看吧,怀个旧。大家就从各自的家里出来了,外面阳光猛烈,晃得人睁不开眼,我走出小区,拐进了门口的一家小超市,买了一堆薯片和罐装啤酒,然后打车去了海港城。

我没想到两年后海港城会如此萧条和破败,两年前,这里到处是我们的叫喊声和卡丁车的呼啸声,两年过去了，这些声音都消失了，仿佛掉落在过去的那段时光中，再也回不来了。

我依稀记得，曾经我们也去过这样的地方，悄无声息，荒芜破败，那都是城中的一些烂尾楼，曾经我们多么热爱那些破败的工业气息，施工中途突然中断的建筑工地很好地满足了我们极具破坏欲的荷尔蒙。想想曾经繁忙热闹的场面一夜归于沉寂，溃败一地的水泥现场迅速地被荒草占据，这背后是金钱和欲望的跌落，只有我们在那里狂欢，对着那些烂尾楼欢呼雀跃，每一个人的声音清脆结实，穿梭在空荡荡的大楼内。

海港城的卡丁车赛道还没拆除，用轮胎连成的隔离栏已经蒙上了厚厚的灰尘，还有一辆只剩骨架的卡丁车抛锚在赛道的角落里，似乎独自在诉说着落寞。我走上前去，摸了摸低矮的车身，我跟同伴说："当年我多想做一个跟舒马赫一样的车手。"

"你不知道舒马赫出事了吗？"

我一脸蒙，"他怎么了？"

"他在阿尔卑斯山滑雪的时候受了重伤，现在成了植物人。"同伴说完，一脸惊讶，"这么大的新闻你都不知道？"旁边有人替我解释："他在海上待了两年，消息不像我们知道得那么及时。"

我愣住了，这消息犹如晴天霹雳，让我很长时间都缓不过神来。我们这群人个个都是舒马赫的追随者，舒马赫陪伴着我们度过了躁动不安的青春期，他的几乎每一场比赛，我们都坐在电视机前，或者在互联网上观看过，他的每一次夺冠，每一次失利，我们都一起欢庆或者落泪过，他怎么可能就成植物人呢？

我掏出手机，搜索了舒马赫的新闻，才知道一年多前，他确实出事了。

滚动着一条条关于舒马赫的新闻，突然一下子，有一股热流从眼眶里涌出来。他们纷纷聚过来，拍着肩膀安慰我，有朋友帮我打开了啤酒罐，我仰起脖子，一口气喝下了那罐啤酒。那一刻，我知道有些东西再也回不来了。

从海港城返回家中，我把墙上舒马赫的海报小心翼翼地揭了下来，折叠后放入了一个信封中，我仔细地封好封口，把它放进了柜子的底层。

那个下午，我在房间中坐着发了很长时间的呆。母亲过来问我怎么了，我说想把以前的东西整一下。母亲说，那也好。语气那么淡然，让我心里好受了很多。

之后，好多天我都没外出，我以为那些朝夕相处了两年的朋友会很快恢复联系，但有很长一段时间，大家都保持了静默，只有回忆还在告诉我，曾经我出去过好长一段时间。两个月后，我母亲的银行卡里突然收到了一笔可观的收入，她欣喜地告诉了我这个消息，我知道船长他们已经回来了。过了一天，她又收到了一笔，数额相对较小，我知道这是奖金。

这之后，我接到了大副的电话，他告诉我，船长患了严重的静脉曲张，那时他们已经在回来的途中了，本来可以让船长提前回国治疗，他不肯，非要亲自把船开回国，这就耽误了治疗。

我并不清楚静脉曲张是什么病，大副说，船长的左腿经脉像爬满了蚯蚓，严重的时候，血管里飙出的血像消防龙头喷水，只能用布使劲包扎，一天下来，包扎的布就湿透了，还和伤口粘连在一起，这加剧了皮肤的溃烂。等上了岸，去医院后，才知道那条腿保不住了。

我惊讶地问："截肢了？"大副说："那怎么办呢？只能听医生的，不然会感染到身体的其他部位。"我连忙问："在哪个医院？我想去看看他。"大副说："手术已经做了，情况都还好，现在他还一时接受不了，探望也得缓一段时间。"我说："这倒也是的，他大半辈子都在海上，缺了一条腿，以后得彻底告别航海了。"大副说："看到你们，我怕他受刺激，多么好强的一个人，一时肯定接受不了的。"

我问大副："现在是你陪着吗？"大副说："你也不动动脑子，陪在旁边，我还能打电话告诉你吗？不过有时候，祸福也难料，船长截肢后，这消息竟然被他前妻知道了，他多年不见的女儿回来了，这段时间都是他女儿在照顾他。这也很好地抚慰了船长，出不了海就出不了吧，以后能多陪陪他女儿了。"我说："那是坏事变好事了。"

过了一段时间，大副来喊我，他说可以一起去看看船长了。我当然很期待，同时心里还有个怪异的念头，想看看失去了一条腿的船长是否像海盗一样，在脚上安装一个铁钩？

跟大副约在一个奇怪的接头地点，那里原来有一棵巨大的樟树，还有一个苍蝇馆子开在那棵树下，馆子的名字就叫"樟树下"。大副姗姗来迟，他见到我就说我营养不错。我知道我长胖了，每天不是睡觉就是吃饭，哪能不胖呢？大副说本来陈浩洋也要来，临时有事又不来了，就我俩了。

我说："他总是那么不靠谱，说好要来找我喝酒，一次也没来，搞得我心里很不踏实，说不定哪天以为他不会来了，他又来了。"

大副笑笑说："你心思太重，不用把他的话当回事。你回来后，怎么样？还习惯吗？"

我说:"别的都还习惯,就是总感觉脚底下摇摇晃晃,漂浮得厉害,我也知道这是种幻觉,就是克服不了自己的内心。"

大副笑起来,打趣道:"那你要去看看心理医生了。"

船长住的小区跟他职业很搭,名字叫"航海社区",其实是一个很老旧的小区,造于三十多年前,房子的墙壁都已斑驳。其中有一幢房子的墙壁上爬满了爬山虎,但爬山虎的根部被人砍掉了,墙壁上只剩下枯藤,远看像一幅巨型的画,还是一株树的造型。我说:"这个小区设施比较陈旧了,船长怎么住这么破的小区?"大副说:"我们都这样,对陆地上的家并不讲究,反正一年四季,大部分时间都在海上,住得太好,也是白白荒废。"

走进一条弄堂,那里好像排水管道不是太顺畅,路面上结着一层薄薄的青苔,有些湿滑。大副看着门牌,说就是这里。一拉楼道里的门,竟然是虚掩的。船长住在二楼靠东这间,敲了敲门,里面传来脚步声,门拉开了一条缝,伸出来一张年轻的脸,我猜这是船长上高中的女儿。大副问:"船长在家吗?"女孩扭过头喊:"爸爸,有人来找您了。"船长在里面喊:"你们都进来吧。"

推开门,发现里面很暗,船长的女儿机灵,开了灯,房间内一下子亮堂起来,墙壁看上去白煞煞的,屋子内显得有些凌乱，衣服、垫子、背包什么的都堆在沙发上。船长看到我们说："来就来了，拎什么水果呀。"我把果篮放在了地上，船长已经从床上坐起来了，他把左腿搁到了床前的小凳上，因为有裤腿包着，看不出什么异样。他开始弯腰给那条假腿穿袜子，动作轻微，每个脚趾都穿得妥妥帖帖。他说："腿没锯掉的时候，还没有这么讲究，反而腿没了，现在特别在意这些东西。"

给左脚穿上袜子后，他又抓起地上崭新的旅游鞋，缓缓地把脚伸了进去，然后拉一拉鞋舌，把鞋带依次抽紧，规规矩矩地系上鞋带。大副说："你行动不便，还穿得这么整齐？"船长笑笑说："这也是仪式感，穿好了鞋子，我才能走两步给你们看看。"

大副有些担心，"才这么短时间，走路不要紧吧？"船长说："不要紧，医生也说让我多走走，习惯了它的用途，才能融为一体。"他说着，从旁边取过一支拐杖，一摇一摆地走了几步。他站住了，回过头问我们："怎么样？我走得还可以吗？"我和大副都说好，心里的滋味却说不出来。

船长说："其实医院里有更先进的假肢，他们叫弹簧刀，踩下去会弹上来，听说有的残疾运动员用了这弹簧刀下肢，能健步如飞，但我不要用，太难看了，感觉像个机器人。这条假肢材质用得不错,进口硅胶,你们可以上来摸摸,跟真的腿没什么区别。"我轻轻地摸了一下,果然有那种肉的触觉,一瞬间,我愣了一下,很快地收回了手。

船长"嘿嘿"一笑说:"就是太光洁了,像女人的腿。我后来找了个画画的,让他给我腿上画了一些腿毛,用的是擦不掉的墨水,画上以后又感觉太假了,我都不好意思露出来给你们看。好在有裤子、袜子套着,不会吓到别人。"

大副笑着说:"别说,你改变还挺大的,女儿也回来了,心情也好了,以后的日子要开心点过了。"船长笑着说:"我自己觉得变化也挺大的,原来我哪有好好地生活过啊,鞋子都是有什么穿什么,现在不一样了。"他指了指自己的左腿,"这只脚金贵,袜子我每天换的,看这鞋子,每天都一尘不染。"他又看了看自己的女儿说:"我跟她说了,等爸爸好点了,能自由活动了,你还是回到你妈妈那里去,妈妈是个称职的妈妈,待在我这里,可能会影响到你的学习和生活,只要心里有爸爸,偶尔回来看看我就行了。"

他女儿很腼腆,船长说她,她会脸红,但看得出来,她有良好的教养,不用船长叮嘱,她就给我们泡好了茶,摆好了凳子,然后她一个人去了隔壁的房间,临走前还客气地跟我们打了招呼。

　　船长问我："你接下去有什么打算？"我竟然一时回答不上来，我说："走一步看一步吧，回来这么久了，感觉还在海上，脚下轻飘飘，踩不稳。"船长笑笑说："都这样，有个适应的过程。"我说："说不定等我歇够了，又跟你们出海了。"船长拍了拍他的左腿说："我是指望不上了，船也开进报废厂了，以后多跟大副联系吧，说不定他还能带带你。"我一惊，问："好端端的船，为什么要报废啊？"船长说："其实已经过了报废的年限，修也修不好了，这次远航都是勉强撑下来的。"

　　船长说着拍了拍自己的那条假腿，忽然笑了一下，他跟大副说："我也不知道是怎么了，明知道把它开回来也是进报废厂的，却执意要开回来，这下好了，还搭上了一条腿。"

　　大副沉默不语，这一路，他最了解船长。他迟疑了一下说："老伙计，这大概就是命中注定的，假使有重来一遍的机会，你会丢了这条陪伴了大半生的船吗？"

　　船长被问住了，过了老半天，说："可能还是会……哎，这谁说得准呢？"

　　大副惨兮兮地笑了一下，"船没了，你这个船长也退休了。"

船长摇了摇头说:"本来我还盘算着买一条新船,这下也不可能了。"

后来,我们聊到了王武,我说我已经去看过王武的老婆了,打算以后把她接过来住。船长盯着我,看了足足好几秒,他仿佛出神了,随后又从神游的状态中清醒过来,他指了指我,跟大副说:"别说,我当初还真没看错人,面试的时候他就一小混混,海员证也没有的,说实话,谁要这样的人?但当时就很奇怪,觉得这小子天生有股让人喜欢的劲头,于是狠狠心就收了他。"

我被他说得脸上发烫,大副笑了笑,拍拍我的后背说:"他身上确实有不靠谱的地方,但本心不坏,玉不琢不成器嘛。"

船长叹了声气说:"王武家那口也够可怜的,厄运接二连三,等我行动利索了,我们再去看看她。抚恤金都打过去了吗?"大副说:"前几天都已经打出了。"船长说:"那就好,那就好。"

船报废的那天,大副通知了大家,能去的人都赶过去了。我们都劝船长别去了,他却很固执,一定要亲自去看看。

大副包了一辆中巴车,等候在航海小区门口。说好九点集中出发，大家都提前来了，一段时间不见，大部分人肤色都变白了，身材也开始走样了。船长还不能行走自如，阿君把他从楼梯上背了下来，底下备好了一部轮椅，等船长坐上去后，大家又七手八脚地把他连同轮椅一起抬上了中巴车。

看得出来，船长内心有点激动，他说："我被困了好几个月了，这段日子过得实在有些艰难，你们再不来，我都想去找你们了。山鸡，你还在赌博吗？"山鸡被问得跳了起来，他说："这里哪个人不赌博？"船长笑了笑说："不要激动，我问你手气怎么样！"山鸡说："海上辛苦了两年，一晚上麻将能输一年工资。"船长说："我知道你手上最留不住钱，原来每次给你发工资，你点都不点一下，领了就走，不数钱的人往往很快会没钱，所以你还不如一直在船上。"

这里的大多数人都这样，上岸后，一切都会变本加厉，从体形上就能看出他们肆意挥霍的生活陋习，他们会很快把自己逼回绝路上，直到生活无法继续了再重新出海。"谋生"这个词在他们身上有最典型的体现。

中巴车一路往港口开，船舶报废厂就在最里面。到了那里，只见一块异常空阔的荒地，停满了大大小小的破船，风吹日晒，让那里到处都是铁锈，有的铁锈从船体的油漆剥落处挂下来，像船的眼泪。这是一个巨型的船坞坟场，所有进入到这里的船都进入了生命倒计时。

除了排列整齐的船，还有遍地的钢板和隆隆的机械声。我们推着船长，在报废厂工人的带领下，找到了自己的船。和离开它之前相比，它确实老旧了很多，船上的装备都已经被拆除了，只剩下一具锈迹斑斑的钢铁躯壳。

船长挣扎着想站起来，我们赶紧把他从轮椅上搀扶起来，他沿着船的周围慢慢地走着，抚摸着斑驳的吃水线，仿佛在和老朋友告别。我看到好多人都低下头去，船长突然转过头跟我们说："看也看过了，我还是回去吧，吃不消了。"

他坐回了轮椅，中巴车就等在远处，船长被人推着，从崎岖不平的泥地里往回走，他自己也用双手转动着轮子，从后面望去，逃离的身影悲怆而倔强。上车后，他坐在前排，把头靠在椅背上，过了一会儿，他把拉开的窗户合上了。

之后，我看到破拆工人开着升降车过来，随后，大块的钢板被气割机拆除下来，吊装到了地上，那种要命的漂浮感又回来了，我深一脚浅一脚地往后挪，终于挪到了一个角落里，倚靠着一艘斑驳的船立住了。我甩了甩脑袋，耳朵里充斥着钢板切割的声音，船体迅速地被肢解了，一转眼，地上堆满了卸下的钢板，我突然控制不住自己，眼泪"哗哗"地往下掉。

回到车上，船长问我们："都拆完了？"我们默默地点点头，每个人的脸上都挂着沉痛的神情，他吁出一口长气说："拆完就好了。"车上，谁都没有发出声音，能听到车窗外呼啸的风声。从码头开回市区，要经过一段海底隧道，隧道的上方是川流不息的入海口，车子进入隧道后，回声就跟过来了，隧道顶上的照明灯发出惨白的光，一直往前面延伸着，看不到尽头，往日只需五分钟的路程变得极其漫长。似乎每个人都感到了异常，但谁都没有发出声音，中巴车的发动机持续地轰鸣着，照射进车厢内的光像扫描的扇形，划过车内的每一个角落。在这样忽明忽暗的扫描中，我看到每个人脸上的表情都凝住了，他们一动不动，看上去像一尊尊沉默的雕像。

虽然车身还在不停地晃动，但神奇的是那种漂浮的感觉突然消失了，我仿佛进入了一个静止的空间中，时间跟着被无限地拉长了。

行驶了很久后，刺眼的阳光突然扑进了车厢，大家都跟着松了口气，"雕像"瞬间都复活了过来。这时候，我说了一句："时间好像变慢了。"惹得大家都侧过头来，从他们的神情中判断，我好像说出了大家共同的心声。

后记
来自太平洋深处的迷人气息

《水手》最早的章节写于2016年,但我不好意思说这部长篇耗费了七年时间。这期间我断断续续写一阵、歇一阵,因为工作和生活,也没有大块的时间,主要原因还是懒。中间我开过一个作品讨论会,选了一些自己的中短篇供专家老师阅读,其中包含了《深蓝》和《安息日》,这两篇得到了大多数人的赞许,有的老师认为这是一组姊妹篇,并从我那些中短篇里概括出两个关键词,一个是死亡主题,一个是海洋主题。我暗自欢喜,因为谁也不知道我要写的是部长篇。这期间,则臣跟我说海洋是个好题材,值得好好写。毫无疑问,他作为同行,有敏锐的创作嗅觉。

直到2021年，我才有了把《水手》写完的决心。2021年元旦到来的前一天，我们单位的同事都去了老主编家，陪他过个生日。老主编的生日在一年中的最后一天，我到杂志社工作也快十年了，年年如此，这逐渐成了单位的惯例，也是一个小单位迎接新年的独特方式。像某些约定俗成的仪式，给老主编过完生日，新年就快来了，所以每年的这个时候，大家心里都有种莫名的喜悦。

　　大概十多年前，老主编突发中风，一直行动不便。这些年，虽然阿姨照顾得耐心有加，但随着年龄的增加，老主编的衰老是显而易见的。记得八十岁的那个生日，老主编兴致高昂，他乐呵呵地跟我们说，即使现在过世，他也可以说享年八十了。说这话应该是在前一年，而2021年元旦前一天，他刚从康复医院出院，阿姨说住了好长时间，最近才有些好转。那天我们去看望他，他很开心，还拄着拐杖，走了几步给我们看看。相比于上一次看到他，这次他的听力衰退得厉害，几乎听不到我们在讲什么，于是出现了一个有趣的场面，我们在一旁热烈地聊着天，他却并不清楚我们在聊什么，他想到一出，就突然问我们一句。我记得他问我：雷默，你觉得李老师能活几岁？之后，他忽然又问我们：现在某某人（以前是老主编的同事，之前已经过世）的股票怎么样了？我们哈哈大笑，笑完之后，不由得感慨，疾病真是一个捉摸不定的东西，想想老主编突然中风，虽然恢复了一些，但已完全是另外一个不同的人。恍惚间，有了一种强烈的生命危机感。我想这也是中年危机的一种，会意识到生命和命运的不可捉摸，有那种"有今天没明天"的危机意识。而那次我们看望了老主编后，晚上，他就走了。

而在那一年的五月，我眼睛动了一次手术，手术结果并不太成功。因为我的眼睛有家族性遗传，在一次偶然的检查中，B超医生告诉我，得好好检查一下眼底，可能有渗出的危险。她给我打了个比方，说我的视网膜有一个缺口，类似于一件衣服的线口脱开了。于是我去做了眼底造影，发现自己的视神经确实和正常人不太一样，正常的视神经都呈树根状分布，我的视神经像柳枝，都是直的。那眼底照片像黑夜中的闪电，看得人心惊肉跳。于是仓促间下了决心做手术，那是一次至今难忘的手术，激光打完后，我来到走廊上，看到外面的颜色全部失真了，树冠是紫色的，迎面而来的人是黄色的，而所有见到的东西都镶了一层金边，看上去每个人都熠熠发光。

我父母、姐姐从小就喊我"木坨"，那是我老家那一带人比较普遍的绰号，形容人有傻气，也有胆魄。之后我又顺带做了个矫正手术，那次手术疼得我龇牙咧嘴，像孙悟空被戴上了金箍，每一次拉扯，都让脑袋疼得撕心裂肺。从手术台上下来，主刀医生做的第一件事就是给我擦汗，因为手术服全部被汗水浸透了。连续两次手术，我体重掉了十多斤，关键是出院后，我发现自己的视力下降得厉害，第一天回到单位，打开一本书，发现那上面都是模糊不清的蚂蚁，我摘下眼镜，把书凑到近前，也没能看清那些字。我在心里暗暗叫苦，这下完蛋了！以后要成瞎子了。之后，我跑了两趟上海，去了两家眼科比较好的医院，找了当时的眼科专家，他们告诉我，像我这种情况，激光还是要打的，不然以后视网膜脱落就真的成瞎子了，但激光打了以后，造成了黄斑前膜内卷，相当于我看东西对焦发生了偏移。两位眼科专家都很耐心，一位专家告诉我，可以再动一次手术，把黄斑前膜剥了，那就恢复正常了，但手术有风险，可能剥前膜的时候，把视网膜也带下来。如果不动手术，再恢复三个月看看，应该能恢复一些，虽然视力不如从前，但手术的风险可以避免，等于牺牲一些视力。另一位专家告诉我，让我耐心再等等，过三五个月如果还是老样子，再去找他。之后，我发现确实如他们所说，身体有自我修复的能力，到后来，我竟然又能看到字了。

也在那一年的夏天，我又因为一次失误，患上了暴发性心肌炎，在医院住了二十多天，每天体温都冲破四十摄氏度。出院后，很多人告诉我，你真是万幸，能捡回一条命。我这才去查了心肌炎的资料，发现它的死亡率确实有点高，能从中全身而退，实属死里逃生。

那一年的下半年，我从一堆意外中缓过神来，想着有空是得写点东西了。碰巧那段时间，马兵兄问我有没有长篇在写。我说有一个，但没写完。马兵兄说能不能初稿出来了，到时候给他先看看，于是我们爽快地约定了时间，我开始磨刀霍霍。

说实话，经历了身体的一系列变故，那段时间写作状态并不是很好，但我铁了心要把这部长篇写出来，于是一边找状态，一边继续书写，好在禁足，哪儿也去不了，就做板凳功夫。《水手》讲的是一个叛逆少年为了逃离家庭的管束，踏上了远洋渔轮的漫漫征途。在长达两年的时间里，在茫茫的太平洋深处，他目睹和经历了各种险象环生的恶劣海况，不平凡的海上生活使一个懵懂莽撞的少年蜕变为了一名合格的水手。这可能是一部少年的成长史，其实某种程度上来说，也是自我蜕变的一次尝试。我确实很喜欢马尔克斯、海明威和康拉德的经典海洋作品，而我也意识到我们对海洋的书写，不能说集体缺位，但至少是不够的。从一开始，我想到过，对于一个写惯了中短篇的人，写长篇肯定是一种挑战，我曾试图用不同的颜色来结构这部长篇，而来自太平洋深处的迷人气息确实一直萦绕在我周围，这是一种神秘莫测又令人心驰神往的氛围。在创作的过程中，有不少时刻，我和那个少年是心意相通的，我心疼他，我能感受到他要命的疲惫，也能感受到他如释重负后的欢欣。

写完之后，我确实意识到长篇有更难的东西，不光是结构，还得有充沛的元气；不仅需要有好的故事，还得有复杂而错综的人物关系。我把小说投给了《当代》，两位责编阅读之后，和我多次探讨，小说又进行了多轮修改。我很庆幸遇上了他们，一个是有长篇创作经验的作家，一个是经验丰富的编辑家，他们给我的意见都弥足珍贵，让这部长篇最终以相对完善的形式呈现。这既是阶段性的创作总结，也为以后的尝试摸清了一点方向。